Das Buch

»Mein verwirrter Zustand ging mit mir durch und gab mir die wahnsinnigsten Einflüsterungen, denen ich der Reihe nach gehorchte.« So beschreibt sich der Erzähler auf dem Höhepunkt seines verbissenen Kampfes ums Überleben inmitten der Großstadt Oslo. Seine Artikel werden von den Zeitungen nicht angenommen, seine finanziellen Mittel sind völlig erschöpft, bis auf das Nötigste ist alles zum Pfandleiher getragen. Nur mühsam kann er hier und da etwas Geld ergattern und kommt schließlich bis an den Rand des Hungertodes. Dennoch versucht er verzweifelt, seine Armut zu verbergen. Vom Hunger geschwächt gerät er in einen Zustand extremer geistiger Aufnahmefähigkeit, wird von Halluzinationen verfolgt, von erotischen Zwangsvorstellungen getrieben. Knut Hamsun hat in diesem Roman eigene Erfahrungen aus der Zeit um 1886 verarbeitet, als er sich in Oslo mühsam mit dem Schreiben von Artikeln über Wasser hielt. Er ist mit seiner damals aufsehenerregenden psychologischen Studie über den Zustand des Hungers weit in die literarische Entwicklung des 20. Jahrhunderts vorgestoßen.

Der Autor

Knut Hamsun (eigentlich Knut Pedersen), geboren am 4. August 1859 in Lom/Gudbrandsdal, gestorben am 19. Februar 1952 in Nørholm, durchlitt eine harte Jugend, übte verschiedene Berufe in Nordamerika und Norwegen aus, bis sich 1890 ein erster literarischer Erfolg mit dem autobiographischen Roman ›Hunger‹ einstellte. Hamsun lebte mehrere Jahre in Paris und bereiste Finnland, Rußland, Persien und die Türkei. 1920 erhielt er für den Roman ›Segen der Erde‹ (1917) den Nobelpreis. – Weitere Werke u.a.: ›Unter Herbststernen‹ (dt. 1908), ›Gedämpftes Saitenspiel‹ (dt. 1910), ›Die letzte Freude‹ (dt. 1914), ›Das letzte Kapitel‹ (dt. 1924), ›August Weltumsegler‹ (dt. 1930), ›Nach Jahr und Tag‹ (dt. 1934), ›Der Ring schließt sich‹ (dt. 1936), Romane; ›Auf überwachsenen Pfaden‹ (dt. 1950), Autobiographie.

Knut Hamsun:
Hunger
Roman

Deutsch von
J. Sandmeier und S. Angermann

Deutscher
Taschenbuch
Verlag

Von Knut Hamsun
sind im Deutschen Taschenbuch Verlag erschienen:
Segen der Erde (11055)
Victoria (11107)
Unter Herbststernen/Gedämpftes Saitenspiel/
Die letzte Freude (11122)
Auf überwachsenen Pfaden (11177)
Benoni (11221)
Landstreicher (11248)
August Weltumsegler (11320)
Nach Jahr und Tag (11433)
Kinder ihrer Zeit (11479)

Robert Ferguson: Knut Hamsun (11491)

Ungekürzte Ausgabe
Januar 1982
7. Auflage Mai 1995
Deutscher Taschenbuch Verlag GmbH & Co. KG,
München
Titel der norwegischen Originalausgabe:
›Sult‹
© 1958 der deutschsprachigen Ausgabe:
Paul List Verlag GmbH & Co. KG, München
ISBN 3-471-77762-8
Umschlagbild: ›Verzweiflung‹ (1892) von Edvard Munch
(© The Munch Museum/The Munch Ellingsen Group/
VG Bild-Kunst, Bonn 1995)
Gesamtherstellung: C. H. Beck'sche Buchdruckerei,
Nördlingen
Printed in Germany · ISBN 3-423-11398-7

Es war in jener Zeit, als ich in Kristiania umherging und hungerte, in dieser seltsamen Stadt, die keiner verläßt, ehe er von ihr gezeichnet worden ist ...

Ich lag wach in meiner Dachstube und hörte eine Uhr unter mir sechsmal schlagen; es war schon ziemlich hell, und die Menschen fingen an, die Treppen auf und nieder zu steigen. Unten bei der Türe, wo mein Zimmer mit alten Nummern des ›Morgenblattes‹ tapeziert war, konnte ich ganz deutlich eine Bekanntmachung des Leuchtfeuerdirektors sehen und ein wenig links davon eine fette, geschwollene Anzeige von frischgebackenem Brot des Bäckers Fabian Olsen.

Sowie ich die Augen aufschlug, begann ich aus alter Gewohnheit nachzudenken, ob ich heute etwas hätte, worauf ich mich freuen könnte. In der letzten Zeit war es mir ziemlich schlecht ergangen; eins nach dem anderen meiner Besitztümer hatte ich zum ›Onkel‹ bringen müssen, ich war nervös und unduldsam geworden; ein paarmal mußte ich auch wegen Schwindels einen Tag lang im Bett bleiben. Hie und da, wenn das Glück mir günstig war, hatte ich fünf Kronen für ein Feuilleton von irgendeinem Blatt ergattern können.

Es tagte mehr und mehr, und ich begann, die Anzeigen unten bei der Türe zu lesen; ich konnte sogar die mageren grinsenden Buchstaben ›Leichenwäsche bei Jungfer Andersen, rechts im Torweg‹ unterscheiden. Dies beschäftigte mich eine lange Weile, ich hörte die Uhr unter mir acht schlagen, bevor ich aufstand und mich anzog.

Ich öffnete das Fenster und sah hinaus. Von meinem Platz aus sah ich eine Wäscheleine und ein freies Feld; weit draußen lag noch der Schutt einer abgebrannten Schmiede, den einige Arbeiter forträumten. Ich legte mich mit den Ellbogen ins Fenster und starrte in die Luft hinaus. Es wurde ganz gewiß ein heller Tag. Der Herbst war gekommen, die feine, kühle Jahreszeit, in der alles die Farbe wechselt und vergeht. Der Lärm in den Straßen hatte schon begonnen und lockte mich ins Freie: dieses leere Zimmer, dessen Boden bei jedem Schritt, den ich darüber hinging, auf und nieder schwankte, war wie ein feuchter, unheimlicher Sarg; kein ordentliches Schloß an der Türe und kein Ofen im Raum. Ich pflegte in der Nacht auf meinen Strümpfen zu liegen, um sie bis zum Morgen ein wenig trocken zu bekommen. Das einzige Erfreuliche, was ich hier hatte, war ein kleiner roter Schaukelstuhl, in dem ich an den Abenden saß und döste und an allerhand Dinge dachte. Wenn der Wind stark blies und die Türen unten offenstanden, tönte vielfältiges seltsames Pfeifen durch den Boden herauf und durch die Wände herein, und das Morgenblatt unten bei der Türe bekam Risse, so lang wie eine Hand.

Ich erhob mich und suchte in einem Bündel in der Ecke beim Bett, ob noch etwas zum Frühstück darin wäre, fand aber nichts und kehrte wieder zum Fenster zurück.

Gott weiß, dachte ich, ob es mir jemals etwas nützen wird, nach einer Beschäftigung zu suchen! Diese vielen Absagen, diese halben Versprechungen, glatte Nein, genährte und getäuschte Hoffnungen, neue Versuche, die jedesmal in nichts verliefen, hatten meinen Mut erdrosselt. Zuletzt hatte ich einen Platz als Kassenbote gesucht, war aber zu spät gekommen; und außerdem konnte ich nicht die fünfzig Kronen Sicherheit schaffen. Es gab immer das eine oder andere Hindernis. Ich hatte mich auch bei der Feuerwehr gemeldet. Wir standen ein halbes Hundert Mann in der Vorhalle und streckten die Brust heraus, um den Eindruck von Kraft und großer Kühnheit zu erwecken. Ein Bevollmächtigter ging umher und besah diese Bewerber, befühlte ihre Arme und stellte ihnen diese oder jene Frage, und an mir ging er vorbei, schüttelte nur den Kopf und sagte, daß ich wegen meiner Brille untauglich sei. Ich kam wieder, ohne Brille, ich stand mit gerunzelten Brauen da und machte meine Augen so scharf wie Messer, und der Mann ging wiederum an mir vorbei, und er lächelte – er hatte mich wohl wiedererkannt. Das Schlimmste von allem war, daß meine Kleider anfingen, schlecht zu werden, und ich mich nirgends mehr als anständiger Mensch vorstellen konnte.

Wie gleichförmig und regelmäßig war es die ganze Zeit mit mir abwärts gegangen! Ich stand zuletzt so sonderbar entblößt von allem möglichen da, ich hatte nicht einmal mehr einen

Kamm – hatte kein Buch mehr, um darin zu lesen, wenn mir traurig zumute wurde. Den ganzen Sommer über war ich auf die Kirchhöfe hinausgegangen oder hinauf in den Schloßpark, wo ich mich dann hinsetzte und Artikel für die Zeitungen verfaßte, Spalte auf Spalte, über die verschiedensten Dinge, seltsame Erfindungen, Launen, Einfälle meines unruhigen Gehirns; in der Verzweiflung hatte ich oft die entferntesten Themen gewählt, die mich die Anstrengungen langer Stunden kosteten und die dann niemals angenommen wurden. Wenn ein Stück fertig war, nahm ich ein neues in Angriff, und ich ließ mich selten von dem Nein des Redakteurs niederschlagen; ich sagte ständig zu mir selbst, daß es doch einmal glücken müsse. Und wirklich, zuweilen, wenn ich das Glück auf meiner Seite hatte und das Ganze mir gut geriet, konnte ich fünf Kronen für die Arbeit eines Nachmittags bekommen.

Ich trat wieder vom Fenster weg, ging zu dem Stuhl, auf dem das Waschwasser stand, und sprengte ein bißchen Wasser auf meine blanken Hosenknie, um sie zu schwärzen und sie ein wenig neuer aussehen zu machen. Als ich das getan hatte, steckte ich wie gewöhnlich Papier und Bleistift in die Tasche und ging aus. Um nicht die Aufmerksamkeit meiner Wirtin zu erwecken, glitt ich sehr leise die Treppe hinunter. Es waren schon ein paar Tage vergangen, seit meine Miete fällig gewesen, und ich besaß nun nichts mehr, sie zu zahlen.

Es war neun Uhr. Wagengerassel und Stimmen erfüllten die Luft, ein ungeheurer Morgenchor, vermischt mit den Schritten der Fußgänger und dem Knallen der Kutscherpeitschen. Dieses lärmende Treiben überall belebte mich sofort, und ich begann mich mehr und mehr zufrieden zu fühlen. Nichts lag meinen Gedanken ferner als nur ein Morgengang in frischer Luft. Was ging die Luft meine Lungen an? Ich war stark wie ein Riese und konnte einen Wagen mit meiner Schulter aufhalten. Eine feine, seltsame Stimmung, das Gefühl der hellen Gleichgültigkeit, hatte sich meiner bemächtigt. Ich beobachtete die Menschen, die mir begegneten und an denen ich vorbeiging, las die Plakate an den Wänden, empfing den Eindruck eines Blickes, der aus einer vorbeifahrenden Trambahn auf mich fiel, ließ jede Bagatelle in mich eindringen, alle die kleinen Zufälligkeiten, die meinen Weg kreuzten und wieder verschwanden ...

Wenn man nur ein wenig zu essen bei sich hätte, an einem so hellen Tag! Der Eindruck des frohen Morgens überwältigte mich, ich wurde unbändig zufrieden und fing an, ohne einen bestimmten Grund vor Freude zu summen ... Bei einem Metzgerladen stand eine Frau mit einem Korb am Arm und spekulierte auf Würste zu Mittag; als ich an ihr vorüberging, sah sie mich an. Sie hatte nur einen Zahn, und der saß ganz vorne. Nervös und leicht empfänglich, wie ich in den letzten Tagen geworden war, machte das Gesicht der Frau sofort einen widerlichen Eindruck auf mich; der lange, gelbe Zahn sah aus wie ein kleiner Finger, der aus dem Kiefer ragte, und ihr Blick war noch voll von Wurst, als sie sich zu mir drehte. Ich verlor mit einemmal den Appetit und fühlte ein Würgen. Als ich zu den Basaren kam, ging ich zum Brunnen hin und trank ein wenig Wasser; ich sah empor – auf der Turmuhr der Erlöserkirche war es zehn Uhr.

Ich ging weiter durch die Straßen, trieb mich umher, ohne mich um irgend etwas zu kümmern, blieb grundlos an einer Ecke stehen, bog ab und ging in eine Seitenstraße, ohne dort etwas zu tun zu haben. Ich ließ es darauf ankommen, ließ mich durch den frohen Morgen treiben, wiegte mich sorgenfrei vor und zurück unter anderen glücklichen Menschen; die Luft war leer und hell, und mein Gemüt war ohne einen Schatten.

Zehn Minuten lang hatte ich nun beständig einen alten hinkenden Mann vor mir gehabt. Er trug ein Bündel in der Hand und ging mit seinem ganzen Körper, arbeitete mit aller Macht, um schnell vorwärts zu kommen. Ich hörte, wie er vor Anstrengung schnaufte, und es fiel mir ein, daß ich ihm sein Bündel tragen könnte. Oben in der Graensenstraße begegnete ich Hans Pauli, der grüßte und vorbeihastete. Weshalb hatte er solche Eile? Ich hatte durchaus nicht im Sinn, ihn um eine Krone zu bitten, ich wollte ihm auch in der allernächsten Zeit die Decke zurücksenden, die ich vor einigen Wochen von ihm geliehen hatte. Sobald ich ein wenig obenauf gekommen wäre, wollte ich keinem Menschen mehr eine Decke schuldig sein; vielleicht begann ich schon heute einen Artikel über die Verbrechen der Zukunft oder über die Freiheit des Willens, irgend etwas, etwas Lesenswertes, wofür ich mindestens zehn Kronen bekommen würde ... Und bei dem Gedanken an diesen Artikel fühlte ich mich mit einemmal von dem Drang durchströmt, sofort anzufangen und aus meinem vollen Gehirn zu schöpfen; ich wollte mir einen passenden Platz im Schloßpark suchen und nicht ruhen, bevor ich den Artikel fertig hätte.

Aber der alte Krüppel vor mir auf der Straße machte immer

noch die gleichen zappelnden Bewegungen. Es begann mich zuletzt zu ärgern, die ganze Zeit diesen gebrechlichen Menschen vor mir zu haben. Es schien, als würde seine Reise nie ein Ende nehmen; vielleicht hatte er sich zu eben dem gleichen Ort entschlossen wie ich, und ich sollte ihn den ganzen Weg vor meinen Augen haben. In meiner Erregung schien es mir, als zögere er bei jeder Querstraße einen Augenblick und warte gleichsam darauf, welche Richtung ich nehmen würde, worauf er das Bündel wieder hoch in die Luft schwang und mit äußerster Anstrengung weiterging, um einen Vorsprung zu bekommen. Ich gehe und sehe auf dieses verquälte Wesen und werde immer mehr mit Erbitterung erfüllt; ich fühlte, wie es nach und nach meine helle Stimmung zerstörte und den reinen, schönen Morgen auf einmal mit sich in Häßlichkeit hinunterzog. Er sah wie ein großes humpelndes Insekt aus, das sich mit Gewalt und Macht zu einem Platz in der Welt durchschlagen und den Gehsteig für sich allein behalten wollte. Auf der Höhe angekommen, mochte ich mich nicht mehr länger dareinfinden. Ich wandte mich einem Schaufenster zu und blieb stehen, um ihm Gelegenheit zu geben, fortzukommen. Als ich nach Verlauf einiger Minuten wieder zu gehen anfing, war der Mann wieder vor mir, auch er war wie angenagelt stillgestanden. Ich machte, ohne mich zu bedenken, drei, vier rasende Schritte vorwärts, holte ihn ein und schlug ihm auf die Schulter.

Er hielt mit einemmal an. Wir starrten beide einander ins Gesicht.

Einen kleinen Schilling für Milch! sagte er endlich und legte den Kopf auf die Seite.

So, nun war ich schön hereingefallen! Ich suchte in den Taschen und sagte:

Für Milch, ja. Hm. Es sieht schlecht aus mit Geld in diesen Zeiten, und ich weiß nicht, wie bedürftig Sie sind.

Ich habe seit gestern in Drammen nichts gegessen, sagte der Mann; ich besitze nicht einen Ör und habe noch keine Arbeit bekommen.

Sind Sie Handwerker?

Ja, ich bin Nadler.

Was?

Nadler. Übrigens kann ich auch Schuhe machen.

Das ändert die Sache, sagte ich. Warten Sie hier ein paar Minuten, so werde ich etwas Geld für Sie holen, einige Öre.

In größter Eile ging ich den Pilestraede hinunter, wo ich einen Pfandleiher im ersten Stock wußte; ich war im übrigen nie vorher bei ihm gewesen. Als ich ins Tor hineingekommen war, zog ich eiligst meine Weste aus, rollte sie zusammen und steckte sie unter den Arm; darauf ging ich die Treppe hinauf und klopfte an die Bude. Ich verbeugte mich und warf die Weste auf den Ladentisch.

Anderthalb Kronen, sagte der Mann.

Ja ja, danke, antwortete ich. Verhielte es sich nicht so, daß sie mir zu knapp wird, würde ich mich nicht von ihr trennen.

Ich bekam das Geld und den Schein und begab mich zurück. Es war das im Grund ein ausgezeichneter Einfall, das mit der Weste; ich würde sogar Geld zu einem reichlichen Frühstück übrig behalten, und bis zum Abend könnte dann meine Abhandlung über die Verbrechen der Zukunft fertig sein. Ich begann auf der Stelle das Dasein freundlicher zu finden und eilte zu dem Mann zurück, um ihn loszuwerden.

Hier bitte! sagte ich zu ihm. Es freut mich, daß Sie sich zuerst an mich gewandt haben.

Der Mann nahm das Geld und begann mich mit den Augen zu mustern. Was stand er da und starrte? Ich hatte den Eindruck, daß er besonders meine Hosenknie untersuchte, und ich wurde dieser Unverschämtheit müde. Glaubte der Schlingel, ich sei wirklich so arm, wie ich aussah? Hatte ich nicht schon sozusagen damit begonnen, an einem Artikel für zehn Kronen zu schreiben? Überhaupt fürchtete ich nicht für die Zukunft, ich hatte viele Eisen im Feuer. Was ging es da einen wildfremden Menschen an, ob ich an einem so hellen Tag ein Trinkgeld fortgab? Der Blick des Mannes ärgerte mich, und ich beschloß, ihm eine Zurechtweisung zu geben, bevor ich ihn verließ. Ich zuckte mit den Schultern und sagte:

Mein guter Mann, Sie haben die häßliche Gewohnheit, einem auf die Knie zu glotzen, wenn man Ihnen eine Krone gibt.

Er legte den Kopf ganz gegen die Mauer zurück und sperrte den Mund auf. Hinter seiner Bettlerstirne arbeitete es, er dachte ganz gewiß, daß ich ihn auf die eine oder andere Weise narren wolle, und er reichte mir das Geld zurück.

Ich stampfte auf das Pflaster und fluchte, er müsse es behalten. Bildete er sich ein, daß ich alle die Beschwerlichkeiten für nichts gehabt haben wollte? Alles in allem genommen schuldete ich ihm vielleicht diese Krone, ich wäre so beschaffen, daß ich mich einer alten Schuld erinnerte, er stünde vor einem rechtschaffenen Menschen, ehrlich bis in die Fingerspitzen. Kurz gesagt, das Geld wäre sein ... Oh, nichts dafür zu danken, es war mir eine Freude. Lebwohl.

Ich ging. Endlich hatte ich diesen gichtbrüchigen Plagegeist aus dem Weg geschafft und konnte ungestört sein. Ich ging wieder durch den Pilestraede hinunter und hielt vor einem Lebensmittelladen an. Das Fenster war voll von Eßwaren, und ich beschloß hineinzugehen und mir etwas mit auf den Weg zu nehmen.

Ein Stück Käse und ein Franzbrot! sagte ich und schmiß meine halbe Krone auf den Ladentisch.

Käse und Brot für alles zusammen? fragte die Frau ironisch, ohne mich anzusehen.

Für die ganzen fünzig Öre, ja, antwortete ich unbeirrt.

Ich erhielt meine Sachen, sagte äußerst höflich guten Morgen zu der alten, fetten Frau und begab mich spornstreichs über den Schloßberg hinauf in den Park. Ich fand eine Bank für mich allein und begann gierig von meinem Vorrat abzubeißen. Das tat mir gut; es war lange her, seit ich eine so reichliche Mahlzeit genossen hatte, und ich fühlte nach und nach die gleiche satte Ruhe in mir, wie man sie nach langem Weinen empfindet. Mein Mut wuchs stark; es war mir nicht mehr genug, einen Artikel über etwas so Einfaches und Selbstverständliches wie die Verbrechen der Zukunft zu schreiben, die außerdem jeder Beliebige selbst erraten, ja sich aus der Geschichte herauslesen konnte. Ich fühlte mich zu größeren Anstrengungen imstande, ich war in der Stimmung, Schwierigkeiten zu überwinden, und ich entschloß mich zu einer Abhandlung in drei Abschnitten über die philosophische Erkenntnis. Natürlich würde ich Gelegenheit finden, einige von Kants Sophismen jämmerlich zu zerknicken ... Als ich meine Schreibsachen herauszog und die Arbeit beginnen wollte, entdeckte ich, daß ich meinen Bleistift nicht mehr bei mir hatte, ich hatte ihn in der Pfandleiherbude vergessen, der Bleistift steckte in der Westentasche.

Herrgott, wie doch alles verkehrt ging! Ich fluchte ein paarmal, erhob mich von der Bank und trieb in den Wegen auf und ab. Es war überall sehr still; weit weg, beim Lusthaus der Königin, rollten ein paar Kindermädchen ihre Wagen umher, sonst war nirgends ein Mensch zu sehen. Ich war in meinem Innern sehr verbittert und ging wie ein Rasender vor meiner Bank auf und ab. Wie merkwürdig verkehrt ging es doch in jeder Beziehung! Ein Artikel in drei Abschnitten sollte an dem simplen Umstand scheitern, daß ich nicht ein Stück eines Zehnörebleistiftes in der Tasche hatte! Wenn ich nun wieder in den Pilestraede ginge und mir meinen Bleistift ausliefern ließe? Es würde trotzdem noch Zeit bleiben, ein gutes Teil fertig zu bekommen, bis die Spaziergänger anfingen, den Park zu füllen. Es gab auch so vieles, was von dieser Abhandlung über die philosophische Erkenntnis abhing, vielleicht das Glück vieler Menschen, niemand konnte das wissen. Ich sagte zu mir selbst, sie könne vielleicht eine große Hilfe für manchen jungen Menschen werden. Wenn ich es recht bedachte, wollte ich mich nicht an Kant vergreifen; ich konnte das ja umgehen, ich brauchte nur eine unmerkliche Schwenkung zu machen, wenn ich an die Frage von Zeit und Raum käme; aber für Renan wollte ich nicht einstehen, für den alten Landpfarrer Renan . . . Unter allen Umständen galt es, einen Artikel von so und so vielen Spalten herzustellen; die unbezahlte Miete, der lange Blick der Wirtin am Morgen, wenn ich sie auf der Treppe traf, peinigten mich den ganzen Tag und tauchten sogar in meinen frohen Stunden auf, wenn ich sonst keinen dunklen Gedanken hatte. Diesem mußte ich ein Ende machen. Ich ging schnell aus dem Park, um meinen Bleistift beim Pfandleiher zu holen.

Als ich den Schloßhügel hinunterkam, holte ich zwei Damen ein, an denen ich vorbeiging. Indem ich sie überholte, streifte ich den Ärmel der einen, ich sah auf, sie hatte ein volles, ein wenig bleiches Gesicht. Mit einemmal erglüht sie und wird merkwürdig schön, ich weiß nicht weshalb, vielleicht wegen eines Wortes, das sie von einem Vorübergehenden hört, vielleicht nur wegen eines stillen Gedankens bei sich selbst. Oder sollte es sein, weil ich ihren Arm berührt hatte? Ihre hohe Brust wogte einige Male heftig, und sie preßte die Hand hart um den Schirmstock. Was war ihr?

Ich blieb stehen und ließ sie wieder vorausgehen, ich konnte im Augenblick nicht weitergehen, das Ganze kam mir so sonderbar vor. Ich war in einer reizbaren Laune, ärgerlich auf mich selbst wegen des Vorfalls mit dem Bleistift und in hohem Maß erregt von all dem Essen, das ich mit leerem Magen genossen hatte. Auf einmal nehmen meine Gedanken durch eine launenhafte Vorstellung eine merkwürdige Richtung, ich fühle mich von einer seltsamen Lust ergriffen, dieser Dame Angst zu machen, ihr zu folgen und sie auf irgendeine Weise zu ärgern. Ich hole sie wieder ein und gehe an ihr vorbei, wende mich plötzlich um und begegne ihr, Antlitz in Antlitz, um sie zu beobachten. Ich stehe und sehe ihr in die Augen und erfinde auf der Stelle einen Namen, den ich niemals gehört habe, einen Namen mit einem gleitenden, nervösen Laut: Ylajali. Als sie mir nah genug gekommen war, richte ich mich auf und sage eindringlich:

Sie verlieren Ihr Buch, Fräulein.

Ich konnte vernehmen, wie mein Herz hörbar schlug, als ich das sagte.

Mein Buch? fragte sie ihre Begleiterin. Und sie geht weiter.

Meine Bosheit nahm zu, und ich folgte ihnen. Ich war mir in diesem Augenblick voll bewußt, daß ich verrückte Streiche beging, ohne daß ich dagegen etwas hätte tun können; mein verwirrter Zustand ging mit mir durch und gab mir die wahnsinnigen Einflüsterungen, denen ich der Reihe nach gehorchte. Wie sehr ich mir auch vorsagte, daß ich mich idiotisch benähme, machte ich doch die dümmsten Grimassen hinter dem Rücken der Dame und hustete einige Male rasend, während ich an ihr vorbeiging. Auf diese Weise ganz langsam vorwärtsgehend, immer um einige Schritte im Vorsprung, fühlte ich ihre Augen in meinem Rücken, ich duckte mich unwillkürlich nieder vor Scham darüber, sie belästigt zu haben. Nach und nach hatte ich die seltsame Wahrnehmung, weit fort zu sein, an anderen Orten, ich hatte halb unbestimmt das Gefühl, daß gar nicht ich es sei, der hier auf den Steinfliesen ging und sich niederduckte.

Einige Minuten später ist die Dame zu Paschas Buchladen gekommen. Ich war bereits beim ersten Fenster stehn geblieben, und als sie vorbeigeht, trete ich vor und wiederhole:

Sie verlieren Ihr Buch, Fräulein.

Nein, welches Buch? sagt sie ängstlich. Begreifst du, von welchem Buch er spricht?

Und sie bleibt stehen. Ich ergötze mich grausam an ihrer Verwirrung, diese Ratlosigkeit in ihren Augen berückt mich. Ihr Denken kann meine kleine desperate Anrede nicht fassen; sie hat durchaus kein Buch dabei, nicht ein einziges Blatt eines Buches, und trotzdem sucht sie in ihren Taschen, sieht sich wiederholt in die Hände, wendet den Kopf und untersucht die Straße hinter sich, strengt ihr kleines, empfindliches Gehirn auf das äußerste an, um herauszufinden, von welchem Buch ich spreche. Ihr Gesicht wechselt die Farbe, hat bald den einen, bald den andern Ausdruck, und sie atmet hörbar; selbst die Knöpfe an ihrem Kleid scheinen mich wie eine Reihe erschreckter Augen anzustarren.

Ach, laß ihn doch, sagt ihre Begleiterin und zieht sie am Arm; er ist ja betrunken; siehst du denn nicht, daß der Mann betrunken ist!

So fremd ich mir in diesem Augenblick auch selbst war, so vollständig eine Beute unsichtbarer Einflüsse, ging doch um mich herum nichts vor sich, ohne daß ich es bemerkte. Ein großer brauner Hund sprang quer über die Straße, gegen die Anlagen zu und hinunter nach Tivoli; er hatte ein schmales Halsband aus Neusilber um. Weiter oben in der Straße wurde im ersten Stock ein Fenster geöffnet, und ein Mädchen mit aufgestülpten Ärmeln lehnte sich heraus und begann die Scheiben auf der Außenseite zu putzen. Nichts entging meiner Aufmerksamkeit, ich war klar und geistesgegenwärtig, alle Dinge strömten mit einer leuchtenden Deutlichkeit auf mich ein, als verbreitete sich plötzlich ein starkes Licht um mich her. Die Damen vor mir hatten beide blaue Vogelflügel auf dem Hut und schottische Seidenbänder um den Hals. Es schien mir, daß es Schwestern seien.

Sie bogen ab und hielten bei Sislers Musikalienhandlung an und sprachen zusammen. Auch ich blieb stehen. Darauf kamen sie zurück, nahmen den gleichen Weg, den sie gekommen waren, gingen wieder an mir vorbei, schwenkten um die Ecke bei der Universitätsstraße und gingen direkt hinauf zum Sankt Olafsplatz. Ich war ihnen die ganze Zeit so dicht auf den Fersen, wie ich nur wagte. Einmal wandten sie sich um und sandten mir einen halb erschreckten, halb neugierigen Blick zu, und ich sah in ihren Mienen keinen Unwillen und keine gerunzelten Brauen. Diese Geduld mit meinen Belästigungen machte mich sehr beschämt, und ich schlug die Augen nieder. Ich wollte ihnen nicht länger zum Verdruß sein, ich wollte aus reiner Dankbarkeit ihnen nur mit den Augen folgen, sie nicht aus dem Gesicht verlieren, ganz, bis sie irgendwo hineingehen und verschwinden würden.

Vor Nummer zwei, einem großen dreistöckigen Haus, wandten sie sich noch einmal um, dann traten sie ein. Ich lehnte mich an einen Laternenpfahl beim Springbrunnen und lauschte ihren Schritten auf der Treppe nach; sie erstarben im ersten Stock. Ich trete vom Licht weg und sehe am Haus hinauf. Da geschieht etwas Sonderbares, die Vorhänge bewegen sich hoch oben, einen

Augenblick später wird ein Fenster geöffnet, ein Kopf schaut heraus, und zwei seltsam blickende Augen ruhen auf mir. Ylajali! sagte ich halblaut und fühlte, daß ich rot wurde. Warum rief sie nicht um Hilfe? Warum stieß sie nicht an einen der Blumentöpfe, so daß er mir auf den Kopf fiel, oder schickte jemand herunter, um mich wegzujagen? Wir stehen da und sehen einander in die Augen, ohne uns zu rühren; das dauert eine Minute. Gedanken schießen zwischen dem Fenster und der Straße hin und her, und kein Wort wird gesagt. Sie wendet sich um, es gibt mir einen Ruck, einen zarten Stoß durch den Sinn; ich sehe eine Schulter, die sich dreht, einen Rücken, der ins Zimmer verschwindet. Dieses langsame Weggehen vom Fenster, die Betonung in dieser Bewegung mit der Schulter, war wie ein Nicken zu mir; mein Blut vernahm diesen feinen Gruß, und ich fühlte mich im selben Augenblick wunderbar froh. Dann kehrte ich um und ging die Straße hinunter.

Ich wagte nicht zurückzusehen und wußte nicht, ob sie abermals ans Fenster gekommen war; ich wurde immer unruhiger und nervöser, je mehr ich diese Frage überlegte. Vermutlich stand sie in diesem Augenblick am Fenster und verfolgte genau meine Bewegungen, und sich so von hinten beobachtet zu wissen, war in keiner Weise auszuhalten. Ich straffte mich auf, so gut ich konnte, und ging weiter; es begann in meinen Beinen zu zucken, mein Gang wurde unsicher, weil ich ihn mit Absicht schön machen wollte. Um ruhig und gleichgültig zu scheinen, schlenkerte ich sinnlos mit den Armen, spuckte auf die Straße und streckte die Nase in die Luft; aber nichts half. Ich fühlte ständig die verfolgenden Augen in meinem Nacken, es lief mir kalt durch den Körper. Endlich rettete ich mich in eine Seitenstraße, von wo ich den Weg zum Pilestraede hinunter nahm, um meinen Bleistift zu holen.

Es machte mir keine Mühe, ihn zurückzuerhalten. Der Mann brachte mir die Weste selbst und bat mich, gleich alle Taschen zu untersuchen; ich fand noch ein paar Pfandscheine, die ich zu mir steckte, und dankte dem freundlichen Mann für sein Entgegenkommen. Er nahm mich mehr und mehr für sich ein, es war mir im selben Augenblick sehr darum zu tun, diesem Menschen einen besonders guten Eindruck von mir zu geben. Ich wandte mich zur Türe und kehrte wieder zum Ladentisch zurück, als hätte ich etwas vergessen; ich glaubte ihm eine Erklärung schuldig zu sein, eine Auskunft, und ich begann zu summen, um ihn aufmerksam zu machen. Dann nahm ich den Bleistift in die Hand und hielt ihn in die Luft.

Es könne mir nicht einfallen, sagte ich, weite Wege wegen irgendeines beliebigen Bleistiftes zu gehen; mit diesem hier aber sei es eine andere Sache, eine eigene Sache. So gering er auch aussah, hatte dieser Bleistiftstumpf mich schlechthin zu dem gemacht, was ich in der Welt war, hatte mich sozusagen auf meinen Platz im Leben gestellt . . .

Mehr sagte ich nicht. Der Mann kam ganz nahe zum Ladentisch her.

Soso? meinte er und sah mich neugierig an.

Mit diesem Bleistift, fuhr ich kaltblütig fort, habe ich meine Abhandlung in drei Bänden über die philosophische Erkenntnis geschrieben. Ob er nicht davon reden gehört habe?

Und dem Mann schien es wirklich, daß er den Namen, den Titel gehört habe.

Ja, sagte ich, das sei von mir, das! Da dürfe es ihn schließlich nicht wundern, wenn ich dieses kleine Ende von einem Bleistift zurückhaben wolle. Es habe allzu großen Wert für mich, es sei mir beinahe wie ein kleiner Mensch. Übrigens sei ich ihm für sein Wohlwollen aufrichtig dankbar, und ich wolle mich seiner dafür erinnern – doch, doch, ich wolle mich wirklich dafür seiner erinnern; ein Mann ein Wort, so sei ich, und er verdiene es. Lebwohl.

Ich ging mit einer Haltung zur Türe, als könnte ich ihn in einer hohen Stellung unterbringen. Der freundliche Pfandleiher verbeugte sich zweimal vor mir, als ich mich entfernte, und ich wandte mich noch einmal um und sagte Lebwohl.

Auf der Treppe begegnete ich einer Frau, die eine Reisetasche in der Hand trug. Sie drückte sich ängstlich zur Seite, um mir Platz zu machen, weil ich mich so aufblies, und ich griff unwillkürlich in die Tasche, wollte ihr etwas geben; als ich nichts fand, wurde ich herabgestimmt, und ich ging mit gesenktem Kopf an ihr vorbei. Kurz darauf hörte ich, daß auch sie an die Bude klopfte; es war ein Drahtgitter an der Tür, ich erkannte sogleich den klirrenden Laut wieder, den es von sich gab, wenn eines Menschen Knöchel es berührte.

Die Sonne stand im Süden, es war ungefähr zwölf Uhr. Die Stadt fing an auf die Beine zu kommen, die Promenadezeit näherte sich, und grüßendes und lachendes Volk wogte in der Karl-Johan-Straße auf und nieder. Ich drückte die Ellbogen an die

Seite, machte mich klein und schlüpfte unbemerkt an einigen Bekannten vorbei, die eine Ecke bei der Universität in Beschlag genommen hatten, um die Vorübergehenden zu betrachten. Ich wanderte den Schloßberg hinauf und fiel in Gedanken.

Diese Menschen – leicht und lustig wiegten sie ihre hellen Köpfe und schwangen sich durch das Leben wie durch einen Ballsaal! In keinem einzigen Auge war Sorge, keine Bürde auf irgendeiner Schulter, vielleicht nicht ein einziger trüber Gedanke, nicht eine einzige kleine heimliche Pein in einem dieser fröhlichen Gemüter. Und ich ging hier dicht neben diesen Menschen, jung und vor kurzem erschlossen, und ich hatte schon vergessen, wie das Glück aussah. Ich liebkoste diesen Gedanken bei mir selbst und fand, daß mir ein grausames Unrecht geschehen war. Warum waren die letzten Monate so merkwürdig hart gegen mich gewesen? Ich kannte meinen hellen Sinn nicht wieder. An allen Ecken und Enden litt ich an den sonderbarsten Plagen. Ich konnte mich nicht einmal allein auf irgendeine Bank setzen oder meinen Fuß irgendwohin bewegen, ohne von kleinen, bedeutungslosen Zufälligkeiten überfallen zu werden, von jämmerlichen Bagatellen, die sich in meine Vorstellungen eindrängten und meine Kräfte in alle Winde zerstreuten. Ein Hund, der an mir vorbeistrich, eine gelbe Rose im Knopfloch eines Herrn konnten meine Gedanken in Schwingungen versetzen und mich für längere Zeit beschäftigen. Was fehlte mir? Hatte der Finger des Herrn auf mich gedeutet? Aber warum gerade auf mich? Warum nicht ebensogut auf einen Mann in Südamerika, wenn es schon so sein mußte? Überlegte ich die Sache recht, wurde es mir immer unbegreiflicher, daß gerade ich zum Probierstein für die Laune der Gnade Gottes ausersehen sein sollte. Es war dies eine höchst eigentümliche Art vorzugehen, eine ganze Welt zu überspringen, um mich zu erreichen; der Antiquarbuchhändler Pascha und der Dampfschiffexpediteur Hennechen waren doch auch noch da.

Ich ging weiter und prüfte diese Sache und wurde nicht fertig mit ihr; ich fand die gewichtigsten Einwände gegen diese Willkür des Herrn, mich die Schuld aller entgelten zu lassen. Sogar nachdem ich eine Bank gefunden und mich niedergesetzt hatte, fuhr diese Frage fort, mich zu beschäftigen und mich zu hindern, an andere Dinge zu denken. Seit dem Tag im Mai, da meine Widerwärtigkeiten begonnen hatten, konnte ich ganz deutlich eine allmählich zunehmende Schwäche bemerken, ich war gleichsam zu matt geworden, um mich dahin zu steuern und zu leiten, wohin ich wollte. Ein Schwarm von kleinen schädlichen Tieren hatte sich in mein Inneres gedrängt und mich ausgehöhlt. Wie, wenn nun Gott geradezu im Sinn hätte, mich ganz zu zerstören? Ich stand auf und trieb vor meiner Bank hin und her.

Mein ganzes Wesen befand sich in diesem Augenblick im höchsten Grad der Pein; ich hatte sogar in den Armen Schmerzen und konnte es kaum ertragen, sie auf gewöhnliche Art zu halten. Auch von meiner letzten schweren Mahlzeit her fühlte ich ein starkes Unbehagen, ich war übersättigt und erregt und spazierte auf und ab, ohne aufzusehen; die Menschen, die um mich her waren, kamen und glitten an mir vorbei wie Schatten. Schließlich wurde meine Bank von ein paar Herren besetzt, die ihre Zigarren anzündeten und laut schwätzten. Ich geriet in Zorn und wollte sie anreden, kehrte aber um und ging ganz hinüber zur anderen Seite des Parkes, wo ich eine andere Bank fand. Ich setzte mich.

Der Gedanke an Gott begann mich wieder in Anspruch zu nehmen. Ich fand es höchst unverantwortlich von ihm, mir jedesmal in den Weg zu treten, wenn ich einen Posten suchte, und alles zu zerstören, obwohl es doch nur die Nahrung des Tages war, um die ich bat. Ich hatte es ganz deutlich bemerkt, immer wenn ich längere Zeit hungerte, war es gleichsam, als rinne mein Gehirn langsam aus dem Kopf und als würde er leer. Das Haupt wurde leicht und abwesend, ich fühlte seine Schwere nicht mehr auf meinen Schultern, und ich hatte das Gefühl, daß meine Augen allzuweit geöffnet glotzten, wenn ich jemand ansah.

Ich saß da auf der Bank und dachte über all dieses nach und wurde immer bitterer gegen Gott wegen seiner andauernden Quälereien. Wenn er glaubte, mich näher an sich zu ziehen und mich besser zu machen, indem er mich peinigte und mir Widerstand auf Widerstand in den Weg legte, griff er ein wenig fehl, das konnte ich ihm versichern. Und ich sah zum Himmel auf, weinend fast vor Trotz, und sagte ihm das im stillen ein für allemal!

Bruchstücke meines Kinderglaubens kamen mir ins Gedächtnis, der Tonfall der Bibel sang in meinen Ohren, ich sprach leise mit mir selbst und legte den Kopf spöttisch auf die Seite. Weshalb bekümmerte ich mich darum, was ich fressen sollte, was ich saufen sollte und in was ich diesen elenden Madensack, meinen irdischen Leib genannt, kleiden sollte? Hatte nicht mein himmlischer Vater für mich gesorgt wie für die Sperlinge unter dem Himmel und mir die Gnade erwiesen, auf seinen geringen Diener zu deuten? Gott hatte seinen Finger in mein Nervennetz gesteckt und behutsam, ganz obenhin, ein wenig Unordnung in die Drähte gebracht. Und Gott hatte seinen Finger zurückgezogen, und siehe, es waren Fäden, feine Wurzelfäden von den Fasern meiner Nerven an dem Finger. Und es blieb ein offenes Loch von seinem Finger zurück, der Gottes Finger war, und Wunden blieben in meinem Gehirn von den Wegen seines Fingers. Aber als Gott mich mit dem Finger seiner Hand berührt hatte, entließ er mich und berührte mich nicht mehr und ließ mir nichts Böses widerfahren. Vielmehr durfte ich in Frieden gehen und durfte mit dem offenen Loch gehen. Und nichts Böses widerfährt mir von Gott, der der Herr ist, in alle Ewigkeit ...

Stöße von Musik wurden vom Wind aus dem Studentenhain zu mir heraufgetragen, es war also zwei Uhr vorbei. Ich zog meine Papiere hervor und versuchte etwas zu schreiben, gleichzeitig fiel mein Barbierabonnement aus der Tasche. Ich öffnete es und zählte die Blätter, es waren noch sechs Karten übrig. Gott sei Dank! sagte ich unwillkürlich; ich konnte mich noch einige Wochen rasieren lassen und anständig aussehen! Und gleich kam ich in eine bessere Gemütsstimmung durch dieses kleine Eigentum, das ich noch besaß; ich glättete die Karten sorgfältig und verwahrte das Buch in der Tasche.

Aber schreiben konnte ich nicht. Nach ein paar Linien wollte mir nichts mehr einfallen; meine Gedanken waren anderswo, ich konnte mich zu keiner bestimmten Anstrengung aufraffen. Alle Dinge wirkten auf mich ein und zerstreuten mich, alles, was ich sah, gab mir neue Eindrücke. Fliegen und kleine Mücken setzten sich auf dem Papier fest und störten mich; ich blies sie an, um sie wegzubringen, blies fester und fester, aber ohne Erfolg. Die kleinen Biester legen sich nach hinten, machen sich schwer und kämpfen dagegen an, so daß ihre dünnen Beine sich ausbauchen. Sie sind durchaus nicht vom Fleck zu bringen. Sie finden immer etwas, um sich daran festzuhaken, stemmen die Fersen gegen ein Komma oder eine Unebenheit im Papier und stehen unverrückbar still, bis sie selbst es für gut finden, ihren Weg zu gehen.

Eine Zeitlang fuhren diese kleinen Untiere fort, mich zu beschäftigen, ich legte die Beine übers Kreuz und ließ mir gute

Weile, sie zu beobachten. Mit einemmal schmetterten ein oder zwei hohe Klarinettentöne aus den Anlagen zu mir herauf und gaben meinen Gedanken einen neuen Anstoß. Mißmutig darüber, daß ich meinen Artikel nicht zustande bringen konnte, steckte ich die Papiere wieder in die Tasche und lehnte mich auf der Bank zurück. In diesem Augenblick ist mein Kopf so klar, daß ich die feinsten Gedanken denken kann, ohne zu ermüden. Während ich in dieser Stellung liege und meine Blicke über Brust und Beine hinuntergleiten lasse, bemerke ich die zuckende Bewegung, die mein Fuß bei jedem Pulsschlag macht. Ich richte mich halb auf und sehe auf meine Füße nieder, und ich durchlebe in dieser Zeitspanne eine phantastische und fremde Stimmung, die ich niemals früher gefühlt hatte. Es gab mir einen feinen und wunderbaren Ruck durch die Nerven, wie wenn Schauer von Licht sie durchzuckten. Als ich die Blicke auf meinen Schuhen weilen ließ, war es, als hätte ich einen guten Bekannten getroffen oder einen losgerissenen Teil meiner selbst zurückerhalten; ein Gefühl des Wiedererkennens durchzittert meine Sinne, die Tränen kommen mir in die Augen, und ich empfinde meine Schuhe wie einen leise sausenden Ton, der auf mich eindringt. Schwachheit! sagte ich hart zu mir selbst, ich ballte die Hände und sagte: Schwachheit. Ich nannte mich selbst einen Narren wegen dieser lächerlichen Gefühle, hielt mich mit vollem Bewußtsein zum besten; ich sprach sehr streng und verständig und kniff die Augen heftig zusammen, um die Tränen zurückzudrängen. Als ob ich nie zuvor meine Schuhe gesehen hätte, beschäftigte ich mich jetzt damit, ihr Aussehen zu studieren, ihre Mimik, wenn ich den Fuß bewege, ihre Form und die abgenützten Oberteile, und ich entdecke, daß die Falten und weißen Nähte ihnen Ausdruck verleihen, ihnen Physiognomie geben. Es war etwas von meinem eigenen Wesen in diese Schuhe übergegangen, sie wirkten auf mich wie ein Hauch gegen mein Ich, ein atmender Teil meiner selbst . . .

Ich saß da und fabelte mit diesen Wahrnehmungen eine lange Weile, vielleicht eine ganze Stunde. Ein kleiner alter Mann kam und nahm das andere Ende meiner Bank ein; während er sich setzte, schnaufte er ein über das andere Mal schwer und sagte:

Ja ja ja ja ja ja ja ja ja ja, so ist's!

Sowie ich seine Stimme hörte, war es mir, als fege ein Wind durch meinen Kopf, ich ließ die Schuhe Schuhe sein, und es kam mir bereits so vor, als ob die verwirrte Gemütsstimmung, die ich eben erlebt hatte, sich aus einer längst entschwundenen Zeit herschriebe, vielleicht ein Jahr oder zwei zurückläge und sachte im Begriff sei, aus meiner Erinnerung ausgewischt zu werden. Ich setzte mich zurecht, um den Alten anzusehen.

Was ging er mich an, dieser kleine Mann? Nichts, nicht das geringste! Nur, daß er eine Zeitung in der Hand hielt, eine alte Nummer mit dem Anzeigenteil nach außen, in der irgend etwas eingepackt zu sein schien. Ich wurde neugierig und konnte meine Augen nicht von der Zeitung losbringen; ich bekam die wahnsinnige Idee, dies könne eine besonders merkwürdige Zeitung sein, einzig dastehend in ihrer Art; meine Neugier stieg, und ich begann auf der Bank hin und her zu rutschen. Es konnten Dokumente sein, gefährliche Akten, aus einem Archiv gestohlen. Und es schwebte mir etwas von einem heimlichen Traktat vor, einer Verschwörung.

Der Mann saß still und dachte. Weshalb trug er auch seine Zeitung nicht, wie jeder andere Mensch eine Zeitung trägt, mit dem Titel nach außen? Was war das für eine Hinterlistigkeit? Er sah nicht so aus, als wolle er sein Paket aus der Hand lassen, nicht um alles in der Welt, er wagte vielleicht nicht einmal, es seiner eigenen Tasche anzuvertrauen. Ich hätte mein Leben verwetten mögen, daß da etwas dahintersteckte.

Ich sah in die Luft. Gerade dies, daß es so unmöglich war, in diese mystische Sache einzudringen, machte mich vor Neugierde ganz verstört. Ich kramte in meinen Taschen nach irgend etwas, das ich dem Mann hätte geben können, um ins Gespräch mit ihm zu kommen, und erwischte mein Barbierabonnement, steckte es aber wieder ein. Plötzlich kam es mir in den Sinn, äußerst frech zu sein, ich schlug mir auf meine leere Brusttasche und sagte:

Darf ich Ihnen eine Zigarette anbieten?

Danke, der Mann rauchte nicht, er hatte damit aufhören müssen, um seine Augen zu schonen, er war beinahe blind. Übrigens vielen Dank!

Ob es lange her sei, daß seine Augen Schaden gelitten hatten? Dann könne er vielleicht auch nicht lesen? Nicht einmal Zeitungen?

Nicht einmal Zeitungen, leider!

Der Mann sah mich an. Die kranken Augen hatten beide ein dünnes Häutchen, das ihnen ein glasartiges Aussehen gab, sein Blick wurde weiß und machte einen widerlichen Eindruck.

Sie sind fremd hier? sagte er.

Ja. – Ob er nicht einmal den Titel der Zeitung lesen könne, die er in der Hand halte?

Kaum. – Übrigens hätte er sofort gehört, daß ich fremd sei; es sei etwas in meinem Tonfall, das ihm das sage. Dazu brauche es wenig, er höre so gut; in der Nacht, wenn alle schliefen, könne er die Menschen im Nebenzimmer atmen hören ... Was ich sagen wollte, wo wohnen Sie?

Mit einemmal stand eine Lüge fertig in meinem Kopf. Ich log unfreiwillig, ohne Vorsatz und Hintergedanken, ich antwortete: Auf dem Sankt-Olafsplatz, Nummer 2.

Wirklich? Der Mann kannte jeden Pflasterstein auf dem Sankt-Olafsplatz. Dort sei ein Springbrunnen, seien einige Laternenpfähle, ein paar Bäume, er erinnerte sich des Ganzen ... Welche Nummer haben Sie?

Ich wollte ein Ende machen und erhob mich, von meiner fixen Idee mit der Zeitung zum Äußersten getrieben. Das Geheimnis sollte aufgeklärt werden, koste es, was es wolle.

Wenn Sie diese Zeitung nicht lesen können, warum ...

Nummer 2, sagten Sie doch? fuhr der Mann fort, ohne meine Unruhe zu beachten. Ich kannte seinerzeit alle Menschen in Nummer 2. Wie heißt Ihr Hausherr?

Um ihn loszuwerden, erfand ich in Eile einen Namen, bildete diesen Namen im Augenblick und schleuderte ihn heraus, um meinem Plagegeist Einhalt zu tun.

Happolati, sagte ich.

Happolati, ja, nickte der Mann, und er verlor nicht eine Silbe dieses schwierigen Namens.

Ich sah ihn erstaunt an; er saß sehr ernsthaft da und hatte eine nachdenkliche Miene. Kaum hatte ich diesen dummen Namen, der mir gerade eingefallen war, ausgesprochen, als der Mann sich schon damit zurechtfand und tat, als habe er ihn schon früher gehört. Mittlerweile legte er sein Paket auf die Bank, und ich fühlte meine ganze Neugierde durch die Nerven zittern. Ich bemerkte, daß ein paar Fettflecken auf der Zeitung waren.

Ist er nicht Seemann, Ihr Hausherr? fragte er, und es war keine Spur von Ironie in seiner Stimme. Ich glaube mich zu erinnern, daß er Seemann war?

Seemann? Verzeihung, Sie meinen wahrscheinlich den Bruder; hier handelt es sich nämlich um den I. A. Happolati, Agent.

Ich glaubte, das würde der Sache ein Ende machen; aber er ging willig auf alles ein.

Es soll ein tüchtiger Mann sein, habe ich gehört? sagte er tastend.

Oh, ein verschlagener Kerl, antwortete ich, ein tüchtiger Geschäftsmann, Agent für alles mögliche, Preiselbeeren nach China, Federn und Daunen aus Rußland, Häute, Holzmasse, Schreibtinte . . .

Hehe, zum Teufel! unterbrach mich der Greis in hohem Grad ermuntert.

Dies begann interessant zu werden. Die Situation ging mit mir durch, und eine Lüge nach der anderen entstand in meinem Kopf. Ich setzte mich wieder, vergaß die Zeitung, die merkwürdigen Dokumente, wurde eifrig und fiel dem anderen in die Rede. Die Leichtgläubigkeit des kleinen Zwerges machte mich dummdreist, ich wollte ihn rücksichtslos anlügen, ihn grandios aus dem Feld schlagen.

Ob er von dem elektrischen Psalmenbuch gehört habe, das Happolati erfunden hatte?

Was, elek . . .?

Mit elektrischen Buchstaben, die im Dunkeln leuchteten! Ein ganz großartiges Unternehmen. Millionen Kronen in Bewegung, Gießereien und Druckereien in Arbeit, Scharen von festbesoldeten Mechanikern beschäftigt, ich hätte etwas von siebenhundert Mann gehört.

Ja, ich sag's ja! meinte der Greis leise. Mehr sagte er nicht; er glaubte jedes Wort, das ich erzählte, und fiel trotzdem nicht in Erstaunen. Das enttäuschte mich ein wenig, ich hatte erwartet, ihn durch meine Einfälle ratlos zu machen.

Ich erfand noch ein paar desperate Lügen, trieb es bis zum Hasard, flüsterte davon, daß Happolati neun Jahre Minister in Persien gewesen sei. – Sie haben vielleicht keine Ahnung, was es sagen will, Minister in Persien zu sein? fragte ich. Das sei mehr als König hier, oder ungefähr soviel wie Sultan, wenn er wisse, was das sei. Aber Happolati habe alles bewältigt und sich niemals festgerannt. Und ich erzählte von Ylajali, seiner Tochter, einer Fee, einer Prinzessin, die dreihundert Sklavinnen hatte und auf einem Lager von gelben Rosen lag; sie sei das schönste Wesen, das ich je gesehen hätte. Gott straf mich, wenn ich in meinem Leben jemals einen ähnlichen Anblick erlebt hätte.

So, war sie so schön? äußerte der Alte mit einer abwesenden Miene und sah auf den Boden.

Schön? Sie war herrlich, sie war sündhaft süß! Augen wie Rohseide, Arme aus Bernstein. Ein einziger Blick nur von ihr sei verführerisch wie ein Kuß, und wenn sie mich rief, jagte ihre Stimme wie ein Strahl Weines bis an mein Herz. Weshalb sollte sie nicht so herrlich sein? Hielt er sie etwa für einen Kassenboten oder für einen Mann von der Feuerwehr? Sie war einfach eine Herrlichkeit des Himmels, könne ich ihm sagen, ein Märchen.

Jaja! sagte der Mann ein wenig verdutzt.

Seine Ruhe langweilte mich. Ich war von meiner eigenen Stimme erregt worden und sprach in vollem Ernst. Die gestohlenen Archivsachen, der Traktat mit dieser oder jener fremden Macht waren nicht mehr in meinen Gedanken. Das kleine flache Paket lag zwischen uns auf der Bank, und ich hatte nicht mehr die geringste Lust, es zu untersuchen und zu sehen, was es enthielt. Ich war ganz von meinen eigenen Gedanken in Anspruch genommen, seltsame Gesichte trieben an meinen Augen vorbei, das Blut stieg mir zu Kopf, und ich lachte aus vollem Halse.

In diesem Augenblick schien der Mann gehen zu wollen. Er tastete an sich herum und fragte, um nicht schroff abzubrechen:

Er soll schwere Besitzungen haben, dieser Happolati?

Wie konnte dieser blinde, widerwärtige Greis es wagen, mit einem Namen, den ich erdichtet hatte, umzugehen, als sei es ein gewöhnlicher Name und stünde auf jedem Krämerschild der Stadt? Er stolperte über keinen Buchstaben und vergaß keine Silbe; dieser Name hatte sich in seinem Gehirn festgebissen und im selben Augenblick Wurzeln geschlagen. Ich wurde ärgerlich, eine innere Verbitterung begann in mir gegen diesen Menschen zu entstehen, den nichts in Verlegenheit bringen konnte und nichts mißtrauisch machte.

Davon weiß ich nichts, erwiderte ich störrisch; ich weiß durchaus nichts davon. Lassen Sie es sich nun übrigens ein für allemal sagen, daß er Johan Arendt Happolati heißt, nach seinen eigenen Vorbuchstaben zu urteilen.

Johan Arendt Happolati, wiederholte der Mann, erstaunt über meine Heftigkeit. Dann schwieg er.

Sie sollten seine Frau sehen, sagte ich rasend; einen dickeren Menschen . . . Ja, Sie glauben vielleicht gar nicht, daß sie so besonders dick ist?

Doch, das glaube er wohl – ein solcher Mann –

Der Greis antwortete auf jeden meiner Ausfälle sanftmütig und still und suchte nach Worten, als sei er besorgt, sich zu vergehen und mich zornig zu machen.

Zum Satan, Mensch, glauben Sie etwa, daß ich hier dasitze und Ihnen die Ohren voll lüge? rief ich außer mir. Sie glauben vielleicht nicht einmal, daß es einen Mann namens Happolati gibt? Niemals noch habe ich so viel Trotz und Bosheit bei einem alten Mann gesehen! Was zum Teufel ist mit Ihnen los? Sie haben vielleicht obendrein bei sich gedacht, ich sei ein äußerst armer Kerl, der hier in seinem besten Staat sitzt und überhaupt kein Etui voll Zigaretten in der Tasche hat? Eine solche Behandlung, wie Sie mir bieten, bin ich nicht gewöhnt, das will ich Ihnen sagen, und ich dulde sie, bei Gott, weder von Ihnen noch von irgendeinem anderen, das dürfen Sie glauben!

Der Mann hatte sich erhoben. Mit offenem Mund stand er da, stumm, und hörte meinen Ausbruch an, bis ich zu Ende war, dann ergriff er schnell sein Paket auf der Bank und ging, lief beinahe über den Weg mit seinen kleinen Greisenschritten.

Ich blieb zurück und sah seinen Rücken an, der mehr und mehr fortglitt und immer mehr zusammenzusinken schien. Ich weiß nicht, woher ich den Eindruck bekam, aber es schien mir, als hätte ich niemals einen unehrlicheren und lasterhafteren Rücken gesehen als diesen, und ich bereute nicht, daß ich diesen Menschen ausgescholten hatte, bevor er mich verließ . . .

Der Tag ging zur Neige, die Sonne sank, in den Bäumen ringsumher fing es an, ein wenig zu sausen, und die Kindermädchen, die ein Stück weiter weg in Gruppen bei der Balancierstange saßen, begannen ihre Wagen heimzurollen. Ich war ruhig und wohlgemut. Die Erregung, in der ich eben gewesen war, legte sich nach und nach, ich fiel zusammen, wurde schlaff und begann mich schläfrig zu fühlen. Die große Menge Brotes, die ich gegessen hatte, war mir auch nicht mehr besonders lästig. In bester Stimmung lehnte ich mich auf der Bank zurück, schloß die Augen und wurde immer schlaftrunkener, ich schlummerte und war nahe daran, in festen Schlaf zu fallen, als ein Parkwächter seine Hand auf meine Schulter legte und sagte:

Sie dürfen hier herinnen nicht schlafen.

Nein, sagte ich und erhob mich sogleich. Und mit einem Schlag stand meine traurige Lage mir wieder klar und deutlich vor den Augen. Ich mußte etwas tun, irgend etwas ausfindig machen! Stellungen zu suchen hatte mir nichts genützt; die Empfehlungen, die ich vorzeigte, waren alt geworden und schrieben sich von allzu unbekannten Personen her, um kräftig zu wirken; außerdem hatten die ständigen Absagen während des ganzen Sommers mich verzagt gemacht. Na – unter allen Umständen war meine Miete fällig, und ich mußte einen Ausweg dafür finden. Dann konnte das übrige einstweilen auf sich beruhen.

Ganz unwillkürlich hatte ich wieder Bleistift und Papier in die Hände genommen und saß und schrieb mechanisch die Jahreszahl 1848 in alle Ecken. Wenn jetzt nur ein einziger brausender Gedanke mich gewaltig erfassen und mir die Worte in den Mund legen wollte! Es war dies doch früher geschehen, es war wirklich geschehen, daß solche Stunden über mich gekommen waren, in denen ich ohne Anstrengung ein langes Stück schreiben und es glänzend durchführen konnte.

Ich sitze hier auf der Bank und schreibe dutzendemal 1848, schreibe diese Zahl kreuz und quer in allen möglichen Formen und warte darauf, daß mir eine brauchbare Idee einfalle. Ein Schwarm loser Gedanken schwirrt in meinem Kopf umher, und die Stimmung des sinkenden Tages macht mich mißmutig und sentimental. Der Herbst ist gekommen und hat schon angefangen, alles in Erstarrung zu legen, Fliegen und kleine Insekten haben den ersten Stoß bekommen, und in den Bäumen und unten auf der Erde hört man den Laut des kämpfenden Lebens, raschelnd, sausend, unruhig arbeitend, um nicht zu vergehen. Alles Gewürm rührt sich noch einmal, streckt seine gelben Köpfe aus dem Moos, hebt seine Beine, tastet sich mit langen Fäden vor und sinkt dann plötzlich zusammen, fällt um und wendet den Bauch in die Luft. Jedes Gewächs hat sein eigenes Gepräge bekommen, einen feinen, hinatmenden Hauch der ersten Kälte; die Halme starren bleich zur Sonne auf, und das abfallende Laub zischelt über die Erde mit einem Laut wie von wandernden Seidenraupen. Es ist die Zeit des Herbstes, es ist mitten im Karneval der Vergänglichkeit; das Rot der Rosen ist krank, ein hektischer, wunderbarer Schein liegt über der blutroten Farbe.

Ich fühlte mich selbst wie ein kriechendes Tier im Untergang, von der Zerstörung ergriffen, mitten in dieser schlafbereiten Allwelt. Ich erhob mich von Schrecken besessen und tat ein paar gewaltsame Schritte über den Weg. Nein! rief ich und ballte meine beiden Hände, dies muß ein Ende haben! Und ich setzte mich wieder, nahm wieder den Bleistift in die Hand und wollte Ernst mit einem Artikel machen. Es konnte gar nichts nützen, sich nachzugeben, wenn man mit einer unbezahlten Miete vor Augen dastand.

Langsam begannen meine Gedanken sich zu sammeln. Ich paßte auf und schrieb sacht und wohlüberlegt ein paar Seiten als eine Einleitung zu irgendwas; das konnte ein Anfang zu allem möglichen sein: einer Reiseschilderung, einem politischen Artikel, je nachdem ich es selbst für gut hielt. Es war ein ganz vortrefflicher Anfang zu allem möglichen.

Dann fing ich an, nach einer bestimmten Frage zu suchen, die ich behandeln könnte, einen Mann, ein Ding, irgend etwas, worüber ich mich werfen konnte, aber ich vermochte nichts zu entdecken. Während dieser fruchtlosen Anstrengungen kam von neuem Unordnung in meine Gedanken, ich fühlte, wie mein Gehirn förmlich versagte, mein Kopf leer und leerer wurde – er saß leicht und ohne Inhalt auf meinen Schultern. Ich empfand diese klaffende Leere in meinem Kopf mit dem ganzen Körper, erschien mir selbst von oben bis unten ausgehöhlt.

Herr, mein Gott und Vater! rief ich vor Schmerz, und ich wiederholte diesen Ruf in einem Zug mehrere Male, ohne etwas hinzuzufügen.

Der Wind raschelte im Laub, es zogen sich Wolken zusammen. Ich saß noch eine Weile und starrte verloren auf meine Papiere, legte sie dann zusammen und steckte sie langsam in die Tasche. Es wurde kühl, und ich hatte keine Weste mehr; ich knöpfte den Rock bis zum Hals hinauf zu und steckte die Hände in die Taschen. Dann stand ich auf und ging.

Wenn es mir nur dieses eine Mal geglückt wäre, dieses eine Mal! Wiederholt hatte mich bereits meine Hauswirtin mit den Augen nach der Bezahlung gefragt, und ich hatte mich niederducken und mich mit einem verlegenen Gruß an ihr vorbeischleichen müssen. Ich konnte das nicht wieder tun; wenn ich das nächste Mal diesen Augen begegnete, würde ich mein Zimmer aufsagen und ehrlich Rechenschaft ablegen; es konnte auf die Dauer nicht so weitergehen.

Als ich zum Ausgang des Parkes kam, sah ich den alten Zwerg wieder, den ich mit meiner Raserei in die Flucht gejagt hatte. Das mystische Zeitungspaket lag weit aufgeschlagen neben ihm, voll von Eßwaren verschiedener Art, von denen er abbiß. Plötzlich wollte ich gerade auf ihn zugehen und ihn für mein Betragen um Vergebung bitten, aber seine Art zu essen stieß mich zurück; die alten Finger, die wie zehn runzlige Krallen aussahen, umfaßten ekelhaft die fetten Butterbrote, ich fühlte ein Würgen und ging an ihm vorbei, ohne ihn anzureden. Er erkannte mich nicht, seine Augen starrten mich an, trocken wie Horn, und sein Gesicht verzog keine Miene.

Und ich setzte meinen Weg fort.

Nach Gewohnheit blieb ich vor jeder ausgehängten Zeitung, an der ich vorbeikam, stehen, um die Bekanntmachungen von ledigen Stellen zu studieren, und ich war so glücklich, eine zu finden, die ich übernehmen konnte: Ein Kaufmann im Grönlandsleret suchte einen Mann, der ihm jeden Abend für ein paar Stunden die Bücher führen könnte; Lohn nach Übereinkunft. Ich notierte mir die Adresse des Mannes und betete im stillen zu Gott um diesen Platz; ich wollte für die Arbeit weniger verlangen als irgendein anderer, fünfzig Öre waren reichlich, oder vielleicht vierzig Öre; ganz gleich, wie es sich eben gab.

Als ich heimkam, lag auf meinem Tisch ein Zettel von meiner Hauswirtin, worauf sie mich bat, meine Miete im voraus zu bezahlen oder auszuziehen, sobald ich könnte. Ich möge das nicht ärgerlich aufnehmen, es sei einzig und allein ein notwendiges Verlangen. Freundschaftlichst Madame Gundersen.

Ich schrieb ein Gesuch an den Kaufmann Christie, Grönlandsleret Nummer 31, legte es in einen Umschlag und brachte es hinunter zum Briefkasten an der Ecke. Dann ging ich wieder in mein Zimmer hinauf, setzte mich in den Schaukelstuhl und begann nachzudenken, während das Dunkel dichter und dichter wurde. Nun fing es an, schwierig zu werden, sich über Wasser zu halten.

Gegen Morgen erwachte ich sehr früh. Es war noch ziemlich dunkel, als ich die Augen aufschlug, und erst lange danach hörte ich die Uhr in der Wohnung unter mir fünfmal anschlagen. Ich wollte wieder einschlafen, aber es gelang mir nicht mehr, ich wurde immer munterer und lag wach und dachte an tausend Dinge.

Plötzlich fallen mir ein oder zwei gute Sätze ein, zu einer Skizze, einem Feuilleton, feine sprachliche Glückstreffer, wie ich noch nie ihresgleichen gefunden hatte. Ich liege da und wiederhole diese Worte vor mich hin und finde, daß sie ausgezeichnet sind. Bald fügen sich mehr hinzu, ich werde mit einemmal vollkommen wach und stehe auf und greife nach Papier und Bleistift, die auf dem Tisch hinter meinem Bett liegen. Es war, als sei eine Ader in mir aufgesprungen, ein Wort folgt dem anderen, die Worte ordnen sich im Zusammenhang, bilden sich zu Situationen; Szene häuft sich auf Szene, Handlungen und Repliken quellen in meinem Gehirn auf, und wundervolles Behagen erfaßt mich. Ich schreibe wie ein Besessener und fülle eine Seite nach der anderen, ohne einen Augenblick Pause. Gedanken kommen so plötzlich über mich und strömen weiterhin so reichlich, daß ich eine Menge Nebensächlichkeiten verliere, weil ich sie nicht schnell genug niederschreiben kann, obwohl ich aus allen Kräften arbeite. Immer noch dringt es auf mich ein, ich bin von meinem Stoff erfüllt, und jedes Wort, das ich schreibe, wird mir in den Mund gelegt.

Es dauert, dauert so gesegnet lange, ehe dieser seltsame Augenblick aufhört; ich habe fünfzehn, zwanzig beschriebene Seiten vor mir auf den Knien liegen, als ich endlich anhalte und den Bleistift weglege. War da nun wirklich irgendein Wert in diesen Papieren, so war ich gerettet! Ich springe aus dem Bett und kleide mich an. Es wird immer heller, ich kann die Bekanntmachung des Leuchtfeuerdirektors unten an der Türe halbwegs unterscheiden, und beim Fenster ist es bereits so hell, daß ich zur Not zum Schreiben sehen könnte. Und ich mache mich sogleich daran, meine Papiere ins reine abzuschreiben.

Ein seltsam dichter Dampf von Licht und Farben schlägt aus diesen Phantasien empor. Überrascht bäume ich mich vor einem guten Einfall nach dem anderen zurück und sage zu mir selbst, daß dies das beste sei, was ich jemals gelesen hätte. Ich werde trunken vor Zufriedenheit, die Freude bläht mich auf, und ich fühle mich großartig gehoben; ich wäge meine Schrift in der Hand und taxiere sie auf der Stelle auf fünf Kronen, nach losem Schätzen. Es würde keinem Menschen einfallen, bei fünf Kronen zu feilschen, im Gegenteil müßte zugestanden werden, es wäre ein Raubkauf, dies für fünf Kronen zu erwerben, sofern es auf die Beschaffenheit des Inhaltes ankam. Ich hatte nicht im Sinn, eine so eigentümliche Arbeit umsonst herzugeben; soviel ich wußte, fand man Romane dieser Art nicht auf der Straße. Und ich entschloß mich zu zehn Kronen.

Es wurde heller und heller im Zimmer, ich warf einen Blick an der Türe hinunter und konnte ohne besondere Mühe die feinen, skelettartigen Buchstaben von Jungfer Andersens Leichenwäsche, rechts im Torweg, lesen; es war nun auch eine gute Weile vergangen, seit es sieben Uhr geschlagen hatte.

Ich erhob mich und stellte mich mitten ins Zimmer. Wenn ich alles wohl überlegte, kam Madam Gundersens Kündigung ziemlich gelegen. Dies war eigentlich kein Zimmer für mich; hier hingen recht simple grüne Vorhänge an den Fenstern – und sonderlich viele Nägel für die Garderobe waren auch nicht an den Wänden. Der arme Schaukelstuhl dort in der Ecke war im Grund nur ein Witz von einem Schaukelstuhl, über den man sich leicht zu Tode lachen konnte. Er war viel zu niedrig für einen erwachsenen Mann, außerdem war er so eng, daß man sozusagen den Stiefelknecht brauchte, um wieder herauszukommen. Kurz gesagt, das Zimmer war nicht dazu eingerichtet, sich darin mit geistigen Dingen zu beschäftigen, und ich hatte nicht vor, es länger zu behalten. Auf gar keinen Fall wollte ich es behalten. Ich hatte allzulange geschwiegen und geduldet und es in diesem Schuppen ausgehalten.

Aufgeblasen von Hoffnung und Zufriedenheit, ständig in Anspruch genommen von einer merkwürdigen Skizze, die ich jeden Augenblick aus der Tasche zog, um darin zu lesen, wollte ich sogleich Ernst damit machen und den Umzug in Gang bringen. Ich nahm mein Bündel hervor, ein rotes Taschentuch, das ein paar reine Kragen und etwas zusammengeknülltes Zeitungspapier, in dem ich mein Brot heimgetragen, enthielt, rollte meine Bettdecke zusammen und steckte meinen Vorrat an weißem Schreibpapier zu mir. Darauf untersuchte ich der Sicherheit halber alle Winkel, um mich zu vergewissern, daß ich nichts hinterlassen hatte, und als ich nichts fand, ging ich zum Fenster und sah hinaus. Der Morgen war dunkel und naß; es war niemand bei der abgebrannten Schmiede draußen, und das Waschseil, das sich unten im Hof von Wand zu Wand spannte, war von der Nässe gestrafft. Ich kannte alles zusammen von früher, trat deshalb vom Fenster weg, nahm die Decke unter den Arm, verbeugte mich vor der Bekanntmachung des Leuchtfeuerdirektors, verbeugte mich vor Jungfer Andersens Leichenwäsche und öffnete die Türe.

Mit einemmal kam mir meine Wirtin in den Sinn – sie mußte doch von meinem Auszug unterrichtet werden, damit sie sehen konnte, daß sie es mit einem ordentlichen Menschen zu tun gehabt hatte. Ich wollte ihr auch für die paar Tage, die ich das Zimmer über die Zeit hinaus benützt hatte, schriftlich danken. Die Gewißheit, nun für längere Zeit gerettet zu sein, drang so stark auf mich ein, daß ich meiner Hausfrau sogar fünf Kronen versprach, wenn ich nächster Tage vorbeikäme; ich wollte ihr bis zum Übermaß zeigen, was für einen honetten Menschen sie unter dem Dach gehabt hatte.

Den Zettel hinterließ ich auf dem Tisch.

Abermals hielt ich an der Türe an und kehrte um. Dieses strahlende Gefühl, nun obenauf zu sein, entzückte mich und machte mich dankbar gegen Gott und die ganze Welt, und ich kniete beim Bett nieder und dankte Gott mit lauter Stimme für seine große Güte gegen mich an diesem Morgen. Ich wußte es, oh, ich wußte es, daß der Rausch von Inspiration, den ich eben durchlebt und niedergeschrieben hatte, eines wunderbaren Himmels Tat an meinem Geiste war, eine Antwort auf meinen Notruf von gestern. Das ist Gott! Das ist Gott! rief ich mir zu, und ich weinte vor Begeisterung über meine eigenen Worte; dann und wann mußte ich innehalten und einen Augenblick horchen, ob jemand auf der Treppe sei. Endlich erhob ich mich und ging; ich glitt lautlos alle diese Stockwerke hinunter und erreichte ungesehen das Tor.

Die Straßen waren blank vom Regen, der in den Morgenstunden gefallen war, der Himmel hing rauh und tief über der Stadt, und es war nirgends ein Sonnenstrahl zu sehen. Wie spät mochte es sein? Ich ging wie gewöhnlich in der Richtung des Rathauses und sah, daß es halb neun Uhr war. Ich hatte also noch ein paar Stunden vor mir; es nützte nichts, vor zehn, vielleicht elf Uhr in die Redaktion zu kommen, ich mußte mich einstweilen herumtreiben und inzwischen spekulieren, wie ich zu einem kleinen Frühstück gelangen konnte. Ich hatte übrigens keine Angst davor, an diesem Tag hungrig ins Bett zu gehen; diese Zeiten waren Gott sei Lob vorüber! Das war ein zurückgelegtes Stadium, ein böser Traum; von nun an ging es aufwärts!

Indessen wurde mir die grüne Bettdecke beschwerlich; ich konnte mich auch wirklich nicht mit einem solchen Bündel vor allen Leuten sehen lassen. Was würde man von mir glauben! Und ich ging weiter und überlegte, wo ich sie bis auf weiteres aufbewahrt bekommen konnte. Da fiel mir ein, ich könnte damit zu Semb gehen und sie in Papier einschlagen lassen; dies würde gleich besser aussehen, und es wäre keine Schande mehr, sie zu tragen. Ich trat in den Laden und trug mein Verlangen einem der Gehilfen vor.

Er sah zuerst die Decke an, dann mich; es schien mir, daß er im stillen ein wenig geringschätzig die Schultern zuckte, als er das Paket entgegennahm. Das verletzte mich.

Tod und Teufel, seien Sie ein bißchen vorsichtig! rief ich. Es sind zwei teure Glasvasen darin; das Paket soll nach Smyrna.

Das half, das half großartig. Der Mann bat mit jeder Bewegung, die er machte, um Verzeihung dafür, daß er nicht sofort wichtige Dinge in der Decke geahnt hatte. Als er mit dem Einpacken fertig war, dankte ich ihm für die Hilfe wie ein Mann, der schon früher kostbare Sachen nach Smyrna gesandt hatte; er öffnete mir sogar die Türe, als ich ging.

Ich wanderte unter den Menschen auf dem Stortorv umher und hielt mich am liebsten in der Nähe der Weiber auf, die Topfpflanzen zu verkaufen hatten. Die schweren, roten Rosen, die blutig und rot im feuchten Morgen glommen, machten mich begehrlich, führten mich in Versuchung, sündhaft rasch eine mitgehen zu lassen, und ich fragte nach dem Preis, nur um ihnen so nah wie möglich kommen zu können. Würde mir Geld übrigbleiben, wollte ich sie kaufen, gehe es, wie es wolle; ich konnte es ja reichlich da und dort an meiner Lebensweise einsparen, um wieder ins Gleichgewicht zu kommen.

Es wurde zehn Uhr, und ich ging zur Redaktion hinauf. Ein Mann, die Schere genannt, durchwühlt einen Stoß alter Zeitungen, der Redakteur ist noch nicht gekommen. Auf Aufforderung liefere ich mein großes Manuskript ab, lasse den Mann ahnen, daß es von mehr als gewöhnlicher Bedeutung sei, und lege ihm inständig ans Herz, es dem Redakteur persönlich zu geben, wenn er käme. Ich wolle mir dann später am Tag selbst den Bescheid holen.

Gut! sagte die Schere und fing wieder mit den Zeitungen an.

Ich fand, daß er es etwas zu ruhig nahm, sagte aber nichts, nickte ihm nur gleichgültig mit dem Kopf ein wenig zu und ging.

Nun hatte ich Zeit. Wenn es nur aufklaren wollte! Es war ein rein elendes Wetter, ohne Wind und ohne Frische; die Damen benützten der Sicherheit halber Regenschirme, und die Wollmützen der Herren sahen komisch und traurig aus. Ich machte abermals einen Schlag zum Markt hinüber und sah mir Gemüse und Rosen an. Da fühle ich eine Hand auf meiner Schulter und wende mich um, die ›Jungfer‹ wünscht mir guten Morgen.

Guten Morgen? antwortete ich fragend, um gleich sein Vorhaben zu erfahren. Ich hielt nicht viel von der ›Jungfer‹.

Er sieht neugierig auf das große, nagelneue Paket unter meinem Arm und fragt:

Was haben Sie da drin?

Ich bin bei Semb gewesen und habe Stoff zu einem Anzug gekauft, entgegnete ich in gleichgültigem Ton; es paßte mir nicht mehr, weiterhin so schäbig herumzugehen, man kann doch auch zu geizig gegen sein Äußeres sein.

Er sieht mich an und stutzt.

Wie geht es übrigens? fragte er langsam.

Ja über Erwarten.

Haben Sie nun etwas zu tun?

Etwas zu tun? antwortete ich und bin sehr erstaunt; ich bin doch Buchhalter bei der Großhändlerfirma Christie, ja.

Ach so, sagt er und weicht ein wenig zurück. Du lieber Gott, wie sehr ich Ihnen das gönne! Wenn man Ihnen nur jetzt das Geld, das Sie verdienen, nicht abbettelt! Guten Morgen. Kurz darauf dreht er sich um und kommt zurück; er deutet mit dem Stock auf mein Paket und sagt:

Ich würde Ihnen meinen Schneider empfehlen. Sie bekommen keinen feineren Schneider als Isaksen. Sagen Sie nur, daß ich Sie sende.

Was steckte er da seine Nase in meine Sachen? Ging es ihn etwas an, welchen Schneider ich nahm? Ich wurde zornig; der Anblick dieses leeren, geputzten Menschen machte mich erbittert, und ich erinnerte ihn ziemlich brutal an zehn Kronen, die er von mir geliehen hatte. Noch ehe er antworten konnte, bereute ich jedoch, ihn gemahnt zu haben, ich wurde flau, und ich sah ihm nicht in die Augen; als im gleichen Augenblick eine Dame vorbeikam, trat ich schnell zurück, um sie vorüberzulassen, und benützte die Gelegenheit, meiner Wege zu gehen.

Was sollte ich nun anfangen, während ich wartete? Ein Café konnte ich mit leeren Taschen nicht besuchen, und ich wußte keinen Bekannten, zu dem ich um diese Tageszeit hätte gehen können. Instinktmäßig schlenderte ich die Stadt hinauf, vertrieb einen Teil der Zeit auf dem Weg zwischen dem Markte und der Graensenstraße, las ›Aftenposten‹, die soeben an die Tafel gehängt worden war, machte einen Schwung zur Karl-

Johan-Straße hinunter, kehrte dann um und ging geradeaus zum Erlöserfriedhof, wo ich einen ruhigen Platz auf dem Hügel neben der Kapelle fand.

Ich saß dort in aller Stille und döste in der nassen Luft, dachte, schlief halb und halb und fror. Und die Zeit ging. War es nun auch gewiß, daß das Feuilleton ein kleines Meisterstück inspirierter Kunst war? Gott weiß, ob es nicht da und dort seine Fehler hatte. Wenn ich alles wohl überlegte, brauchte es nicht einmal angenommen zu werden, nein, nicht einmal angenommen, ganz einfach! Es war vielleicht ziemlich mittelmäßig, vielleicht geradezu schlecht; welche Sicherheit hatte ich dafür, daß es nicht schon jetzt in diesem Augenblick im Papierkorb lag ... Meine Zufriedenheit war erschüttert, ich sprang auf und stürmte aus dem Kirchhof hinaus.

Unten in der Ackerstraße guckte ich in ein Ladenfenster und sah, daß es erst wenig über zwölf Uhr war. Das machte mich noch verzweifelter. Ich hatte so sicher gehofft, es sei weit über Mittag, und vor vier Uhr hatte es keinen Sinn, nach dem Redakteur zu fragen. Das Schicksal meines Feuilletons erfüllte mich mit dunklen Ahnungen; je mehr ich daran dachte, desto unwahrscheinlicher kam es mir vor, daß ich so plötzlich etwas Brauchbares geschrieben haben könnte, beinahe im Schlaf, das Gehirn voller Fieber und Freude. Natürlich hatte ich mich selbst betrogen und war den ganzen Morgen über froh gewesen, um nichts und wieder nichts. Natürlich! ... Ich bewegte mich in raschem Gang den Ullevaalsweg hinauf, vorbei an St. Hanshaugen, kam auf offene Felder, in die engen, seltsamen Gassen bei Sagene, über Bauplätze und Äcker und befand mich zuletzt auf einer Landstraße, deren Ende ich nicht absehen konnte.

Hier blieb ich stehen und beschloß umzukehren. Ich war von dem Marsch warm geworden und ging langsam und sehr niedergedrückt zurück. Ich begegnete zwei Heuwagen – die Fuhrleute lagen flach oben auf der Last und sangen, beide barhäuptig, beide mit runden, sorglosen Gesichtern. Ich ging weiter und dachte bei mir selbst, daß sie mich anreden würden, mir die eine oder andere Bemerkung zuwerfen oder mir einen Streich spielen würden, und als ich ihnen nahe genug gekommen war, rief der eine mich an und fragte, was ich unter dem Arm trage.

Eine Bettdecke, antwortete ich.

Wieviel Uhr ist es? fragte er.

Ich weiß es nicht genau, ungefähr drei Uhr, glaube ich.

Da lachten die zwei und zogen vorbei. Im selben Augenblick fühlte ich den Hieb einer Peitsche an meinem Ohr. Mein Hut wurde heruntergerissen. Die jungen Menschen konnten mich nicht vorbeilassen, ohne mir einen Schabernack anzutun. Ich griff mir wütend ans Ohr, klaubte den Hut vom Straßengraben auf und setzte meinen Weg fort. Unten bei St. Hanshaugen begegnete ich einem Mann, der mir sagte, daß es vier Uhr vorbei sei.

Vier Uhr vorbei! Es war schon vier Uhr vorbei. Ich schritt aus, der Stadt und der Redaktion zu. Der Redakteur war vielleicht schon lange dagewesen und war wieder fortgegangen. Ich ging und sprang, stolperte, stieß gegen Wagen, ließ alle Spaziergänger hinter mir, nahm es mit den Pferden auf, mühte mich ab wie ein Verrückter, um noch rechtzeitig hinzukommen. Ich wand mich beim Tor hinein, nahm die Treppe mit vier Sätzen und klopfte an.

Niemand antwortet.

Er ist fort! Er ist fort! denke ich. Ich versuche die Türe zu öffnen, sie ist nicht verschlossen, ich klopfe noch einmal und trete ein.

Der Redakteur sitzt an seinem Tisch, mit dem Gesicht gegen das Fenster und die Feder in der Hand, bereit zu schreiben. Als er meinen atemlosen Gruß hört, dreht er sich halb um, sieht mich kurz an, schüttelt den Kopf und sagt: Ja, ich hatte noch keine Zeit, Ihre Skizze zu lesen.

Vor Freude darüber, daß er sie dann auf jeden Fall noch nicht abgelehnt hat, antworte ich:

Nein, mein lieber Herr, das verstehe ich gut. Es eilt ja auch nicht so. In ein paar Tagen vielleicht. Oder . . .?

Ja, ich will sehen. Im übrigen habe ich ja Ihre Adresse.

Und ich vergaß, ihn darüber aufzuklären, daß ich keine Adresse mehr hatte.

Die Audienz ist vorbei, ich trete, mich verbeugend, zurück und gehe. Die Hoffnung glüht wieder in mir auf, noch war nichts verloren, im Gegenteil, ich konnte noch alles gewinnen. Und mein Gehirn begann von einem großen Rat im Himmel zu fabeln, von dem eben beschlossen worden war, daß ich gewinnen solle, ganze zehn Kronen gewinnen, für ein Feuilleton . . .

Wenn ich jetzt nur eine Zuflucht für die Nacht wüßte! Ich

überlege, wo ich mich am besten verkriechen könnte, werde so stark von dieser Frage in Anspruch genommen, daß ich mitten in der Straße stillstehe. Ich vergesse, wo ich bin, stehe da wie ein einzelnes Seezeichen mitten im Meer, während die Wasser rings strömen und lärmen. Ein Zeitungsjunge reicht mir den ›Wiking‹: Der ist lustig! – da! Ich sehe auf und fahre zusammen – ich bin wieder vor dem Laden von Semb.

Schnell mache ich kehrt, verdecke das Paket mit meinem Körper und eile die Kirchstraße hinunter, flau und ängstlich davor, daß man mich von den Fenstern aus gesehen haben könnte. Ich passiere Ingebret und das Theater, drehe bei der Loge ab und gehe zum Fjord und zur Festung hinunter. Wieder setze ich mich auf eine Bank und fange von neuem an zu spekulieren.

Wie in aller Welt sollte ich heute nacht ein Obdach finden? Gab es denn kein Loch, in das ich schlüpfen und in dem ich mich verstecken konnte, bis es Morgen wurde? Mein Stolz verbot mir, in mein Zimmer zurückzukehren; es konnte mir niemals einfallen, von meinen Worten abzugehen, ich wies diesen Gedanken mit Ingrimm zurück und lächelte im stillen überlegen über den kleinen roten Schaukelstuhl. Durch Ideenassoziationen befand ich mich plötzlich in einem großen zweifenstrigen Zimmer auf Haegdehaugen, in dem ich einmal gewohnt hatte; ich sah ein Brett auf dem Tisch, beladen mit einer Menge von Butterbroten, sie wechselten das Aussehen, sie wurden zu einem Beefsteak, einem verführerischen Beefsteak, einer schneeweißen Serviette, Brot in Masse, Silberbesteck. Und die Türe ging auf: meine Hausfrau kam und bot mir noch einmal Tee an . . .

Gesichte und Träume! Ich sagte mir: Bekäme ich jetzt Essen, würde mein Kopf wieder verstört werden, ich würde das gleiche Fieber im Gehirn wieder bekommen und viele wahnsinnige Einfälle, mit denen ich kämpfen müßte. Ich vertrug kein Essen, ich war nicht so eingerichtet; es war dies eine Sonderheit an mir, eine Eigenheit.

Vielleicht fand sich Rat für ein Obdach, wenn es auf den Abend zuging. Es hatte keine Eile; im schlimmsten Fall konnte ich im Wald draußen einen Platz suchen, ich hatte die ganze Umgebung der Stadt zur Verfügung, und es gab noch keine Kältegrade.

Die See wiegte sich da draußen in schwerer Ruhe, Schiffe und plumpe, breitnasige Prahme wühlten Furchen auf in ihrer bleiartigen Fläche, sprengten Streifen nach rechts und links aus und glitten weiter, während der Rauch sich wie Daunenbetten aus den Schornsteinen wälzte und der Kolbenschlag der Maschinen matt durch die feuchtkalte Luft drang. Es war keine Sonne und kein Wind, die Bäume hinter mir standen naß, und die Bank, auf der ich saß, war kalt und feucht. Die Zeit ging; ich wurde schlaftrunken, wurde müde und fror ein wenig über den Rücken hinab; eine Weile später fühlte ich, daß meine Augen zufallen wollten. Und ich ließ sie fallen . . .

Als ich erwachte, war es dunkel um mich herum, ich sprang betäubt und fröstelnd auf, ergriff mein Paket und begann zu gehen. Ich ging schneller und schneller, um warm zu werden, schlug mit den Armen, strich an den Beinen hinunter, die ich beinahe nicht mehr fühlte, und kam zur Brandwache hinauf. Es war neun Uhr; ich hatte mehrere Stunden geschlafen.

Was jedoch sollte ich mit mir anfangen? Irgendwo mußte ich doch sein. Ich stehe da und glotze an der Brandwache empor und denke darüber nach, ob es nicht glücken könnte, in einen der Gänge zu gelangen – einen Augenblick abzupassen, da die Patrouille den Rücken wendet. Ich gehe die Treppe hinauf und will mich ins Gespräch mit dem Mann einlassen, er hebt sofort seine Axt zur Ehrenbezeugung und wartet darauf, was ich sagen werde. Diese erhobene Axt, die mir die Schneide zuwendet, fährt mir wie ein kalter Hieb durch die Nerven, ich werde angesichts dieses bewaffneten Mannes stumm vor Schrecken und ziehe mich unwillkürlich zurück. Ich sage nichts, gleite nur mehr und mehr von ihm weg; um den Schein zu wahren, fahre ich mir mit der Hand über die Stirne, als hätte ich das eine oder andere vergessen, und schleiche dann fort. Als ich mich wieder auf dem Gehsteig befand, fühlte ich mich so erlöst, als sei ich eben einer großen Gefahr entronnen. Und ich beeilte mich wegzukommen.

Kalt und hungrig und immer verstörter trieb ich die Karl-Johan-Straße hinauf; ich begann ganz laut zu fluchen und kümmerte mich nicht darum, daß jemand es hören könnte. Unten beim Storthing, gleich beim ersten Löwen, erinnerte ich mich plötzlich durch eine neue Ideenassoziation eines Malers, den ich kannte, eines jungen Menschen, den ich einmal vor einer Ohrfeige im Tivoli gerettet hatte und bei dem ich später einmal zu Besuch gewesen war. Ich knipse mit den Fingern und begebe mich in die Tordenskjoldstraße hinunter, finde eine Türe, an der C. Zacharias Bartel auf einer Karte steht, und klopfe an.

Er kam selbst heraus; er roch nach Bier und Tabak, daß es ein Graus war.

Guten Abend! sagte ich.

Guten Abend! Sind Sie es? Nein, warum zum Teufel, kommen Sie so spät? Es nimmt sich bei Lampenlicht gar nicht gut aus. Ich habe seit dem letzten Mal einen Heuschober dazu gesetzt und ein paar Veränderungen vorgenommen. Sie müssen es bei Tag sehen, jetzt hat es keinen Sinn.

Lassen Sie es mich trotzdem jetzt sehen! sagte ich; übrigens wußte ich nicht, von welchem Bild er da sprach.

Ganz ausgeschlossen! antwortete er. Es würde alles gelb! Und dann ist auch noch etwas anderes im Weg – er kam flüsternd näher –, ich habe heute abend ein kleines Mädchen bei mir, so daß es sich rein nicht machen läßt.

Ja, wenn es sich so verhält, dann kann ja keine Rede davon sein.

Ich zog mich zurück, sagte gute Nacht und ging.

Es blieb mir wohl kein anderer Ausweg, als irgendwohin in den Wald zu gehen. Wenn nur der Erdboden nicht so feucht gewesen wäre! Ich klopfte auf meine Decke und machte mich immer vertrauter mit dem Gedanken, im Freien schlafen zu müssen. So lange hatte ich mich damit geplagt, eine Unterkunft in der Stadt zu finden, daß ich des Ganzen müde und überdrüssig geworden war; es schien mir ein Behagen und ein Genuß, zur Ruhe zu kommen, mich dem Schicksal überlassen zu dürfen und in den Straßen dahinzuschlendern, ohne einen Gedanken im Kopf. Ich ging zur Universitätsuhr und sah, daß es zehn Uhr vorbei war; von dort aus nahm ich den Weg in die Stadt hinauf. Irgendwo auf Haegdehaugen stand ich vor einem Lebensmittelladen still, in dessen Fenster verschiedene Eßwaren aufgestellt waren. Eine Katze lag dort und schlief neben einem Franzbrot, gleich dahinter standen ein Topf Schmalz und mehrere Gläser Grütze. Ich stand da und sah eine Weile auf diese Eßwaren, da ich aber kein Geld besaß, wandte ich mich ab und setzte den Marsch fort. Ich ging sehr langsam, kam an Majorstuen vorbei, ging weiter, immer weiter, ging Stunde auf Stunde und kam endlich in den Bogstadtwald hinaus.

Hier bog ich vom Weg ab und setzte mich nieder, um auszuruhen. Dann sah ich mich nach einem passenden Platz um, scharrte ein wenig Heidekraut und Wacholder zusammen und bereitete mir auf einer kleinen Anhöhe, wo es einigermaßen trocken war, ein Lager, öffnete mein Paket und nahm die Decke heraus. Ich war müde und verquält von dem langen Weg und legte mich gleich schlafen. Ich warf und wandte mich lange hin und her, bis ich endlich die richtige Lage gefunden hatte; mein Ohr schmerzte ein bißchen, war von dem Schlag des Mannes auf dem Heuwagen ein wenig aufgeschwollen, und ich konnte nicht darauf liegen. Meine Schuhe zog ich aus und legte sie unter den Kopf und auf sie das große Einwickelpapier.

Und die Dunkelheit brütete rund um mich, alles war still, alles. Aber in der Höhe oben sauste der ewige Sang, die Luft, das ferne, tonlose Summen, das niemals schweigt. Ich lauschte so lange auf dieses endlose kranke Sausen, daß es mich zu verwirren begann; es waren sicherlich Symphonien von den rollenden Welten über mir, Sterne, die einen Gesang intonierten . . .

Das ist doch auch zum Teufel! sagte ich und lachte laut, um mir Mut zu machen; es sind die Nachteulen in Kanaan.

Und ich stand auf und legte mich wieder hin, zog die Schuhe an und trieb in der Dunkelheit umher und legte mich von neuem nieder, kämpfte und stritt mit Zorn und Furcht bis zum Morgendämmern, bis ich endlich in Schlaf fiel.

Als ich die Augen aufschlug, war es heller Tag, und ich hatte das Gefühl, daß es bereits auf den Mittag zuginge. Ich zog die Schuhe an, packte die Decke wieder ein und begab mich zur Stadt zurück. Auch heute war keine Sonne zu sehen, und ich fror wie ein Hund; meine Beine waren tot, und das Wasser trat mir in die Augen, als ertrügen sie das Tageslicht nicht.

Es war drei Uhr. Der Hunger begann einigermaßen schlimm zu werden, ich war matt und ging dahin und erbrach mich hie und da verstohlen. Ich schwenkte ab, zur Dampfküche hinunter, las die Tafel und zuckte aufsehenerregend mit den Schultern, als ob Pökelfleisch und Speck kein Essen für mich seien; von dort kam ich zum Bahnhofsplatz.

Ein sonderbarer Schwindel fuhr mir mit einemmal durch den Kopf; ich ging weiter und wollte nicht darauf achten, es wurde aber schlimmer und schlimmer, und ich mußte mich zuletzt auf eine Treppe setzen. In meinem ganzen Gemüt ging eine Veränderung vor sich, als gleite etwas in meinem Inneren zur Seite oder als reiße ein Vorhang, ein Gewebe, in meinem Gehirn entzwei. Ich holte ein paarmal Atem und blieb erstaunt sitzen. Ich war nicht bewußtlos, ich fühlte deutlich, wie es in meinem Ohr von gestern her ein wenig tobte, und als ein Bekannter vorbeikam, erkannte ich ihn sofort, stand auf und grüßte.

Was war dies für eine neue qualvolle Empfindung, die nun zu den anderen hinzukam? War es eine Folge davon, daß ich auf dem bloßen Erdboden geschlafen hatte? Oder kam es daher, daß ich noch kein Frühstück bekommen hatte? Im ganzen genommen war es ja auch ein Unsinn, in dieser Weise zu leben; ich begriff, bei Christi heiligem Leiden, nicht, womit ich mir diese ausgesuchten Verfolgungen verdient hatte! Und es fiel mir plötzlich ein, daß ich ebensogut gleich zum Spitzbuben werden und mit der Bettdecke in den Keller des Onkels gehen könne. Ich konnte sie für eine Krone versetzen und drei richtige Mahlzeiten dafür bekommen, konnte mich über Wasser halten, bis sich etwas anderes fände; Hans Pauli würde ich etwas vorschwindeln. Ich war schon auf dem Weg nach dem Keller, hielt aber vor dem Eingang an, schüttelte zweifelnd den Kopf und kehrte um.

Mit jedem Schritt, mit dem ich mich entfernte, wurde ich froher und froher darüber, in dieser schweren Versuchung gesiegt zu haben. Das Bewußtsein, daß ich ehrlich war, stieg mir zu Kopfe, erfüllte mich mit dem herrlichen Gefühl, ein Charakter zu sein, ein weißer Leuchtturm in einem trüben Menschenmeer, auf dem Wracke umherschwammen. Eines andern Eigentum um einer Mahlzeit willen verpfänden, fressen und saufen, sich selbst zur Schande, sich ins eigene Gesicht Spitzbube nennen und die Augen vor sich selbst niederschlagen zu müssen – niemals! Niemals! Es war nicht im Ernst meine Absicht gewesen, es war mir beinahe nicht einmal eingefallen; lose, jagende Gedankensplitter brauchte man wirklich nicht zu verantworten, besonders wenn man ein grausames Kopfweh hatte und sich beinahe zu Tode schleppte an einer Bettdecke, die einem anderen gehörte.

Es würde sich ganz sicher doch noch ein Ausweg finden, wenn es an der Zeit war! Da war nun der Kaufmann in Grönlandsleret – hatte ich ihn jede Stunde des Tages überlaufen, seit ich ihm das Gesuch gesandt hatte? spät und früh bei ihm angeläutet, und war ich abgewiesen worden? Ich hatte ihn so gut wie gar nicht belästigt. Es brauchte ja kein vollkommen vergeblicher Versuch zu sein, ich hatte dieses Mal vielleicht das Glück auf meiner Seite; das Glück machte oft so merkwürdig verschlungene Wege. Und ich begab mich nach Grönlandsleret hinaus.

Die letzte Erschütterung, die mir durch den Kopf gegangen war, hatte mich ein wenig matt gemacht, und ich ging äußerst langsam und dachte an das, was ich dem Kaufmann sagen wollte ... Er war vielleicht eine gute Seele; wenn ihn die Laune ankam, gab er mir möglicherweise eine Krone Vorschuß auf die Arbeit, ohne daß ich ihn darum bat. Solche Leute konnten ab und zu ganz vortreffliche Einfälle haben.

Ich schlich mich in ein Tor und schwärzte meine Hosenknie mit Speichel, um ein wenig ordentlich auszusehen, legte meine Decke hinter eine Kiste in einem dunklen Winkel, überquerte die Straße und trat in den kleinen Laden ein.

Ein Mann steht da und klebt aus alten Zeitungen Tüten.

Ich möchte gerne Herrn Christie sprechen, sagte ich.

Der bin ich, antwortete der Mann.

Nun! Mein Name sei soundso, ich sei so frei gewesen, ihm ein Gesuch zu schicken, ich wüßte nicht, ob es mir etwas genützt habe.

Er wiederholte meinen Namen ein paarmal und begann zu lachen. Nun passen Sie auf! sagte er und zog meinen Brief aus seiner Brusttasche. Wollen Sie so freundlich sein und sehen, wie Sie mit Zahlen umgehen, mein Herr. Sie haben Ihren Brief mit der Jahreszahl 1848 datiert. Und der Mann lachte aus vollem Hals.

Ja, das sei ja ein wenig arg, sagte ich kleinlaut, eine Gedankenlosigkeit, eine Zerstreutheit, ich räumte das ein.

Sehen Sie, ich muß einen Mann haben, der sich überhaupt nicht mit Zahlen irrt, sagte er. Ich bedaure es: Ihre Handschrift ist so deutlich, mir gefiel Ihr Brief auch sonst, aber ...

Ich wartete eine Weile; das konnte unmöglich das letzte Wort des Mannes sein. Er machte sich wieder mit seinen Tüten zu schaffen.

Ja, das sei unangenehm, sagte ich dann, richtig scheußlich unangenehm sei es; aber es sollte sich natürlich nicht mehr wiederholen, und dieser kleine Irrtum könne mich doch nicht ganz unbrauchbar machen, überhaupt Bücher zu führen?

Nein, das sage ich ja nicht, erwiderte er; aber es fiel doch immerhin so stark für mich ins Gewicht, daß ich mich gleich zu einem anderen entschlossen habe.

Die Stelle sei also besetzt? fragte ich.

Ja.

Na, Herrgott, so ist ja wohl nichts mehr dabei zu machen!

Nein. Ich bedaure es, aber . . .

Leben Sie wohl! sagte ich.

Nun stieg der Zorn in mir auf, glühend und brutal. Ich holte mein Paket im Torweg, biß die Zähne zusammen und rannte auf dem Gehsteig an friedliche Leute an und bat nicht um Entschuldigung. Als ein Herr stehenblieb und mich wegen meines Betragens ein wenig scharf zurechtwies, wandte ich mich um und schrie ihm ein einzelnes, sinnloses Wort ins Ohr, ballte die Hände dicht unter seiner Nase und ging weiter, von einer blinden Raserei verhärtet, die ich nicht zu zügeln vermochte. Er rief nach einem Schutzmann, und ich wünschte mir nichts lieber, als einen Schutzmann einen Augenblick zwischen die Hände zu bekommen. Ich verlangsamte mit Absicht meinen Gang, um ihm Gelegenheit zu geben, mich einzuholen; aber er kam nicht. Lag nun auch noch irgendein Sinn darin, daß absolut alle innigsten und eifrigsten Versuche eines Menschen mißglücken mußten? Weshalb hatte ich nur 1848 geschrieben? Was scherte mich diese verdammte Jahreszahl? Nun ging ich hier und hungerte, daß meine Gedärme wie Würmer in mir zusammenkrochen. Und es stand nirgends geschrieben, daß ich auch nur ein wenig zu essen bekommen sollte, ehe der Tag zu Ende ging. Und je länger es dauerte, desto mehr wurde ich geistig und körperlich ausgehöhlt; ich ließ mich mit jedem Tag zu weniger und weniger ehrenhaften Handlungen herab. Ich log mich durch, ohne mich zu schämen, prellte arme Leute um die Miete, kämpfte sogar mit dem nichtswürdigen Gedanken, mich an anderer Leute Bettdecken zu vergreifen, alles ohne Reue, ohne schlechtes Gewissen. Verfaulte Flecken kamen in mein Inneres, schwarze Schwämme, die sich immer mehr ausbreiteten. Und droben im Himmel saß Gott und hatte ein wachsames Auge auf mich und sah voraus, daß mein Untergang nach allen Regeln der Kunst vor sich gehen würde, stetig und langsam, ohne Verstoß gegen das Zeitmaß. Aber im Abgrund der Hölle gingen die argen Teufel umher und verschnauften sich vor Ungeduld, weil es so lange dauerte, bis ich eine Kapitalssünde beging, eine unverzeihliche Sünde, für die mich Gott in seiner Gerechtigkeit hinabstoßen mußte . . .

Ich beschleunigte meinen Gang, trieb es zu tollerer und tollerer Fahrt, machte plötzlich linksum und kam erregt und zornig in ein helles, geschmücktes Tor. Ich blieb nicht stehen, hielt mich nicht eine Sekunde auf; aber die ganze, eigentümliche Ausstattung des Tores drang augenblicklich in mein Bewußtsein ein, jede Unwichtigkeit an den Türen, den Dekorationen, am Pflaster stand klar vor meinem inneren Blick, während ich die Treppe hinaufsprang. Im ersten Stock läutete ich heftig. Warum mußte ich gerade im ersten Stock anhalten! Und warum gerade nach diesem Glockenzug greifen, der am weitesten von der Treppe entfernt war?

Eine junge Dame in grauem Kleid mit schwarzen Verzierungen öffnete die Tür; sie sah mich eine kleine Weile erstaunt an, darauf schüttelte sie den Kopf und sagte:

Nein, heute haben wir nichts. Und sie machte Miene, die Türe zu schließen.

Warum war ich auch gerade auf dieses Menschenkind gestoßen? Sie hielt mich ohne weiteres für einen Bettler, und ich wurde mit einemmal kalt und ruhig. Ich nahm den Hut ab und machte eine ehrerbietige Verbeugung, als hätte ich ihre Worte nicht gehört, und sagte äußerst höflich:

Ich bitte es zu entschuldigen, Fräulein, daß ich so stark geläutet habe, ich kannte die Glocke nicht. Hier soll ein kranker Herr wohnen, der nach einem Mann ausgeschrieben hat, um sich im Rollstuhl fahren zu lassen?

Sie stand eine Weile und schmeckte an dieser lügenhaften Erfindung und schien in ihrer Meinung über meine Person im Zweifel zu sein.

Nein, sagte sie zuletzt, nein, hier wohnt kein kranker Herr.

Nicht? Ein älterer Herr, zwei Stunden Fahrzeit am Tag, vierzig Öre für die Stunde?

Nein.

Dann bitte ich nochmals um Entschuldigung, sagte ich; es ist vielleicht im Erdgeschoß. Ich wollte nur einen Mann empfehlen, den ich zufällig kenne und für den ich mich interessiere. Mein Name ist Wedel-Jarlsberg. – Und ich verbeugte mich wieder und trat zurück. Die junge Dame wurde flammend rot, in ihrer Verlegenheit konnte sie sich nicht vom Fleck rühren, sondern stand und starrte mir nach, als ich die Treppe hinunterging.

Meine Ruhe war zurückgekehrt, und mein Kopf war klar. Die Worte der Dame, daß sie heute nichts für mich hätte, waren wie ein kalter Strahl gewesen. So weit war es gekommen, daß jedermann in seinen Gedanken auf mich deuten konnte und zu sich sagen: Dort geht ein Bettler, einer von jenen, die ihre Nahrung bei den Leuten durch die Wohnungstüren hinausgereicht bekommen!

In der Möllerstraße blieb ich vor einer Wirtschaft stehen und schnupperte nach dem frischen Duft von Fleisch, das drinnen gebraten wurde; ich hatte die Hand schon auf der Türklinke und wollte, ohne dort etwas zu tun zu haben, hineingehen, bedachte mich aber noch rechtzeitig und ging fort. Als ich zum Stortorv kam und nach einem Platz zum Ausruhen suchte, waren alle Bänke besetzt, und ich ging vergebens rund um die ganze Kirche herum und spähte nach einem stillen Ort, wo ich mich niederlassen konnte. Natürlich! sagte ich finster zu mir, natürlich, natürlich! Und ich begann wieder zu gehen. Ich machte einen Abstecher zum Brunnen an der Basarecke hinunter und trank einen Schluck Wasser, ging von neuem, schleppte mich Fuß für Fuß vorwärts, nahm mir Zeit zu langen Pausen vor jedem Schaufenster, blieb stehen und folgte mit den Augen jedem Wagen, der vorbeikam. Ich fühlte eine leuchtende Hitze in meinem Kopf, und es klopfte seltsam an meinen Schläfen. Das Wasser, das ich getrunken, bekam mir höchst schlecht, und ich erbrach mich da und dort in der Straße. So kam ich bis ganz hinauf zum Christusfriedhof. Ich setzte mich, mit den Ellbogen auf den Knien und den Kopf in den Händen; in dieser zusammengezogenen Stellung war mir wohl, und ich fühlte das schwache Nagen in der Brust nicht mehr.

Ein Steinmetz lag neben mir auf dem Bauch über einer großen Granitplatte und haute eine Inschrift ein; er hatte eine blaue Brille auf und erinnerte mich mit einemmal an einen Bekannten von mir, den ich beinahe vergessen hatte, einen Mann, der in einer Bank beschäftigt war und den ich vor längerer Zeit im Oplandske-Café getroffen hatte.

Könnte ich nur aller Scham den Kopf abbeißen und mich an ihn wenden! Ihm geradeheraus die Wahrheit sagen; sagen, daß es mir gegenwärtig ziemlich schlecht ging und es mir sehr schwer wurde, mich am Leben zu erhalten! Ich könnte ihm mein Barbierabonnement geben ... Tod und Teufel, mein Barbierbuch! Karten für annähernd eine Krone! Und ich fasse nervös nach diesem kostbaren Schatz. Als ich es nicht schnell genug finde, springe ich auf, suche in Angstschweiß gebadet danach, finde es endlich auf dem Grund der Brusttasche zusammen mit anderen Papieren, reinen und beschriebenen, ohne Wert. Ich zähle diese sechs Karten viele Male von vorn und von hinten; ich hatte sie nicht durchaus notwendig, es konnte ja eine Laune von mir sein, ein Einfall, daß ich mich nicht mehr rasieren lassen wollte. Mir wäre mit einer halben Krone geholfen, einer weißen halben Krone aus Silber von Kongsberg! Die Bank wurde um sechs Uhr geschlossen, ich konnte meinen Mann außerhalb Oplandske gegen sieben, acht Uhr abpassen.

Ich saß da und freute mich eine lange Weile an diesem Gedanken. Die Zeit ging, es blies tüchtig in den Kastanien um mich her, und der Tag neigte sich. War es nun nicht doch ein wenig beschämend, mit sechs Rasierkarten zu einem jungen Herrn zu kommen, der in einer Bank angestellt war? Er hatte vielleicht zwei dickvolle Barbierbücher in der Tasche, viel schönere und reinere Karten als meine eigenen, niemand konnte dies wissen. Und ich suchte in allen meinen Taschen nach anderen Dingen, die ich noch mit dreingeben könnte, fand aber nichts. Wenn ich ihm nur meinen Schlips anbieten könnte! Ich konnte ihn gut entbehren, falls ich den Rock fest zuknöpfte, was ich ohnehin tun mußte, da ich keine Weste mehr hatte. Ich löste den Schlips, eine große Deckschleife, die meine halbe Brust versteckte, putzte ihn sorgfältig ab und packte ihn in ein Stück weißes Schreibpapier mit dem Barbierbuch zusammen ein. Dann verließ ich den Friedhof und ging hinunter zum Oplandske.

Am Rathaus war es sieben Uhr. Ich bewegte mich in der Nähe des Cafés, pendelte am Eisengitter entlang auf und nieder und hielt scharfen Ausguck auf alle, die durch die Türe kamen und gingen. Endlich, gegen acht Uhr, sah ich den jungen Mann frisch und elegant die Straße heraufkommen und auf die Türe des Cafés zuschwenken. Mein Herz flatterte wie ein kleiner Vogel in meiner Brust, als ich ihn zu Gesicht bekam, und ich stürzte blindlings auf ihn zu, ohne zu grüßen.

Eine halbe Krone, alter Freund! sagte ich und stellte mich frech; hier – hier haben sie Valuta. – Und ich steckte ihm das Päckchen in die Hand.

Hab ich nicht, sagte er, nein, weiß Gott, ob ich sie habe! – Er stülpte seinen Geldbeutel vor meinen Augen um. – Ich war gestern abend aus und bin blank; Sie dürfen mir glauben, ich habe nichts.

Nein, nein, mein Lieber, das ist wohl so! antwortete ich und glaubte seinen Worten. Er hatte ja keinen Grund, wegen einer solchen Kleinigkeit zu lügen; es kam mir auch so vor, als seien seine blauen Augen beinahe feucht geworden, da er seine Taschen untersuchte und nichts fand. Ich zog mich zurück. Entschuldigen Sie nur! sagte ich, ich war nur in einer kleinen Verlegenheit.

Ich war bereits ein Stück weit die Straße hinuntergekommen, als er mir wegen des Päckchens nachrief.

Behalten Sie es, behalten Sie es! antwortete ich; es sei Ihnen wohl vergönnt. Es sind nur ein paar Kleinigkeiten, eine Bagatelle – ungefähr alles, was ich auf Erden besitze. – Und ich wurde über meine eigenen Worte gerührt, die in dem dämmernden Abend so trostlos klangen, und ich fing zu weinen an.

Der Wind frischte auf, die Wolken jagten rasend am Himmel dahin, und es ward kühler und kühler, je mehr es dunkelte. Ich ging und weinte die ganze Straße hinab, fühlte immer mehr Mitleid mit mir selbst und wiederholte viele Male ein paar Worte, einen Ausruf, der abermals die Tränen hervortrieb, wenn sie aufhören wollten: Herr, mein Gott, wie schlecht es mir geht! Herr, mein Gott, wie schlecht es mir geht!

Es verging eine Stunde, verging so unendlich langsam und träge. Ich hielt mich eine Zeitlang in der Torvstraße auf, saß auf den Stufen, schlüpfte in die Torwege, wenn jemand vorbeikam, stand da und starrte gedankenlos in die erleuchteten Krämerläden, in denen die Leute mit Waren und Geld umherhuschten; zuletzt fand ich einen geschützten Platz hinter einem Bretterstapel zwischen der Kirche und den Basaren.

Nein, ich konnte heute abend nicht mehr bis zum Wald kommen, gehe es, wie es wolle, ich hatte keine Kräfte dazu, und der Weg war so endlos lang. Ich wollte die Nacht herumbringen, so gut es ging, und bleiben, wo ich war; wurde es zu kalt, konnte ich ein wenig um die Kirche gehen, ich hatte nicht vor, mehr Umstände damit zu machen. Und ich lehnte mich zurück und schlief so halb und halb ein.

Der Lärm um mich her nahm ab, die Läden wurden geschlossen, die Schritte der Fußgänger klangen seltener und seltener; und nach und nach wurden alle Fenster dunkel ...

Ich schlug die Augen auf und wurde eine Gestalt vor mir gewahr; die blanken Knöpfe, die mir entgegenleuchteten, ließen mich einen Schutzmann ahnen; das Gesicht des Mannes konnte ich nicht sehen.

Guten Abend! sagte er.

Guten Abend! antwortete ich und erschrak. Verlegen erhob ich mich. Er stand eine Weile unbeweglich da.

Wo wohnen Sie? fragte er.

Ich nannte aus alter Gewohnheit und ohne darüber nachzudenken, meine alte Adresse, die kleine Dachstube, die ich verlassen hatte.

Er blieb noch eine Zeitlang stehen.

Habe ich etwas Unrechtes getan? fragte ich ängstlich.

Nein, weit entfernt, antwortete er. Aber Sie sollten jetzt wohl heimgehen, es ist zu kalt, hier zu liegen.

Ja, es ist kühl, das fühle ich.

Und ich sagte gute Nacht und nahm instinktmäßig den Weg hinaus zu meinem alten Zimmer. Wenn ich nur vorsichtig vorginge, könnte ich gewiß hinaufkommen, ohne gehört zu werden; es waren alles in allem acht Treppen, und nur die zwei obersten knackten unter den Tritten.

Unten am Tor nahm ich die Schuhe ab und ging dann hinauf. Es war überall still. Im ersten Stock hörte ich das langsame Ticktack einer Uhr und ein Kind, das ein wenig weinte; dann hörte ich nichts mehr. Ich fand meine Türe, lüpfte sie ein wenig in den Angeln und öffnete sie ohne Schlüssel, wie ich es gewohnt war, ging ins Zimmer und zog die Türe lautlos wieder zu.

Alles war noch so, wie ich es verlassen hatte, die Vorhänge vor den Fenstern waren zur Seite geschlagen und das Bett stand leer. Auf dem Tisch konnte ich ein Papier erkennen, es war vielleicht mein Billett an die Wirtin; sie war also nicht einmal hier oben gewesen, seit ich meiner Wege gegangen. Ich tastete mit der Hand über den weißen Fleck und fühlte zu meiner Verwunderung, daß es ein Brief war. Ein Brief? Ich nehme ihn mit ans Fenster, studiere, so gut es sich in der Dunkelheit machen läßt, diese schlecht geschriebenen Buchstaben und finde endlich meinen eigenen Namen heraus. Aha! dachte ich, Antwort von der Wirtin, ein Verbot, mein Zimmer wieder zu betreten, falls ich wieder hierher zurückflüchten sollte!

Und langsam, ganz langsam gehe ich wieder aus dem Zimmer heraus, trage die Schuhe in der einen Hand, den Brief in der anderen und die Decke unterm Arm. Ich mache mich leicht und beiße bei den knarrenden Stufen die Zähne zusammen, komme glücklich und wohlbehalten über alle diese Treppen hinunter und stehe wieder unten im Tor.

Ich ziehe die Schuhe wieder an, lasse mir gut Zeit mit den Riemen, sitze sogar einen Augenblick still, nachdem ich fertig bin; starre gedankenlos vor mich hin und halte den Brief in der Hand.

Dann erhebe ich mich und gehe.

Ein blaffender Gaslaternenschein blinkt dort in der Straße, ich gehe bis unter die Laterne, lehne mein Paket gegen den Kandelaber und öffne den Brief, alles äußerst langsam.

Wie ein Strom von Licht durchfährt es meine Brust, und ich höre, daß ich einen kleinen Ruf ausstoße, einen sinnlosen Ruf der Freude: Der Brief war vom Redakteur. Mein Feuilleton war angenommen, war sogleich in die Setzerei gegangen! „Einige kleine Änderungen ... ein paar Schreibfehler verbessert ... talentvoll gemacht ... wird morgen gedruckt ... zehn Kronen.“

Ich lachte und weinte, setzte in Sprüngen die Straße hinunter, hielt an und schlug mir aufs Knie, fluchte um nichts und wieder nichts hoch und teuer ins Blaue hinein. Und die Zeit verging.

Die ganze Nacht, bis zum hellen Morgen, johlte ich in den Straßen umher, dumm vor Freude, und wiederholte unaufhörlich: Talentvoll gemacht, also ein kleines Meisterwerk, ein Geniestreich. Und zehn Kronen!

2

Ein paar Wochen später befand ich mich eines Abends draußen.

Ich war wieder auf einem der Friedhöfe gewesen und hatte an einem Artikel für irgendeine Zeitung geschrieben. Während ich damit beschäftigt war, wurde es zehn Uhr, die Dunkelheit fiel ein, und die Pforte sollte geschlossen werden. Ich war hungrig, sehr hungrig; die Kronen waren leider nur allzubald verbraucht; nun war es zwei, beinahe drei Tage und Nächte her, seit ich etwas gegessen hatte, und ich fühlte mich matt, ein wenig angegriffen vom Schreiben mit dem Bleistift. Ich hatte ein halbes Federmesser und einen Schlüsselbund in der Tasche, aber nicht einen Ör.

Als die Friedhofspforte geschlossen wurde, hätte ich ja geradeaus heimgehen sollen; aber aus einer instinktmäßigen Scheu vor meinem Zimmer, wo alles dunkel und leer war – einer verlassenen Klempnerwerkstatt, in der mich einstweilen aufzuhalten ich endlich Erlaubnis bekommen hatte –, schwankte ich weiter, trieb aufs Geratewohl am Rathaus vorbei, bis hinunter zum Hafen und auf eine Bank auf dem Eisenbahnkai zu, wo ich mich hinsetzte.

Es fiel mir in diesem Augenblick kein trauriger Gedanke ein, ich vergaß meine Not und fühlte mich beruhigt bei dem Anblick des Hafens, der friedlich und schön im Halbdunkel dalag. Aus alter Gewohnheit wollte ich mich daran erfreuen, das Stück durchzulesen, das ich eben geschrieben hatte und das meinem leidenden Gehirn als das beste vorkam, was ich je gemacht hatte. Ich zog mein Manuskript aus der Tasche, hielt es dicht vor die Augen, um besser zu sehen, und durchlief eine Seite nach der anderen. Zuletzt wurde ich müde und steckte das Papier wieder in die Tasche. Alles war still; die See lag wie blaues Perlmutter da, und kleine Vögel flogen stumm an mir vorbei von Ort zu Ort. Ein Schutzmann patrouilliert etwas weiter weg, sonst ist kein Mensch zu sehen, und der ganze Hafen liegt schweigend da.

Ich zähle wieder mein Gut: ein halbes Federmesser, ein Schlüsselbund, aber nicht ein Ör. Plötzlich greife ich in meine Tasche und ziehe die Papiere wieder hervor. Es war ein mechanischer Akt, ein unbewußtes Nervenzucken. Ich suchte mir ein weißes, unbeschriebenes Blatt aus, und – Gott weiß, woher ich die Idee bekam – ich machte eine Tüte, schloß sie sorgfältig, so daß sie wie voll aussah, und warf sie weit über das Pflaster weg; sie wurde vom Wind noch etwas weiter fortgeführt, dann blieb sie liegen.

Nun hatte der Hunger begonnen mich anzugreifen. Ich saß da und sah nach der weißen Tüte, die gleichsam von blanken Silbermünzen angeschwollen war, und hetzte mich selbst dazu auf, zu glauben, daß sie wirklich etwas enthalte. Ganz aufrecht saß ich da und verleitete mich dazu, die Summe zu erraten – wenn ich richtig riet, war sie mein! Ich stellte mir die kleinen, niedlichen Zehnörestücke zuunterst vor und die fetten, gerippten Kronen obendrauf – eine ganze Tüte voll Münzen! Ich saß da und sah sie mit aufgesperrten Augen an und führte mich selbst in Versuchung, hinzugehen und sie zu stehlen.

Dann höre ich den Schutzmann husten – und wie konnte ich darauf verfallen, genau das gleiche zu tun? Ich erhebe mich von der Bank und huste, und ich wiederhole dies dreimal, damit er es hören soll. Wie würde er sich auf die Tüte stürzen, wenn er käme! Ich freute mich über diesen Streich und rieb mir entzückt die Hände und fluchte großmächtig vor mich hin. Der sollte ein langes Gesicht machen, der Hund! In den heißesten Pfuhl der Hölle sollte er versinken über diesen Spitzbubenstreich! Ich war vor Hunger trunken geworden, mein Hunger hatte mich berauscht.

Ein paar Minuten später kommt der Schutzmann daher, mit seinen Eisenabsätzen auf dem Pflaster klappernd und nach allen Seiten spähend. Er läßt sich gut Zeit, er hat die ganze Nacht vor sich; er sieht die Tüte nicht – nicht bevor er ganz nahe bei ihr ist. Da bleibt er stehen und betrachtet sie. Es sieht so weiß und wertvoll aus, was dort liegt, vielleicht eine kleine Summe, was? eine kleine Summe Silbergeldes? ... Und er hebt sie auf. Hm! das ist leicht, das ist sehr leicht. Vielleicht eine kostbare Feder, ein Hutschmuck ... Und er öffnet sie behutsam mit seinen großen Händen und schaut hinein. Ich lachte, lachte und schlug mir auf das Knie, lachte wie ein Rasender. Und nicht ein Laut kam mir aus der Kehle, mein Lachen war stumm und hektisch, hatte die Inbrunst des Weinens ...

Dann klappert es wieder auf dem Pflaster, und der Schutzmann macht eine Schwenkung zum Kai hinüber. Ich saß mit Tränen in den Augen da und rang nach Atem, ganz außer mir vor fiebriger Lustigkeit. Ich begann laut zu sprechen, erzählte mir selbst von der Tüte, ahmte die Bewegungen des armen Schutzmannes nach, schaute in meine hohle Hand und wiederholte wieder und wieder vor mich hin: Er hustete, als er sie wegwarf! Diesen Worten fügte ich neue hinzu, gab ihnen aufreizende Zusätze, stellte den ganzen Satz um und spitzte ihn zu: Er hustete einmal – khöhö!

Ich erschöpfte mich in Variationen über diese Worte, und es dauerte bis weit in den Abend hinein, bevor meine Lustigkeit aufhörte. Dann überkam mich eine schläfrige Ruhe, eine behagliche Mattheit, der ich keinen Widerstand entgegensetzte. Die Dunkelheit war ein wenig dicker geworden, eine kleine Brise furchte das Perlmutter der See. Die Schiffe, deren Masten sich gegen den Himmel abhoben, sahen mit ihren schwarzen Rümpfen wie lautlose Ungeheuer aus, die die Borsten sträubten und dalagen und auf mich warteten. Ich verspürte keinen Schmerz, mein Hunger hatte ihn abgestumpft; statt dessen fühlte ich mich angenehm leer, unberührt von allem um mich her und froh darüber, von keinem gesehen zu werden. Ich legte die Beine auf die Bank und lehnte mich zurück, auf diese Weise konnte ich am besten das ganze Wohlsein der Abgesondertheit fühlen. Keine Wolke war in meinem Gemüt, kein Gefühl des Unbehagens, keine unerfüllte Lust oder Begierde, so weit meine Gedanken reichten. Ich lag mit offenen Augen, in einem Zustand der Abwesenheit meiner selbst, ich fühlte mich herrlich entfernt.

Immer noch gab es keinen Laut, der mich störte; die milde Dunkelheit hatte die Allwelt vor meinen Augen verborgen und mich hier in eitel Ruhe begraben – nur das öde Rauschen der Stille schweigt mir monoton in die Ohren. Und die dunklen Ungeheuer da draußen werden mich an sich saugen, wenn die Nacht kommt, und sie werden mich weit über das Meer tragen und in fremde Länder, in denen keine Menschen wohnen. Und sie werden mich zum Schloß der Prinzessin Ylajali bringen, wo mich eine ungeahnte Herrlichkeit erwartet, die größer ist als die irgendeines Menschen. Und sie selbst wird in einem strahlenden Saal sitzen, in dem alles aus Amethyst ist, auf einem Thron von gelben Rosen, und wird mir die Hand entgegenstrecken, wenn ich hereinkomme, mich begrüßen und Willkommen rufen, wenn ich mich nähere und niederknie: Willkommen, Ritter, bei mir und in meinem Land! Ich habe dich seit zwanzig Sommern erwartet und in allen hellen Nächten dich gerufen, und wenn du traurig warst, habe ich hier geweint, und wenn du schliefst, habe ich dir herrliche Träume eingeatmet ... Und die Schöne nimmt meine Hand und folgt mir, leitet mich durch lange Gänge, in denen große Menschenscharen Hurra rufen, durch helle Gärten, in denen dreihundert junge Mädchen spielen und lachen, in einen anderen Saal hinein, in dem alles aus leuchtendem Smaragd besteht. Die Sonne flutet herein, durch Galerien und Gänge schreiten singende Chöre, Ströme von Duft schlagen mir entgegen. Ich halte ihre Hand in meiner, und ich fühle die wilde Köstlichkeit der Verzauberung in mein Blut dringen; ich lege meinen Arm um sie, und sie flüstert: Nicht hier, folge mir weiter! Und wir treten in den roten Saal, in dem alles Rubin und eine schwellende Herrlichkeit ist, in die ich versinke. Da fühle ich ihren Arm um mich, sie atmet in mein Antlitz, flüstert: Willkommen, Geliebter! Küß mich! Mehr ... mehr ...

Ich sehe von meiner Bank aus Sterne vor den Augen, und meine Gedanken streichen in einen Orkan von Licht hinein ...

Ich war in Schlaf gefallen und wurde vom Schutzmann

geweckt. Da saß ich, unbarmherzig zum Leben und zum Elend zurückgerufen. Mein erstes Gefühl war ein stupides Erstaunen darüber, mich selbst draußen unter offnem Himmel zu finden, aber bald wurde dieses von einem bitteren Mißmut abgelöst, und ich war nahe daran, zu weinen, vor Trauer darüber, noch am Leben zu sein. Es hatte geregnet, während ich schlief. Meine Kleider waren ganz durchnäßt, und ich fühlte die rauhe Kälte in meinen Gliedern. Die Dunkelheit war noch dichter geworden, zur Not konnte ich die Gesichtszüge des Schutzmannes vor mir erkennen.

Soo, sagte er, stehen Sie nun auf!

Ich erhob mich sofort; hätte er mir befohlen, mich wieder hinzulegen, hätte ich auch gehorcht. Ich war sehr niedergestimmt und ganz ohne Kraft, dazu kam, daß ich den Hunger fast augenblicklich wieder zu fühlen begann.

Warten Sie doch ein wenig, Dummkopf! rief der Schutzmann mir nach, Sie gehen ja ohne Ihren Hut fort. Soo, gehen Sie jetzt!

Mir schien es auch so, als ob ich gleichsam – gleichsam etwas vergessen hatte, stammelte ich abwesend. Danke, gute Nacht.

Und ich schwankte weiter.

Wer nun ein wenig Brot hätte! Ein solch herrliches kleines Roggenbrot, von dem man herunterbeißen konnte, während man durch die Straßen ging. Und ich ging weiter und stellte mir eben diese besondere Sorte Roggenbrot vor, von der jetzt so herrlich zu essen gewesen wäre. Ich hungerte bitterlich, wünschte mich tot und fort, wurde sentimental und weinte. Mein Elend wollte kein Ende nehmen! Dann blieb ich mit einemmal auf der Straße stehen, stampfte auf das Pflaster und fluchte laut. Was hatte er mich doch geheißen? Dummkopf? Ich werde es diesem Schutzmann zeigen, was das sagen will, mich einen Dummkopf zu heißen! Damit kehrte ich um und lief zurück. Ich flammte vor Zorn heiß auf. Unten in der Straße stolperte ich und fiel, aber ich beachtete es nicht, sprang wieder auf und lief. Beim Bahnhofsplatz war ich jedoch so müde geworden, daß ich mich nicht dazu imstande fühlte, bis hinunter zum Hafen zu gehen; auch hatte mein Zorn während des Laufens abgenommen. Endlich hielt ich an und holte Atem. War es schließlich nicht ganz gleichgültig, was solch ein Schutzmann gesagt hatte? – Ja, aber alles ließ ich mir doch nicht gefallen! – Freilich! unterbrach ich mich selbst, schließlich verstand er es eben nicht besser! Und diese Entschuldigung fand ich zufriedenstellend; ich wiederholte für mich selbst, daß er es eben nicht besser verstand. Damit kehrte ich wieder um.

Mein Gott, worauf du auch verfallen kannst! dachte ich zornig; wie ein Verrückter in solchen regennassen Straßen bei dunkler Nacht herumzulaufen! – Der Hunger nagte unerträglich und ließ mich nicht zur Ruhe kommen. Wieder und wieder schluckte ich Speichel, um mich auf diese Weise zu sättigen, und es schien, als wolle dies helfen. Es war nun viele Wochen allzu schmal mit dem Essen für mich gewesen, bevor es so weit gekommen war, und meine Kräfte hatten in letzter Zeit bedeutend abgenommen. War ich so glücklich gewesen, ein Fünfkronenstück durch das eine oder andere Manöver aufzutreiben, wollte dieses Geld nie so lange reichen, daß ich wieder ganz hergestellt war, ehe eine neue Hungerzeit über mich hereinbrach. Am schlimmsten war es meinem Rücken und meinen Schultern ergangen; das leise Bohren in der Brust konnte ich ja für einen Augenblick bekämpfen, wenn ich hart hustete oder wenn ich ordentlich vornübergebeugt ging; aber für den Rücken und die Schultern wußte ich keinen Rat. Woher kam es nur, daß es gar nicht heller für mich werden wollte? War ich nicht ebenso berechtigt zu leben, wie irgendwelch anderer, wie der Antiquarbuchhändler Pascha und der Dampfschiffexpediteur Hennechen? Hatte ich nicht etwa Schultern wie ein Riese und zwei starke Arme zur Arbeit, und hatte ich nicht sogar einen Holzhackerplatz in der Möllerstraße gesucht, um mein tägliches Brot zu verdienen? War ich träge? Hatte ich mich nicht um Stellen bemüht und Vorlesungen gehört und Zeitungsartikel geschrieben und Nacht und Tag wie ein Verrückter studiert und gearbeitet? Und hatte ich nicht wie ein Geizhals gelebt, von Brot und Milch, wenn ich viel hatte, Brot, wenn ich wenig hatte, und gehungert, wenn ich nichts hatte? Wohnte ich im Hotel, hatte ich eine Flucht von Zimmern im ersten Stock? Auf einem Speicher wohnte ich, in einer Klempnerwerkstatt, aus der Gott und alle Welt im letzten Winter geflüchtet war, weil es hineinschneite. Ich konnte mich auf das Ganze durchaus nicht mehr verstehen.

Über all dieses dachte ich im Weitergehen nach, und es war kein Funken von Bosheit oder Mißgunst oder Bitterkeit in meinen Gedanken.

Bei einem Farbenladen blieb ich stehen und sah durch das

Fenster hinein; ich versuchte die Aufschriften auf einigen hermetischen Büchsen zu lesen, aber es war dunkel. Ärgerlich auf mich selbst wegen dieses neuen Einfalles und heftig und zornig darüber, daß ich nicht herausfinden konnte, was diese Dosen enthielten, klopfte ich einmal ans Fenster und ging weiter. Oben in der Straße sah ich einen Polizisten, ich beschleunigte meinen Gang, ging dicht bis zu ihm hin und sagte ohne den geringsten Anlaß:

Es ist zehn Uhr.

Nein, es ist zwei Uhr, antwortete er erstaunt.

Nein, es ist zehn, sagte ich. Es ist zehn Uhr. Und stöhnend vor Zorn trat ich noch ein paar Schritte vor, ballte meine Hand und sagte: Hören Sie, daß Sie es wissen – es ist zehn Uhr.

Er stand da und überlegte eine Weile, betrachtete meine Person, starrte mich verblüfft an. Endlich sagte er ganz still:

Auf jeden Fall ist es an der Zeit, daß Ihr heimgeht. Wollt Ihr, daß ich Euch begleite?

Durch diese Freundlichkeit wurde ich entwaffnet; ich fühlte, daß mir Tränen in die Augen traten, und ich beeilte mich zu antworten:

Nein, danke! Ich bin nur ein wenig zu lange aus gewesen, in einem Café! Ich danke Ihnen vielmals.

Er legte die Hand an den Helm, als ich ging. Seine Freundlichkeit hatte mich überwältigt, und ich weinte, weil ich keine fünf Kronen besaß, die ich ihm hätte geben können. Ich blieb stehen und sah ihm nach, während er langsam seinen Weg wandelte, schlug mich vor die Stirn und weinte heftiger, je weiter er sich entfernte. Ich schalt mich wegen meiner Armut aus, gab mir Schimpfnamen, erfand verletzende Benennungen, herrlich rohe Entdeckungen von Scheltworten, mit denen ich mich selbst überschüttete. Das setzte ich fort, bis ich beinahe ganz zu Hause war. Als ich an das Tor kam, entdeckte ich, daß ich meine Schlüssel verloren hatte.

Ja natürlich! sagte ich bitter zu mir selbst, warum sollte ich denn meine Schlüssel nicht verlieren? Hier wohne ich in einem Haus, in dem unten ein Stall ist und oben eine Klempnerwerkstatt; das Tor ist in der Nacht verschlossen, und niemand, niemand kann es aufschließen – warum sollte ich nicht auch noch meine Schlüssel verlieren? Ich war naß wie ein Hund, ein bißchen hungrig, ein ganz klein wenig hungrig, und ein wenig lächerlich müde in den Knien – warum sollte ich sie auch nicht verlieren? Warum war denn nicht gleich das ganze Haus nach Aker verzogen, wenn ich kam und hinein wollte? ... Und ich lachte in mich hinein, verstockt vor Hunger und Verkommenheit.

Ich hörte die Pferde drinnen im Stall stampfen und konnte meine Fenster oben sehen; aber das Tor konnte ich nicht öffnen und konnte nicht hineinschlüpfen. Müde und verbittert beschloß ich daher, zum Hafen zurückzugehen und nach meinen Schlüsseln zu suchen.

Es hatte wieder angefangen zu regnen, und ich fühlte bereits das Wasser auf meine Schultern durchdringen. Am Rathaus kam mir mit einemmal ein guter Gedanke: ich wollte die Polizei ersuchen, mir das Tor zu öffnen. Ich wandte mich sofort an einen Schutzmann und bat ihn inständig, mitzukommen und mir aufzuschließen, wenn er könne.

Hja, wenn er könne, ja! Aber er könne nicht. Er habe keinen Schlüssel. Die Schlüssel der Polizei seien nicht hier, die seien in der Detektivabteilung.

Was ich da tun solle?

Hja, ich solle in ein Hotel gehen und dort schlafen.

Aber ich könne wirklich nicht gut ins Hotel gehen; ich hätte kein Geld. Ich sei aus gewesen, in einem Café, er verstünde doch wohl ...

Wir standen eine kleine Weile auf der Treppe des Rathauses. Er überlegte und bedachte sich und betrachtete mich. Der Regen strömte draußen nieder.

Dann müssen Sie zum Wachthabenden hineingehen und sich als obdachlos melden, sagte er.

Als obdachlos? Daran hatte ich nicht gedacht. Ja, Tod und Teufel, das war eine gute Idee! Und ich dankte dem Schutzmann auf der Stelle für diesen vorzüglichen Rat. Ob ich ganz einfach hineingehen könne und sagen, daß ich obdachlos sei?

Ganz einfach! ...

Namen? fragte der Wachthabende.

Tangen – Andreas Tangen.

Ich weiß nicht, warum ich log. Meine Gedanken flatterten aufgelöst umher und gaben mir mehr Einfälle, als ich verwenden konnte; ich erfand diesen ferne liegenden Namen im Nu und schleuderte ihn ohne jede Berechnung heraus. Ich log ohne Notwendigkeit.

Beruf?

Dies hieß mir den Stuhl vor die Türe setzen. Hm. Ich dachte zuerst, mich zum Spengler zu machen, wagte es aber nicht; ich hatte mir einen Namen gegeben, den nicht jeder Spengler hat, außerdem trug ich eine Brille auf der Nase. Da fiel es mir ein, dummdreist zu sein, ich trat einen Schritt vor und sagte fest und feierlich: Journalist.

Der Wachthabende gab sich einen Ruck, ehe er schrieb, und großartig, wie ein obdachloser Staatsrat, stand ich vor der Schranke. Ich erregte kein Mißtrauen; der Wachthabende konnte es wohl verstehen, daß ich mit meiner Antwort gezögert hatte. Wie sah dies auch aus, ein Journalist auf dem Rathaus, ohne Dach über dem Kopf!

Bei welchem Blatt, Herr Tangen?

Beim ›Morgenblatt‹, sagte ich. Leider bin ich heute abend ein wenig zu lang aus gewesen ...

Ja, davon wollen wir nicht sprechen! unterbrach er mich, und er fügte mit einem Lächeln hinzu: Wenn die Jugend bummelt, dann ... Wir verstehen. Zu einem Schutzmann gewendet, sagte er, indem er sich erhob und sich höflich vor mir verbeugte: Führen Sie den Herrn in die reservierte Abteilung hinauf. Gute Nacht.

Ich fühlte es bei meiner eigenen Dreistigkeit kalt über den Rücken hinunterlaufen, und um mir Mut zu machen, ballte ich im Gehen die Hände.

Das Gas brennt zehn Minuten lang, sagte der Schutzmann noch in der Türe.

Und dann wird es ausgelöscht?

Dann wird es ausgelöscht.

Ich setzte mich auf das Bett und hörte, wie der Schlüssel umgedreht wurde. Die helle Zelle sah freundlich aus; mir war gut und wohl zumute, heimisch, und ich lauschte dem Regen draußen mit Wohlbehagen. Ich konnte mir nichts Besseres wünschen als solch eine behagliche Zelle! Meine Zufriedenheit stieg. Auf dem Bett sitzend, den Hut in der Hand und die Augen auf die Gasflamme an der Wand geheftet, fing ich an, über die Augenblicke meines ersten Zusammentreffens mit der Polizei nachzudenken. Dies war das erstemal gewesen, und wie hatte ich sie genarrt! Journalist Tangen, wie bitte? Und dann das ›Morgenblatt‹! Wie hatte ich den Mann gerade ins Herz getroffen mit dem ›Morgenblatt‹. Darüber sprechen wir nicht, was? In Gala bis zwei Uhr im Stiftsgaard gesessen, den Torschlüssel vergessen und eine Brieftasche mit einigen Tausend daheim! Führen Sie den Herrn in die reservierte Abteilung hinauf . . .

Da verlöscht plötzlich das Gas, ganz wunderbar plötzlich, ohne abzunehmen, ohne einzuschrumpfen. Ich sitze in einer tiefen Finsternis, kann meine Hand nicht sehen, nicht die weißen Wände rund um mich, nichts. Was war da anderes zu tun, als zu Bett zu gehen? Und ich kleidete mich aus.

Aber ich konnte nicht schlafen. Eine Zeitlang blieb ich liegen und sah in die Finsternis, in diese dicke Massenfinsternis, die keinen Boden hatte, die ich nicht begreifen konnte. Meine Gedanken konnten sie nicht erfassen. Sie schien mir über alle Maßen dunkel, und ich fühlte mich durch ihre Nähe bedrückt. Ich schloß die Augen, begann halblaut zu singen und warf mich auf die Pritsche, um mich zu zerstreuen; aber ohne Erfolg. Die Dunkelheit hatte mein Denken ergriffen und ließ mich keinen Augenblick in Frieden. Wie, wenn ich selbst in Dunkelheit aufgelöst und eins mit ihr würde? Ich richte mich im Bett auf und schlage mit den Armen um mich.

Mein nervöser Zustand hatte sich verschlimmert, und ich versuchte, mich aus allen Kräften zu wehren, aber es half nichts. Da saß ich, eine Beute der seltsamsten Phantasien, mich selbst beschwichtigend, Wiegenlieder summend und schwitzend von der Anstrengung, mich zur Ruhe zu bringen. Ich starrte in die Dunkelheit hinaus, ich hatte niemals in meinem Leben eine solche Finsternis gesehen. Es war kein Zweifel darüber, daß ich mich hier einer eigenen Art von Finsternis gegenüber befand, einem desperaten Element, auf das niemand vorher geachtet hatte. Die lächerlichsten Gedanken beschäftigten mich, und jedes Ding erschreckte mich. Ein kleines Loch in der Wand bei meinem Bett nahm mich sehr in Anspruch. Ein Loch von einem Nagel, das ich in der Wand finde, ein Zeichen in der Mauer. Ich fühle es an, blase hinein und versuche seine Tiefe zu erraten. Das war nicht irgendein unschuldiges Loch, durchaus nicht; es war ein ganz tückisches und geheimnisvolles Loch, vor dem ich mich hüten mußte. Und von dem Gedanken an dieses Loch besessen, ganz außer mir vor Neugierde und Furcht, mußte ich zuletzt vom Bett aufstehen und nach meinem halben Federmesser suchen, um die Tiefe zu messen und mich zu vergewissern, daß es nicht ganz in die Nebenzelle hinüberführte.

Ich legte mich zurück, um Schlaf zu finden, in Wirklichkeit aber nur, um wiederum mit der Dunkelheit zu kämpfen. Der

Regen draußen hatte aufgehört, und ich vernahm keinen Laut. Eine Zeitlang fuhr ich fort, nach Schritten auf der Straße zu lauschen, und ich gönnte mir keinen Frieden, bevor ich nicht einen Fußgänger vorbeigehen gehört hatte, den Schritten nach zu urteilen ein Schutzmann. Plötzlich knipse ich mehrere Male mit dem Finger und lache. Zum Teufel auch! Ha! – Ich bildete mir ein, ein neues Wort gefunden zu haben. Ich richtete mich im Bett auf und sagte: Das gibt es in der Sprache noch nicht, ich habe es erfunden, Kuboaa. Es hat Buchstaben wie ein Wort, beim süßesten Gott, Mensch, du hast ein Wort erfunden ... Kuboaa ... von großer grammatikalischer Bedeutung.

Das Wort stand in der Dunkelheit ganz deutlich vor mir.

Mit offenen Augen sitze ich da, erstaunt über meinen Fund, und lache vor Freude. Dann beginne ich zu flüstern; man konnte mich belauschen, und ich gedachte meine Erfindung geheimzuhalten. Ich war in den frohen Wahnwitz des Hungers verfallen, war leer und schmerzfrei, und meine Gedanken waren ohne Zügel. Und still erwäge ich alles bei mir selbst. Mit den seltsamsten Gedankensprüngen suche ich die Bedeutung meines neuen Wortes zu erforschen. Es brauchte weder Gott noch Tivoli zu heißen, und wer hatte gesagt, daß es Tierschau bedeuten solle? Heftig ballte ich die Hand und wiederholte noch einmal: Wer hat behauptet, daß es Tierschau bedeuten soll? Wenn ich es recht bedachte, war es nicht einmal notwendig, daß es Anhängeschloß oder Sonnenaufgang bedeutete. Für ein solches Wort wie dieses war es nicht schwierig, einen Sinn zu finden. Ich wollte warten und mir Zeit lassen. Inzwischen konnte ich darüber schlafen.

Ich liege auf der Pritsche und lache leise, sage aber nichts, vermeide jede Entscheidung. Es vergehen einige Minuten, ich werde nervös, das neue Wort plagt mich ohne Unterlaß, kehrt stets zurück, bemächtigt sich zuletzt aller meiner Gedanken und macht mich ernst. Ich hatte mir wohl eine Meinung darüber gebildet, was es nicht bedeuten sollte, aber keinen Beschluß gefaßt, was es bedeuten sollte. Das ist eine Nebenfrage! sage ich laut vor mich hin, packe mich am Arm und wiederhole, es sei eine Nebenfrage. Das Wort war Gott sei Lob gefunden, und das war die Hauptsache. Aber es plagt mich endlos und hindert mich daran, einzuschlafen; nichts war mir gut genug für dieses seltene Wort. Endlich erhebe ich mich wieder im Bett, greife mir mit beiden Händen an den Kopf und sage: Nein, gerade das ist ja unmöglich, Auswanderung oder Tabakfabrik darf es nicht bedeuten! Hätte es so etwas bedeuten können, würde ich mich längst dafür entschieden und die Folgen auf mich genommen haben. Nein, eigentlich war das Wort geeignet, etwas *Seelisches* zu bedeuten, ein Gefühl, einen Zustand – ob ich das nicht begreifen könne? Und ich besinne mich auf etwas Seelisches. Da ist es mir, als spräche jemand, mische sich in meine Auseinandersetzungen, und ich antwortete zornig: Wie bitte? Nein, solch einen Idioten gibt es doch nicht wieder! Strickgarn? Fahr zur Hölle! Warum sollte ich dazu verpflichtet sein, es Strickgarn heißen zu lassen, wenn ich gerade dagegen etwas hatte, daß es Strickgarn bedeutete? Ich selbst hatte das Wort erfunden und war deshalb in meinem guten Recht, es bedeuten zu lassen, was ich nur wollte. Soviel ich wußte, hatte ich noch nichts darüber geäußert . . .

Aber mein Gehirn kam immer mehr in Verwirrung. Zuletzt sprang ich aus dem Bett, um die Wasserleitung zu suchen. Ich war nicht durstig, doch mein Kopf fieberte, und ich fühlte einen instinktmäßigen Drang nach Wasser. Als ich getrunken hatte, legte ich mich wieder nieder und versuchte mit Gewalt und Macht, nun zu schlafen. Ich schloß die Augen und zwang mich, ruhig zu sein. So lag ich mehrere Minuten ohne eine Bewegung, kam in Schweiß und fühlte das Blut heftig durch die Adern stoßen. Nein, das war doch zu köstlich, daß er in dieser Tüte nach Geld suchen konnte! Er hustete auch nur einmal. Ob er wohl noch da unten umhergeht? Auf meiner Bank sitzt? . . . Das blaue Perlmutter . . . Die Schiffe . . .

Ich öffnete die Augen. Wie sollte ich sie auch geschlossen halten, wenn ich nicht schlafen konnte! Und die gleiche Finsternis brütete um mich, die gleiche unergründliche schwarze Ewigkeit, an der meine Gedanken aufsteilten und die sie nicht fassen konnten. Womit war sie doch zu vergleichen? Ich machte die verzweifeltsten Anstrengungen, ein Wort zu finden, das schwarz genug wäre, diese Finsternis zu bezeichnen. Ein Wort, so grausam schwarz, daß es meinen Mund schwärzen mußte, wenn ich es aussprach. Herrgott, wie dunkel war es doch! Und wieder beginne ich an den Hafen zu denken, an die Schiffe, diese schwarzen Ungeheuer, die dort lagen und auf mich warteten. Sie wollten mich an sich saugen und mich festhalten und über Land und Meere mit mir segeln, durch dunkle Reiche, die noch kein Mensch erschaut hat. Ich fühle mich an Bord, vom Wasser angezogen, in den Wolken schwebend, sinkend, sinkend ... Ich stoße einen heiseren Angstschrei aus und klammere mich fest ans Bett; ich hatte eine gefährliche Reise gemacht, war wie ein Bündel durch die Luft herabgesaust. Wie erlöst ich mir doch vorkam, als ich mit der Hand gegen die harte Pritsche schlug! So ist es, wenn man stirbt, sagte ich zu mir, nun mußt du sterben! Und ich lag eine kleine Weile da und dachte darüber nach, daß ich nun sterben sollte. Da richte ich mich im Bett auf und frage streng: Wer sagte, daß ich sterben soll? Habe ich das Wort erfunden? Dann ist es auch mein gutes Recht, selbst zu bestimmen, was es bedeuten soll ...

Ich hörte, daß ich phantasierte, hörte es noch, während ich sprach. Mein Wahnsinn war ein Delirium der Schwäche und der Erschöpfung, aber ich war nicht bewußtlos. Und der Gedanke, daß ich wahnsinnig geworden sei, fuhr mir mit einem Schlag durch das Gehirn. Von Schrecken ergriffen, fahre ich aus dem Bett. Ich taumle zur Türe hin, die ich zu öffnen versuche, werfe mich ein paarmal dagegen, um sie zu sprengen, stoße meinen Kopf gegen die Wand, jammere laut, beiße mich in die Finger, weine und fluche ...

Alles war ruhig; meine eigene Stimme nur wurde von den Mauern zurückgeworfen. Außerstande, länger in der Zelle umherzutoben, war ich zu Boden gefallen. Da erspähe ich hoch oben, mitten vor meinen Augen, ein graues Viereck in der Wand, einen Schimmer von Weiß, eine Ahnung – es war das Tageslicht. Oh, wie köstlich atmete ich auf! Ich warf mich flach auf den Boden und weinte vor Freude über diesen gesegneten Schimmer des Lichts, schluchzte vor Dankbarkeit, küßte in die Luft gegen das Fenster hin und betrug mich wie ein Verrückter. Und auch in diesem Augenblick war ich mir bewußt, was ich tat. Aller Mißmut war mit einemmal fort, alle Verzweiflung und aller Schmerz hatten aufgehört, ich hatte in diesem Augenblick keinen unerfüllten Wunsch, so weit meine Gedanken reichten. Ich setzte mich aufrecht auf den Boden, faltete die Hände und wartete geduldig auf den Anbruch des Tages.

Welch eine Nacht war dies gewesen! Daß man den Lärm nicht gehört hatte! dachte ich verwundert. Aber ich war ja auch in der reservierten Abteilung, hoch über allen Gefangenen. Ein obdachloser Staatsrat, wenn ich so sagen durfte. Beständig in der besten Stimmung, die Augen der immer helleren und helleren Scheibe in der Mauer zugewandt, belustigte ich mich damit, den

Staatsrat zu agieren, nannte mich von Tangen und gab meiner Rede Departementsstil. Meine Phantasien hatten nicht aufgehört, nur war ich nun viel weniger nervös. Wenn ich doch nur nicht die bedauerliche Gedankenlosigkeit gehabt hätte, meine Brieftasche daheim zu lassen! Ob ich nicht die Ehre haben dürfe, den Herrn Staatsrat ins Bett zu bringen? Und mit äußerstem Ernst, mit vielen Zeremonien ging ich zur Pritsche hin und legte mich nieder.

Nun war es so hell geworden, daß ich den Umriß der Zelle einigermaßen erkennen konnte, und bald darauf konnte ich den schweren Handgriff an der Türe sehen. Dies zerstreute mich. Die einförmige Dunkelheit, so aufreizend dicht, daß sie mich daran hinderte, mich selbst zu sehen, war gebrochen; mein Blut wurde ruhiger, und bald fühlte ich, wie meine Augen sich schlossen.

Durch ein paar Schläge an meiner Türe wurde ich geweckt. In aller Hast sprang ich auf und zog mich eiligst an; meine Kleider waren noch von gestern abend durchnäßt.

Ihr müßt Euch unten beim Jourhabenden melden, sagte der Schutzmann.

So sind also wieder Formalitäten zu überstehen! dachte ich erschrocken.

Ich kam unten in einen großen Raum, in dem dreißig oder vierzig Menschen saßen, alle obdachlos. Und einer nach dem anderen wurden sie aus dem Protokoll aufgerufen, einer nach dem anderen bekamen sie eine Karte auf ein Essen. Der Jourhabende sagte in einem fort zu dem Schutzmann an seiner Seite:

Bekam er eine Karte? Ja, vergessen Sie nicht, ihnen die Karten zu geben. Sie sehen aus, als könnten sie eine Mahlzeit brauchen.

Und ich stand da und sah diese Karten an und wünschte mir eine.

Andreas Tangen, Journalist!

Ich trat vor und verbeugte mich.

Aber Bester, wie sind denn Sie hierhergekommen?

Ich erklärte den ganzen Zusammenhang, gab die gleiche Geschichte wie gestern wieder zum besten, log mit offenen Augen und ohne zu zwinkern, log mit Aufrichtigkeit! Leider ein wenig zu lang aus gewesen, in einem Café, den Torschlüssel verloren ...

Ja, sagte er und lächelte, so geht es! Haben Sie denn gut geschlafen?

Wie ein Staatsrat! antwortete ich. Wie ein Staatsrat!

Das freut mich, sagte er und erhob sich. Guten Morgen!

Und ich ging.

Eine Karte, eine Karte auch für mich! Seit drei langen Tagen und Nächten habe ich nichts gegessen! Ein Brot! Aber niemand bot mir eine Karte an, und ich wagte nicht, eine zu verlangen. Das hätte augenblicklich Mißtrauen erregt. Man hätte angefangen, in meine privaten Verhältnisse zu stieren, und herausgefunden, wer ich wirklich war; man würde mich wegen falscher Angaben verhaften. – Erhobenen Hauptes, mit der Haltung eines Millionärs, die Hände in meine Rockaufschläge gesteckt, schritt ich aus dem Rathaus.

Die Sonne schien bereits warm, es war zehn Uhr, und der Verkehr auf dem Youngsplatz war in vollem Gange. Wohin sollte ich gehen? Ich klopfe auf die Tasche und fühle nach meinem Manuskript; um elf Uhr wollte ich versuchen, den Redakteur zu treffen. Ich stehe eine Weile auf der Balustrade und beobachte das Leben unter mir; unterdessen fingen meine Kleider zu dampfen an. Der Hunger fand sich wieder ein, nagte in der Brust, ruckte, gab mir kleine feine Stiche, die mich schmerzten. Hatte ich wirklich keinen einzigen Freund, keinen Bekannten, an den ich mich wenden konnte? Ich versuche in meinem Gedächtnis einen Mann zu finden, der mir zehn Öre leihen könnte, und finde ihn nicht. Es war ein herrlicher Tag. Viel Sonne und Licht war um mich; der Himmel strömte wie ein zartes Meer über den Bergen hin ...

Ohne es zu wissen, war ich auf dem Weg nach Hause.

Mich hungerte stark, und ich fand auf der Straße einen Holzspan, auf dem ich kauen konnte. Das half. Daß ich daran nicht früher gedacht hatte!

Das Tor war offen, der Stallknecht wünschte mir wie gewöhnlich guten Morgen.

Feines Wetter! sagte er.

Ja, antwortete ich. Das war alles, was ich zu sagen wußte. Konnte ich ihn wohl bitten, mir eine Krone zu leihen? Er tat es gewiß gerne, wenn es ihm möglich war. Ich hatte außerdem einmal einen Brief für ihn geschrieben.

Er stand da und schluckte an etwas, das er sagen wollte.

Feines Wetter, ja. Hm. Ich soll heute meine Wirtin bezahlen.

Sie könnten wohl nicht so freundlich sein und mir fünf Kronen leihen, wie? Nur für einige Tage. Sie haben mir schon früher einen Gefallen getan.

Nein, das kann ich wirklich nicht, Jens Olai, antwortete ich. Nicht jetzt. Vielleicht später, heute nachmittag vielleicht. Und ich schwankte die Treppe zu meinem Zimmer hinauf.

Hier warf ich mich auf mein Bett und lachte. Welches Schweineglück, daß er mir zuvorgekommen war! Meine Ehre war gerettet. Fünf Kronen – Gott bewahre dich, Mensch! Du hättest mich ebenso gerne um fünf Aktien der Dampfküche oder um einen Herrenhof in Aker bitten können.

Und der Gedanke an diese fünf Kronen machte mich immer lauter und lauter lachen. War ich nicht ein Teufelskerl, was? Fünf Kronen! Ja, dazu war ich der rechte Mann! Meine Lustigkeit stieg, und ich gab mich ihr hin: Pfui Teufel, was ist das hier für ein Geruch nach Speisen! Richtiger, frischer Karbonadengeruch vom Mittag her, pfui! Und ich stoße das Fenster auf, um den abscheulichen Geruch hinauszulassen. Kellner, ein halbes Beefsteak! Zum Tisch gewandt, diesem gebrechlichen Tisch, den ich mit den Knien stützen mußte, wenn ich schrieb, verbeugte ich mich tief und fragte: Befehlen Sie vielleicht ein Glas Wein? Nicht? Mein Name ist Tangen, Staatsrat Tangen. Leider bin ich ein wenig zu lang aus gewesen ... Der Torschlüssel ... Und zügellos laufen meine Gedanken wieder auf allen Wegen davon. Ich war mir ständig bewußt, daß ich unzusammenhängend redete, und ich sagte kein Wort, ohne daß ich es hörte und verstand. Ich sagte zu mir selbst: Nun redest du wieder unzusammenhängend! Und ich konnte doch nichts dagegen machen. Es war, als läge ich wach und spräche im Schlaf. Mein Kopf war leicht, ohne Schmerz und ohne einen Druck, und mein Gemüt war ohne Wolken. Ich segelte dahin und leistete keinen Widerstand.

Herein! Ja, nur herein! Wie Sie sehen, alles von Rubin. Ylajali, Ylajali! Der rote, schwellende Seidendivan! Wie heftig sie atmet! Küß mich, Geliebte, mehr, mehr. Deine Arme sind wie Bernstein, dein Mund flammt ... Kellner, ich habe ein Beefsteak bestellt ...

Die Sonne schien durch mein Fenster herein, und unten hörte ich die Pferde Hafer kauen. Ich saß da und sog an meinem Holzspan, aufgeräumt, froh wie ein Kind. Ständig hatte ich nach dem Manuskript gefühlt; ohne daß ich auch nur ein

einziges Mal daran dachte, sagte mir der Instinkt, daß es da
war, mein Blut erinnerte mich daran. Und ich zog es hervor.

Es war naß geworden, ich breitete es aus und legte es in die
Sonne. Darauf begann ich in meinem Zimmer auf und ab zu
wandern. Wie bedrückend alles aussah! Rings auf dem Boden
kleine abgeschnittene Streifen von Blechplatten. Aber kein Stuhl
zum Sitzen, nicht einmal ein Nagel in den nackten Wänden.
Alles war in ›Onkels Keller‹ gebracht und war verzehrt worden.
Ein paar Bogen Papier auf dem Tisch, dick mit Staub bedeckt,
waren all mein Besitz. Die alte grüne Decke auf dem Bett hatte
mir Hans Pauli vor einigen Monaten geliehen . . . Hans Pauli!
Ich knipse mit den Fingern. Hans Pauli Pettersen muß mir helfen! Und ich besinne mich auf seine Adresse. Wie konnte ich
auch Hans Pauli vergessen! Er wird sicher sehr gekränkt sein,
weil ich mich nicht gleich an ihn gewandt hatte. Rasch setzte ich
meinen Hut auf, raffe das Manuskript zusammen und eile die
Treppe hinunter.

Hör, Jens Olai, rief ich in den Stall, ich glaube ganz bestimmt,
daß ich dir heute nachmittag helfen kann!

Beim Rathaus angekommen, sehe ich, daß es elf Uhr vorbei
ist, und ich beschließe, sofort in die Redaktion zu gehen. Vor
der Bürotüre blieb ich stehen, um zu untersuchen, ob meine Papiere auch der Reihe nach lägen; ich glättete sie sorgfältig,
steckte sie wieder in die Tasche und klopfte an. Mein Herz
pochte hörbar, als ich eintrat.

Die Schere ist wie gewöhnlich da. Ich frage furchtsam nach
dem Redakteur. Keine Antwort. Der Mann sitzt mit seiner
langen Schere da und bohrt kleine Nachrichten aus den Provinz-
zeitungen heraus.

Ich wiederhole meine Frage und trete weiter vor.

Der Redakteur ist noch nicht gekommen, sagte die Schere
endlich, ohne aufzusehen.

Und wann er käme?

Kann es nicht sagen, kann es durchaus nicht sagen, Sie.

Wie lange ist das Büro offen?

Hierauf bekam ich keine Antwort mehr und mußte gehen.
Die Schere hatte während des Ganzen nicht einen Blick auf mich
geworfen. Er hatte meine Stimme gehört und mich daran wiedererkannt. So schlecht bist du hier angesehen, dachte ich, man
findet es nicht einmal der Mühe wert, dir zu antworten. Ob dies
wohl eine Weisung des Redakteurs war? Ich hatte ihn allerdings

auch, seit mein berühmtes Feuilleton für zehn Kronen angenommen worden war, mit Arbeiten überschwemmt, hatte beinahe jeden Tag seine Türe mit unbrauchbaren Sachen eingerannt, die er hatte durchlesen und mir zurückgeben müssen. Er wollte dem vielleicht ein Ende machen, seine Verhaltungsmaßregeln treffen . . . Ich begab mich auf den Weg nach Homansby hinaus.

Hans Pauli Pettersen war ein Bauernstudent in der Mansarde eines vierstöckigen Hauses, also war Hans Pauli Pettersen ein armer Mann. Aber hatte er eine Krone, so würde er sie nicht schonen. Ich würde sie so gewiß bekommen, als hätte ich sie schon in der Hand. Und ich ging weiter und freute mich auf diese Krone und fühlte mich ihrer sicher. Als ich an die Haustüre kam, war sie verschlossen, und ich mußte läuten.

Ich wünsche den Studenten Pettersen zu sprechen, sagte ich und wollte hinein; – ich weiß sein Zimmer.

Student Pettersen? wiederholte das Mädchen. Der in der Dachstube gewohnt habe? Er sei ausgezogen. Ja, wohin, wüßte sie nicht, aber er hatte gebeten, seine Briefe zu Hermansen in der Toldbodstraße zu senden, und das Mädchen nannte die Nummer.

Voll Hoffnung und Glauben gehe ich die ganze Toldbodstraße hinunter, um Hans Paulis Adresse zu erfragen. Dies war mein letzter Ausweg, und ich mußte ihn ausnützen. Unterwegs kam ich an einem Neubau vorüber, vor dem einige Zimmerleute standen und hobelten. Ich nahm zwei saubere Späne aus dem Haufen, steckte den einen in den Mund und den anderen für später in die Tasche. Und ich setzte meinen Weg fort. Ich stöhnte vor Hunger. In einem Bäckerladen hatte ich ein wunderbar großes Zehnörebrot im Fenster gesehen, das größte Brot, das man für diesen Preis bekommen konnte . . .

Ich komme, um nach der Adresse des Studenten Pettersen zu fragen.

Bernt-Ankers-Straße Nummer 10, Dachwohnung. – Ob ich hinausgehen wolle? So, dann wäre ich vielleicht so freundlich, ein paar Briefe mitzunehmen.

Wieder ging ich in die Stadt hinauf, den gleichen Weg, den ich gekommen war, ging wieder an den Zimmerleuten vorbei, die nun mit ihren Blechtöpfen zwischen den Knien dasaßen und ihre gute, warme Mahlzeit aus der Dampfküche aßen, an dem

Bäckerladen vorbei, in dem das Brot noch an seinem Platz lag, und erreichte endlich, halbtot vor Erschöpfung, die Bernt-Ankers-Straße. Die Türe ist offen, und ich begebe mich die vielen schweren Treppen zum Speicher hinauf. Ich hole die Briefe aus der Tasche, um Hans Pauli gleich beim Eintreten mit einem Schlag in gute Laune zu versetzen. Er würde mir diesen kleinen Gefallen gewiß nicht abschlagen, wenn ich ihm meine Lage erklärte, sicher nicht, Hans Pauli hatte ein so weites Herz, das hatte ich schon immer von ihm gesagt . . .

An der Türe fand ich seine Karte: ›H. P. Pettersen, stud. theol. – heimgereist.‹

Ich setzte mich auf der Stelle nieder, setzte mich auf den blanken Boden, dumpf-müde, zerschlagen vor Erschöpfung. Ich wiederhole ein paarmal mechanisch: Heimgereist! Heimgereist! Dann schweige ich ganz still. Keine Träne war in meinen Augen, ich hatte keinen Gedanken und keine Empfindung. Mit aufgerissenen Augen saß ich da und starrte, ohne mir etwas vorzunehmen, auf die Briefe. Es vergingen zehn Minuten, vielleicht auch zwanzig oder mehr, ich saß immer auf dem gleichen Fleck und rührte keinen Finger. Diese dumpfe Betäubung war beinahe wie ein Schlummer. Dann höre ich jemand die Treppe heraufkommen, ich stehe auf und sage:

Für den Studenten Pettersen – ich habe zwei Briefe für ihn.

Er ist heimgereist, antwortete die Frau. Aber er kommt nach den Ferien zurück. Die Briefe kann ja ich an mich nehmen, wenn Sie wollen.

Ja, danke, das wäre sehr gut, sagte ich, dann erhält er sie, wenn er zurückkommt. Es könnten wichtige Dinge darin sein. Guten Morgen.

Als ich hinausgekommen war, blieb ich stehen und sagte laut, mitten auf der Straße, indem ich die Hände ballte: Eines will ich dir sagen, mein lieber Herr und Gott: du bist ein – na kurz und gut! Und ich nicke wütend mit zusammengebissenen Zähnen zu den Wolken hinauf: Du bist, der Teufel hol mich, ein –

Dann ging ich einige Schritte und blieb wieder stehen. Indem ich plötzlich die Haltung wechsle, falte ich die Hände, lege meinen Kopf schief und frage mit süßer, frommklingender Stimme: Hast du dich auch an ihn gewandt, mein Kind?

Das klang nicht richtig.

Mit großem I, sage ich, mit einem I wie ein Dom! Noch einmal: Hast du Ihn denn auch angerufen, mein Kind? Und ich senke den Kopf und mache meine Stimme etwas traurig und antworte: Nein.

Das klang auch nicht richtig.

Du kannst doch nicht heucheln, du Narr! Ja, mußt du sagen, ja, ich habe meinen Gott und Vater angerufen! Und du mußt die jämmerlichste Melodie, die du je gehört hast, zu deinen Worten finden. Also noch einmal! Ja, das war schon besser. Aber du mußt seufzen, seufzen, wie ein krankes Pferd. So!

Da gehe ich und unterrichte mich selbst, stampfe ungeduldig auf die Straße, wenn es mir nicht gelingen will, und schelte mich einen Holzklotz, während die erstaunten Vorübergehenden sich nach mir umwenden und mich betrachten.

Ich kaute ununterbrochen auf meinem Hobelspan und schwankte, so schnell ich konnte, durch die Straßen. Bevor ich es selbst wußte, war ich ganz unten am Bahnhofsplatz. Die Uhr an der Erlöserkirche zeigte halb zwei. Ich stand eine Weile still und überlegte. Ein matter Schweiß trat mir auf die Stirne und sickerte mir in die Augen. Komm ein wenig mit zum Hafen! sagte ich zu mir. Das heißt, wenn du Zeit hast? Und ich verbeugte mich vor mir selbst und ging zum Eisenbahnkai hinunter. Die Schiffe lagen draußen, die See wiegte sich im Sonnenschein. Überall war geschäftige Bewegung, waren heulende Dampfpfeifen, Träger mit Kisten auf den Schultern, muntere Aufgesänge klangen von den Prahmen herüber. Eine Kuchenfrau sitzt in meiner Nähe und beugt sich mit ihrer braunen Nase über ihre Waren; der kleine Tisch vor ihr ist sündhaft voll von Leckereien, und ich wende mich mit Unwillen ab. Sie erfüllt den ganzen Kai mit ihrem Speisengeruch! Pfui! Auf mit den Fenstern! Ich wende mich an einen Herrn, der mir zur Seite sitzt, und stelle ihm eindringlich diesen Mißstand vor, Kuchenfrauen hier und Kuchenfrauen dort ... Nicht? Ja, aber er müsse doch wohl einräumen, daß ... Doch der gute Mann ahnte Unrat und ließ mich nicht einmal zu Ende sprechen, er erhob sich und ging. Auch ich erhob mich und ging ihm nach, fest entschlossen, diesen Mann von seinem Irrtum zu überzeugen.

Sogar aus Rücksicht auf die sanitären Verhältnisse, sagte ich und klopfte ihm auf die Schulter ...

Entschuldigen Sie, ich bin fremd hier und weiß nichts von den sanitären Verhältnissen, sagte er und starrte mich voll Entsetzen an.

Na, das veränderte die Sache, wenn er fremd war ... Ob ich ihm nicht irgendeinen Dienst erweisen könnte? Ihn umherführen? Denn es würde mir ein Vergnügen sein, und es sollte ihn ja nichts kosten ...

Aber der Mann wollte mich absolut loswerden und kreuzte schnell über die Straße zum anderen Gehsteig hinüber.

Ich ging wieder zu meiner Bank zurück und setzte mich. Ich war sehr unruhig, und der große Leierkasten, der ein wenig weiter weg zu spielen begonnen hatte, machte es noch schlimmer. Eine feste, metallische Musik, ein Brocken von Weber, zu dem ein kleines Mädchen eine traurige Weise singt. Das Flötenartige, Leidensvolle des Leierkastens rieselt mir durchs Blut, meine Nerven fangen zu zittern an, als gäben sie Widerhall, und einen Augenblick später sinke ich auf die Bank zurück, winsele und summe mit. Worauf verfallen unsere Empfindungen nicht, wenn man hungert! Ich fühle mich in diese Töne aufgenommen, aufgelöst in Töne, ich ströme aus, und ich merke ganz deutlich, wie ich ströme, hoch über den Bergen schwebend, in lichte Zonen hineintanzend ...

Einen Ör! sagt das kleine Leierkastenmädchen und streckt seinen Blechteller vor. Nur einen Ör!

Ja, antwortete ich unbewußt und sprang auf und durchsuchte meine Taschen. Aber das Kind glaubt, daß ich es nur zum besten halten will, und entfernt sich sofort, ohne ein Wort zu sagen. Diese stumme Duldsamkeit war zuviel für mich; hätte es mich ausgescholten, wäre es mir lieber gewesen. Der Schmerz ergriff mich, und ich rief sie zurück. Ich habe keinen Ör, sagte ich, aber ich werde an dich denken, vielleicht morgen. Wie heißt du? Ja, das ist ein schöner Name, ich werde ihn nicht vergessen. Also morgen ...

Aber ich fühlte gut, daß sie mir nicht glaubte, obwohl sie kein Wort sagte, und ich weinte vor Verzweiflung darüber, daß diese kleine Straßendirne mir nicht glauben wollte. Noch einmal rief ich sie zurück, riß schnell meinen Rock auf und wollte ihr meine Weste geben. Ich will dich schadlos halten, sagte ich, wart einen Augenblick ....

Und ich hatte keine Weste.

Wie konnte ich auch nach ihr suchen! Es waren Wochen vergangen, seit sie in meinem Besitz gewesen. Was fiel mir auch ein? Das erstaunte Mädchen wartete nicht länger, sondern zog sich eilig zurück. Und ich mußte es gehen lassen. Leute scharten sich um mich und lachten laut, ein Polizeibeamter drängt sich bis zu mir durch und will wissen, was los ist.

Nichts, antwortete ich, gar nichts! Ich wollte nur dem kleinen Mädchen dort meine Weste geben ... für seinen Vater ... Deswegen brauchen Sie nicht dazustehen und zu lachen. Ich könnte ja nach Hause gehen und eine andere anziehen.

Keinen Unfug auf der Straße! sagt der Schutzmann. Soo, Marsch! Und er pufft mich vorwärts. Sind das Ihre Papiere? ruft er mir nach.

Ja, Tod und Teufel, mein Zeitungsartikel, viele wichtige Schriften! Wie konnte ich auch so unvorsichtig sein ...

Ich packe mein Manuskript zusammen, vergewissere mich, daß es in Ordnung liegt, und gehe, ohne einen Augenblick anzuhalten oder mich umzusehen, zur Redaktion hinauf. An der Erlöserkirche war es nun vier Uhr.

Das Büro ist geschlossen. Ich schleiche über die Treppe hinunter, ängstlich wie ein Dieb, und bleibe ratlos vor dem Tore draußen stehen. Was soll ich tun? Ich lehne mich an die Mauer, starre auf die Steine hinab und denke nach. Eine Stecknadel liegt da und schimmert vor meinen Füßen, und ich beuge mich nieder und hebe sie auf. Wenn ich nun die Knöpfe von meinem Rock abtrennte, was würde ich für sie bekommen? Vielleicht wäre es zwecklos. Knöpfe waren eben Knöpfe; aber ich drehte und untersuchte sie nach allen Seiten und fand, daß sie so gut wie neu seien. Es war doch eine glückliche Idee, ich konnte sie mit meinem halben Federmesser abschneiden und sie zum Keller bringen. Die Hoffnung, ich könnte diese fünf Knöpfe verkaufen, belebte mich sofort, ich sagte: Sieh, sieh, es macht sich! Meine Freude nahm überhand, und ich fing gleich an, die Knöpfe einen nach dem anderen abzutrennen. Dabei hielt ich folgendes stumme Gespräch:

Ja, sehen Sie, man ist ein bißchen arm geworden, eine augenblickliche Verlegenheit ... Abgenützt, sagen Sie? Sie dürfen sich nicht falsch ausdrücken. Den möchte ich sehen, der seine Knöpfe weniger abnützt als ich. Ich gehe immer mit offenem Rock, sage ich Ihnen; es ist bei mir zur Gewohnheit geworden, eine Eigenheit ... Nein, nein, wenn Sie nicht *wollen*, dann. Aber ich möchte meine zehn Öre dafür haben. Mindestens ... Nein, Herrgott, wer hat denn *behauptet*, daß Sie müssen? Halten Sie Ihren Mund und lassen Sie mich in Frieden ... Ja, ja, meinetwegen holen Sie die Polizei. Ich werde hier warten, während

Sie den Schutzmann holen. Und ich werde Ihnen nichts stehlen ... Na, guten Tag, guten Tag! Mein Name ist also Tangen, ich bin ein wenig zu lang ausgewesen.

Da kommt jemand die Treppe herunter. Augenblicklich bin ich wieder in der Wirklichkeit, ich erkenne die Schere und stecke die Knöpfe eiligst in die Tasche. Er will vorbei, beantwortet nicht einmal meinen Gruß, hat es plötzlich so eifrig mit seinen Fingernägeln. Ich stelle ihn und frage nach dem Redakteur.

Ist nicht da, Sie.

Sie lügen! sagte ich. Und mit einer Frechheit, die mich selbst erstaunte, fuhr ich fort: Ich muß mit ihm sprechen; es ist eine notwendige Sache. Ich kann ihm etwas vom Stiftsgaard mitteilen.

Ja, können Sie es denn nicht mir sagen?

Ihnen? sagte ich und maß die Schere mit den Augen.

Dies half. Sofort ging er mit mir wieder hinauf und öffnete die Türe. Nun saß mir das Herz im Halse. Ich biß die Zähne heftig zusammen, um mir Mut zu machen, klopfte an und trat in das Privatkontor des Redakteurs.

Guten Tag! Sind Sie es? sagte er freundlich. Setzen Sie sich, bitte.

Hätte er mir augenblicklich die Türe gewiesen, es wäre mir lieber gewesen; ich fühlte die Tränen und sagte:

Ich bitte um Entschuldigung ...

Setzen Sie sich, wiederholte er.

Und ich setzte mich und erklärte, daß ich wieder einen Artikel habe und daß es mir sehr am Herzen läge, ihn in seinem Blatt erscheinen zu lassen. Ich hätte mir solche Mühe damit gegeben, er habe mich so viel Anstrengung gekostet.

Ich werde ihn lesen, sagte er und nahm ihn. Anstrengung kostet Sie gewiß alles, was Sie schreiben! Aber Sie sind eben zu heftig. Wenn Sie nur ein wenig besonnener wären! Zuviel Fieber. Ich werde ihn aber lesen. Und er wandte sich wieder zum Tisch.

Da saß ich. Wagte ich, um eine Krone zu bitten? Ihm zu erklären, weshalb alles Fieber war? Dann würde er mir sicher helfen; es war nicht das erstemal.

Ich stand auf. Hm! Aber als ich das letztemal bei ihm gewesen war, hatte er über Geldknappheit geklagt, sogar den Kassenboten ausgeschickt, um Geld für mich zusammenzuscharren. Das würde nun vielleicht wieder der Fall sein. Nein, das sollte nicht geschehen. Sah ich denn gar nicht, daß er beschäftigt war?

War es sonst noch etwas? fragte er.

Nein, sagte ich und machte meine Stimme fest. Wann darf ich wieder vorsprechen?

Ach, wenn Sie einmal vorbeikommen, antwortete er, in ein paar Tagen oder so.

Ich konnte meine Bitte nicht über die Lippen bringen. Die Freundlichkeit dieses Mannes schien ohne Grenzen, und ich wollte sie zu achten wissen. Lieber zu Tode hungern. Und ich ging.

Nicht einmal, als ich draußen stand und wieder einen Hungeranfall fühlte, bereute ich es, das Büro verlassen zu haben, ohne um diese Krone zu bitten. Ich nahm den anderen Hobelspan aus der Tasche und steckte ihn in den Mund. Das half wieder. Warum hatte ich das nicht früher getan? Du müßtest dich schämen! sagte ich laut; konnte es dir wirklich einfallen, diesen Mann um eine Krone zu bitten und ihn wieder in Verlegenheit zu bringen? Und ich wurde richtig grob gegen mich selbst, wegen der Unverschämtheit, die mir da eingefallen war. Das ist bei Gott das Schofelste, das ich je gehört habe! sagte ich; zu einem Mann zu rennen und ihm beinahe die Augen auszukratzen, nur weil du eine Krone brauchst, du elender Hund! So marsch! Schneller! Schneller, du Lümmel! Ich will dich lehren!

Ich begann zu laufen, um mich zu bestrafen, legte springend eine Straße nach der anderen zurück, trieb mich mit verbissenen Zurufen vorwärts und schrie mir innerlich stumm und wütend zu, wenn ich anhalten wollte. Auf diese Weise war ich weit hinauf in den Pilestraede gekommen. Als ich endlich stillstand, beinahe losheulend vor Zorn, weil ich nicht länger laufen konnte, bebte ich am ganzen Körper, und ich warf mich auf eine Treppe hin. Nein, halt! sagte ich. Und um mich richtig zu quälen, stand ich wieder auf und zwang mich stehenzubleiben, und lachte über mich selbst und ergötzte mich an meiner eigenen Verkommenheit. Endlich, nach Verlauf mehrerer Minuten, gab ich mir durch ein Nicken Erlaubnis, mich zu setzen; aber auch da wählte ich mir noch den unbequemsten Platz auf der Treppe.

Herrgott, war es prachtvoll, sich auszuruhen! Ich trocknete den Schweiß von meinem Gesicht und trank große frische Atemzüge. Wie war ich gelaufen. Aber ich bereute es nicht, es war wohlverdient. Warum hatte ich auch eine Krone verlangen wollen? Nun sah ich die Folgen! Und ich fing an, mir sanft zuzusprechen, Ermahnungen zu geben, wie es eine Mutter hätte tun können. Ich wurde immer rührseliger, müde und kraftlos begann ich zu weinen. Ein stilles und innerliches Weinen, ein inwendiges Schluchzen ohne eine Träne.

Eine Viertelstunde oder länger saß ich an der gleichen Stelle. Leute kamen und gingen, und niemand belästigte mich. Kleine Kinder spielten ringsum da und dort, ein Vogel sang in einem Baum auf der anderen Seite der Straße.

Ein Schutzmann kam auf mich zu und sagte:

Warum sitzen Sie hier?

Warum ich hier sitze? fragte ich. Weil es mich freut.

Ich habe Euch in der letzten halben Stunde hier beobachtet, sagte er. Ihr habt eine halbe Stunde hier gesessen!

So ungefähr, antwortete ich. Sonst noch etwas? Ich erhob mich zornig und ging.

Am Marktplatz angekommen, blieb ich stehen und sah die Straße hinunter. Weil es mich freut! War das nun auch eine Antwort? Vor Müdigkeit, solltest du gesagt haben, und du solltest deine Stimme weinerlich gemacht haben – du bist ein Vieh, du lernst niemals zu heucheln! – Vor Erschöpfung! Und du solltest geseufzt haben wie ein Pferd.

Als ich zur Brandwache kam, blieb ich wieder stehen, von einem neuen Einfall ergriffen. Ich knipste mit den Fingern, schlug ein lautes Gelächter auf, das die Vorübergehenden erstaunte, und sagte: Nein, nun mußt du wirklich zum Pfarrer Levinson hinausgehen. Das mußt du wahrhaftig tun. Doch, nur um es zu versuchen. Was hast du dabei zu versäumen? Es ist ja auch solch herrliches Wetter.

Ich ging in Paschas Buchladen, fand im Adreßbuch Pastor Levinsons Wohnung und begab mich hinaus. Nun gilt es! sagte ich, mache nun keine Streiche! Gewissen, sagst du? Keinen Unsinn; du bist zu arm, um ein Gewissen zu haben. Du bist hungrig, das bist du, kommst mit einem wichtigen Anliegen, dem ersten, dringendsten. Aber du mußt den Kopf auf die Schulter legen und deinen Worten Melodie verleihen. Das willst du nicht? Dann gehe ich nicht einen Schritt weiter mit dir, das weißt du sehr gut. Ferner: du bist in einem Zustand der Anfechtung, kämpfst in der Nacht mit den Mächten der Finsternis, mit großen, lautlosen Ungeheuern, daß es ein Grausen ist, hungerst und durstest nach Wein und Milch und bekommst nichts. So weit ist es mit dir gekommen. Nun stehst du da und hast keinen Tropfen Öl mehr auf deiner Lampe. Aber du glaubst an die Gnade, Gott sei Lob, du hast den Glauben noch nicht verloren! Und dann mußt du die Hände zusammenschlagen und aussehen wie ein reiner Satan vor lauter Glauben an die Gnade. Was den Mammon betrifft, so hassest du den Mammon in allen seinen Gestalten, eine andere Sache ist es mit dem Psalmenbuch, eine Erinnerung für ein paar Kronen ... An der Türe des Pfarrers hielt ich an und las: ›Sprechstunde von 12 bis 4.‹

Jetzt keinen Unsinn! sagte ich; nun machen wir Ernst damit! So, hinunter mit dem Kopf, noch ein wenig ... und ich läutete an der Privatwohnung.

Kann ich den Herrn Pastor sprechen? sagte ich zum Mädchen; aber es war mir unmöglich, Gottes Namen einzuflechten.

Er ist ausgegangen, antwortete sie.

Ausgegangen! Ausgegangen! Das zerstörte meinen ganzen Plan, verrückte vollständig alles, was ich zu sagen mir ausgedacht hatte. Welchen Nutzen hatte ich nun von diesem langen Weg? Jetzt stand ich wieder da. War es etwas Besonderes? fragte das Mädchen.

Durchaus nicht! antwortete ich, nein, gar nicht! Es war nur so ein gesegnetes Wetter des Herrn, und da wollte ich gerne herauskommen und den Herrn Pastor begrüßen.

Da stand ich, und da stand sie. Mit Absicht streckte ich die Brust heraus, um sie auf die Stecknadel, die meinen Rock zusammenhielt, aufmerksam zu machen; ich bat sie mit den Augen, zu sehen, wozu ich gekommen war; aber die arme Haut verstand nichts.

Ein gesegnetes Wetter des Herrn, ja. Ob auch die gnädige Frau nicht zu Hause sei?

Doch, aber sie habe Gicht, liege, ohne sich rühren zu können, auf dem Sofa ...

Ob ich vielleicht eine Nachricht oder sonst etwas hinterlassen wolle?

Nein, durchaus nicht. Ich mache öfters solche Spaziergänge, um ein bißchen Bewegung zu haben. Das sei so gut nach dem Mittagessen.

Ich begab mich auf den Rückweg. Was konnte es nützen, noch länger zu schwätzen? Außerdem fühlte ich Schwindel; fast wäre ich allen Ernstes zusammengebrochen. Sprechstunde von 12 bis 4;

ich hatte um eine Stunde zu spät angeklopft. Die Stunde der Gnade war vorbei.

Am Stortorv setzte ich mich auf eine der Bänke bei der Kirche. Herrgott, wie schwarz es nunmehr für mich aussah! Ich weinte nicht, ich war zu müde. Bis zum äußersten gepeinigt saß ich da, ohne mir irgend etwas vorzunehmen, saß unbeweglich und hungerte. Die Brust war gewiß entzündet, es brannte so merkwürdig arg da drinnen. Auch das Spänekauen wollte nichts mehr nützen; meine Kiefer waren der fruchtlosen Arbeit müde, und ich ließ sie rasten. Ich ergab mich. Obendrein hatte ein Stück brauner Apfelsinenschale, das ich auf der Straße gefunden und sofort zu benagen angefangen hatte, mir Würgen verursacht. Ich war krank; die Pulsadern meiner Handgelenke schwollen blau an.

Was hatte ich auch eigentlich erhofft? Den ganzen Tag war ich um einer Krone willen herumgelaufen, die mich doch nur um einige Stunden länger am Leben hätte erhalten können. War es im Grund nicht gleichgültig, ob das Unumgängliche einen Tag früher oder später geschah? Hätte ich mich wie ein ordentlicher Mensch betragen, so wäre ich längst heimgegangen, hätte mich zur Ruhe gelegt, mich ergeben. Meine Gedanken waren in diesem Augenblick klar. Nun sollte ich sterben; es war die Zeit des Herbstes, und alles war in Winterschlaf gefallen. Ich hatte jedes Mittel versucht, jede Hilfsquelle, die ich wußte, ausgenützt. Sentimental spielte ich mit diesem Gedanken, und jedesmal, wenn ich wieder auf eine mögliche Rettung hoffte, flüsterte ich abweisend: Du Narr, du hast ja schon angefangen zu sterben! Ich sollte ein paar Briefe schreiben, alles fertig haben, mich bereit machen. Ich wollte mich sorgfältig waschen und mein Bett schön ordnen; meinen Kopf wollte ich auf die paar Bogen weißen Schreibpapiers legen, das sauberste Ding, das ich noch besaß, und die grüne Decke könnte ich . . .

Die grüne Decke! Mit einemmal wurde ich hell wach, das Blut stieg mir zu Kopf, und ich bekam starkes Herzklopfen. Ich erhebe mich von der Bank und beginne zu gehen, das Leben rührt sich überall in mir von neuem, und ich wiederhole immer wieder die losgerissenen Worte: Die grüne Decke! Die grüne Decke! Ich gehe schneller und schneller, als gelte es etwas einzuholen, und stehe nach kurzer Zeit wieder daheim in meiner Spenglerwerkstatt.

Ohne einen Augenblick anzuhalten oder in meinem Entschluß zu wanken, gehe ich zum Bett hin und rolle Hans Paulis Decke zusammen. Es müßte doch seltsam zugehen, wenn mich ein guter Einfall nicht retten könnte! Über die dummen Bedenken, die in mir wach wurden, war ich unendlich erhaben; ich gab ihnen allen den Laufpaß. Ich war kein Heiliger, kein Tugendbold; noch hatte ich meinen Verstand . . . Und ich nahm die Decke unter den Arm und ging in die Stenersstraße Nummer 5.

Ich klopfte an und trat zum erstenmal in den großen fremden Saal; die Klingel an der Tür schlug eine ganze Menge desperater Schläge über meinem Kopf an. Ein Mann kommt von einem Nebenzimmer herein, kauend, den Mund voll Essen, und stellt sich vor den Ladentisch.

Ach, leihen Sie mir eine halbe Krone auf meine Brille? sagte ich; ich werde sie in ein paar Tagen wieder einlösen, ganz bestimmt.

Was? Nein, das ist doch eine Stahlbrille?

Ja.

Nein, das kann ich nicht.

Ach nein, das können Sie ja wohl nicht. Es war auch nur so gesagt. Nein, ich habe eine Decke dabei, für die ich eigentlich keinen Gebrauch mehr habe, und es fiel mir ein, daß Sie mir diese am Ende abnehmen könnten.

Ich habe leider ein ganzes Lager von Bettzeug, erwiderte er. Und als ich sie aufgerollt hatte, warf er einen einzigen Blick darauf und rief:

Nein, entschuldigen Sie, dafür habe ich wirklich keine Verwendung!

Ich wollte Ihnen die schlechteste Seite zuerst zeigen, sagte ich; auf der anderen Seite ist sie viel besser.

Ja, ja, das hilft nichts, ich will sie nicht haben. Sie werden nirgends zehn Öre dafür bekommen.

Nein, es ist klar, sie ist nichts wert, aber ich dachte, daß sie vielleicht mit irgendwelchen anderen alten Decken zusammen auf die Auktion kommen könnte.

Ja, nein, es nützt nichts.

Fünfundzwanzig Öre? sagte ich.

Nein, ich will sie überhaupt nicht haben, Mensch, ich will sie nicht einmal im Haus haben.

Da nahm ich die Decke wieder unter den Arm und ging heim. Ich tat vor mir selbst, als sei nichts geschehen, breitete die Decke wieder über das Bett, strich sie schön glatt, wie ich es zu tun pflegte, und versuchte jede Spur meiner letzten Handlung auszulöschen. Ich konnte unmöglich bei vollem Verstand gewesen sein in dem Augenblick, als ich den Entschluß faßte, diesen Spitzbubenstreich zu begehen; je mehr ich darüber nachdachte, desto unmöglicher kam es mir vor. Es mußte ein Anfall von Schwäche gewesen sein oder irgendeine Schlappheit meines Inneren, die mich überrumpelt hatte. Ich war ja auch nicht endgültig in diese Falle gegangen. Ich hatte geahnt, daß es anfing, schief mit mir zu gehen, und ich hatte es ausdrücklich zuerst mit der Brille versucht. Und ich freute mich sehr, daß ich nicht Gelegenheit gefunden hatte, diese Sünde zu begehen, die die letzten Stunden meines Lebens befleckt haben würde.

Und wieder wanderte ich in die Stadt hinein.

Ich ließ mich abermals auf einer Bank bei der Erlöserkirche nieder, schlummerte, den Kopf auf der Brust, erschlafft nach der letzten Erregung, krank und verkommen vor Hunger. Und die Zeit verging.

Ich wollte auch diese Stunde draußen sitzen bleiben; es war hier etwas heller als drinnen im Haus. Außerdem kam es mir so vor, als arbeite es in meiner Brust nicht ganz so heftig, wenn ich in der freien Luft war; ich kam ja auch zeitig genug heim.

Und ich kämpfte mit dem Schlaf und dachte und litt unsäglich. Ich hatte einen kleinen Stein gefunden, den ich abputzte und in den Mund steckte, um etwas auf der Zunge zu haben; sonst rührte ich mich nicht und bewegte nicht einmal die Augen. Menschen kamen und gingen, Wagengerassel, Pferdegetrampel und Stimmen erfüllten die Luft.

Aber ich könnte es doch mit den Knöpfen versuchen? Es nützte natürlich nichts, und außerdem war ich ziemlich krank. Doch wenn ich es recht überlegte, mußte ich auf dem Heimweg sowieso die Richtung zum ›Onkel‹ – meinem eigentlichen ›Onkel‹ – einschlagen.

Endlich erhob ich mich und schleppte mich langsam und taumelnd durch die Straßen. Ich fühlte einen brennenden Schmerz über meinen Augenbrauen, ein Fieber war im Anzug, und ich beeilte mich, soviel ich konnte. Abermals kam ich an dem Bäckerladen vorbei, in dem das Brot lag. So, nun bleiben wir hier nicht stehen, sagte ich mit gemachter Bestimmtheit. Aber wenn ich nun hineinginge und um einen Bissen Brot bäte? Das war ein Gedankenblitz. Pfui! flüsterte ich und schüttelte den Kopf. Und ich ging weiter, voll Spott über mich selbst. Ich wußte doch gut, daß es nichts nützte, mit Bitten in diesen Laden zu kommen.

Im Repslagergang stand ein Paar in einem Tor und flüsterte; ein wenig weiter steckte ein Mädchen den Kopf aus dem Fenster. Ich ging ganz ruhig und bedachtsam, sah aus, als grüble ich über alles mögliche – und das Mädchen kam auf die Straße.

Wie steht's mit dir, Alter? Wie? Bist du krank? Nein, Gott steh mir bei, welch ein Gesicht! Und das Mädchen zog sich eiligst zurück.

Plötzlich blieb ich stehen. Was war mit meinem Gesicht los? Hatte ich wirklich zu sterben begonnen? Ich fühlte mit der Hand über die Wangen: mager, natürlich war ich mager; die Wangen waren wie zwei Schalen mit dem Boden nach innen. Herrgott! Und ich schlich mich weiter.

Aber ich blieb wiederum stehen. Ich mußte ganz unbegreiflich mager sein. Und die Augen waren auf dem Weg in den Kopf hinein. Wie sah ich eigentlich aus? Es war ja nun auch, um zum Teufel zu fahren, daß man sich bei lebendigem Leib schon nur durch Hunger entstellen lassen mußte. Ich fühlte noch einmal die Raserei in mir, ihr letztes Aufflackern, ein Muskelzucken. Gott bewahr mich, welch ein Gesicht, was? Hier ging ich mit einem Kopf, der im Lande nicht seinesgleichen fand, mit einem Paar Fäusten, die, Gott steh mir bei, einen Dienstmann zu Mehl und Staub zermalmen konnten, und hungerte bis zur Entstellung mitten in der Stadt Kristiania! War das eine Art und Weise? Ich hatte mich wie ein Roß abgeschunden, Tag und Nacht, hatte mir die Augen aus dem Schädel studiert und mir den Verstand aus dem Gehirn gehungert – was, zum Teufel, hatte ich nun davon? Sogar die Straßendirnen baten Gott, sie von diesem Anblick zu befreien. Aber nun soll Schluß sein – verstehst du! – Schluß soll es sein, hol mich der Satan! ... Mit ständig wachsender Wut, mit unter dem Gefühl meiner Mattheit knirschenden Zähnen, unter Weinen und Fluchen fuhr ich fort, loszupoltern, ohne der Leute zu achten, die an mir vorbeigingen. Ich fing wieder an, mich selbst zu martern, rannte mit Absicht meine Stirne gegen die Laternenpfähle, grub die Nägel tief in meine Handflächen, zerbiß im Wahnsinn meine Zunge, wenn sie nicht deutlich sprach, und ich lachte jedesmal rasend, wenn es weh tat.

Ja, aber was soll ich tun? antwortete ich mir zuletzt selbst. Und ich stampfe mehrere Male auf den Boden und wiederhole:

Was soll ich tun? – Ein Herr geht gerade vorbei und bemerkt lächelnd:

Gehen Sie hin und lassen Sie sich einsperren.

Ich sah ihm nach. Es war einer unserer bekannten Frauenärzte, der ›Herzog‹ genannt. Nicht einmal er verstand sich auf meinen Zustand, ein Mann, den ich kannte, dessen Hand ich gedrückt hatte. Ich wurde still. Einsperren? Ja, ich war verrückt; er hatte recht. Ich fühlte den Wahnsinn in meinem Blut, fühlte sein Jagen durch das Gehirn. So sollte es also mit mir enden! Ja, ja! Und wieder begann ich meinen langsamen, traurigen Gang. Da also sollte ich landen!

Mit einemmal stand ich wieder still. Aber nicht einsperren! sage ich; nur das nicht! Und ich war beinahe heiser vor Angst. Ich bat, flehte ins Blaue hinein: nur nicht eingesperrt werden! Dann würde ich wieder aufs Rathaus kommen, in eine dunkle Zelle eingeschlossen werden, in der es nicht einen Funken Licht gab. Nur das nicht! Es gab ja noch andere Auswege, die mir offenstanden. Und ich wollte sie versuchen; ich wollte fleißiger sein, mir gut Zeit dazu nehmen und unverdrossen von Haus zu Haus umhergehen. Da war nun zum Beispiel der Musikalienhändler Sisler, bei ihm war ich noch gar nicht gewesen. Es gab schon noch Rat ... So ging ich und sprach, bis ich wieder vor Rührung weinen mußte. Nur nicht eingesperrt werden!

Sisler! War dies vielleicht ein höherer Fingerzeig? Sein Name war mir ohne Grund eingefallen, und er wohnte so weit weg; aber ich wollte ihn dennoch aufsuchen, wollte langsam gehen und dazwischen ausruhen. Ich kannte den Laden, ich war oft dort gewesen, hatte in guten Tagen dort ein paar Noten gekauft. Durfte ich ihn um eine halbe Krone bitten? Das würde ihn vielleicht genieren; ich mußte um eine ganze bitten.

Ich kam in den Laden und fragte nach dem Chef; man führte mich in sein Büro. Da saß der Mann, hübsch, modisch gekleidet, und sah Papiere durch.

Ich stammelte eine Entschuldigung und brachte mein Anliegen vor. Von dem Drang gezwungen, mich an ihn zu wenden ... Es sollte nicht sehr lange dauern, bis ich es zurückbezahlen würde ... Wenn ich das Honorar für meinen Zeitungsartikel bekäme ... Er würde mir eine so große Wohltat erweisen.

Noch während ich sprach, wandte er sich wieder zum Pult und setzte seine Arbeit fort. Als ich fertig war, sah er schräg zu mir herüber, schüttelte seinen hübschen Kopf und sagte: Nein! Nur nein. Keine Erklärung. Kein Wort.

Meine Knie bebten heftig und ich stützte mich gegen die kleine polierte Schranke. Ich mußte es noch einmal versuchen. Warum sollte mir gerade sein Name eingefallen sein, als ich weit unten in ›Vaterland‹[1] gestanden? Es riß ein paarmal in meiner linken Seite, und ich begann zu schwitzen. Hm. Ich sei wirklich höchst heruntergekommen, sagte ich, leider ziemlich krank; es würden sicher nicht mehr als ein paar Tage vergehen, bis ich es zurückzahlen könne.

Lieber Mann, warum kommen Sie ausgerechnet zu mir? sagte er. Sie sind mir ein vollständiges X, von der Straße hereingelaufen. Gehen Sie zu der Zeitung, bei der man Sie kennt.

Aber nur für heute abend! sagte ich. Die Redaktion ist schon geschlossen, und ich bin jetzt sehr hungrig.

Er schüttelte andauernd den Kopf, schüttelte ihn sogar immer noch, als ich schon die Klinke erfaßt hatte.

Leben Sie wohl! sagte ich.

Dies war kein höherer Fingerzeig gewesen, dachte ich und lächelte bitter; so hoch könnte ich auch zeigen, wenn es darauf ankäme. Ich schleppte mich durch ein Viertel nach dem anderen, hie und da rastete ich auf einer Treppe. Wenn ich nur nicht eingesperrt wurde! Das Entsetzen vor der Zelle verfolgte mich die ganze Zeit, ließ mich nicht in Frieden; so oft ich einen Schutzmann auf meinem Weg sah, huschte ich in eine Seitenstraße, um die Begegnung zu vermeiden. Jetzt zählen wir hundert Schritte, sagte ich, und dann versuchen wir wieder unser Glück! Einmal wird doch wohl Rat werden . . .

Es war ein kleiner Weißwarenladen, ein Geschäft, das ich nie vorher betreten hatte. Ein einzelner Mann hinter dem Ladentisch, im Hintergrund das Kontor mit dem Porzellanschild an der Türe, beladene Regale und Borde in langer Reihe. Ich wartete, bis der letzte Kunde, eine junge Dame mit Lachgrübchen, den Laden verlassen hatte. Wie glücklich sie aussah! Ich, mit meiner Stecknadel im Rock, versuchte nicht, Eindruck auf sie zu machen, sondern wandte mich ab.

Wünschen Sie etwas? fragte der Gehilfe.

Ist der Chef da? sagte ich. – Er ist auf einer Gebirgstour in Jotunheimen, antwortete er. War es etwas Besonderes?

---

1 Stadtteil im Südosten von Kristiania.

Nur ein paar Öre zum Essen, sagte ich und versuchte zu lächeln; ich bin hungrig und habe nicht einen Ör.

Dann sind Sie ebenso reich wie ich, sagte er und fing an, Garnpakete zu ordnen.

Ach, weisen Sie mich nicht fort – nicht jetzt! sagte ich, auf einmal kalt über den ganzen Körper hinab. Ich bin wirklich beinahe tot vor Hunger. Seit vielen Tagen habe ich nichts mehr gegessen.

Im tiefsten Ernst, ohne etwas zu sagen, begann er seine Taschen umzudrehen, eine nach der anderen. Ob ich seinen Worten nicht glauben wolle?

Nur fünf Öre, sagte ich. Dann werden Sie in ein paar Tagen zehn wiederbekommen.

Lieber Mann, wollen Sie denn, daß ich sie aus der Kasse stehle? fragte er ungeduldig.

Ja, sagte ich, ja, nehmen Sie fünf Öre aus der Kasse.

Könnte mir einfallen! Und er fügte hinzu: Und lassen Sie es sich nur gleich gesagt sein: jetzt ist's genug.

Ich schob mich hinaus, krank vor Hunger und heiß vor Scham. Nein, nun sollte es ein Ende haben! Es war wirklich zu weit mit mir gekommen. Ich hatte mich so viele Jahre oben gehalten, war in so harten Stunden aufrecht gestanden, und nun war ich mit einemmal bis zur brutalen Bettelei herabgesunken. Dieser eine Tag hatte mein ganzes Denken verroht, mein Gemüt mit Schamlosigkeit beschmutzt. Ich hatte mich nicht entblödet, mich vor den kleinsten Krämern zu demütigen und mich vor sie hinzustellen und zu weinen. Und was hatte es genützt? War ich nicht vielleicht immer noch ohne einen Bissen Brot, den ich in den Mund stecken könnte? Ich hatte nur erreicht, daß es mich vor mir selbst ekelte. Ja ja, nun mußte es ein Ende haben! Gleich würde man das Tor daheim schließen, ich mußte mich beeilen, wenn ich nicht heute nacht wieder auf dem Rathaus schlafen wollte ...

Dies gab mir Kräfte; im Rathaus wollte ich nicht übernachten. Mit vorgebeugtem Körper, die Hand an die linken Rippen gestemmt, um die Stiche ein wenig abzuschwächen, tappte ich vorwärts, hielt die Augen aufs Pflaster geheftet, um nicht etwaige Bekannte zum Grüßen zu zwingen, und hastete zur Brandwache. Gott sei Dank, es war erst sieben Uhr an der Erlöserkirche, ich hatte noch drei Stunden, bis das Tor geschlossen wurde. Wie hatte ich mich geängstigt!

So war also kein Ding unversucht geblieben, ich hatte alles getan, was ich konnte. Daß es wirklich einen ganzen Tag lang nicht ein einziges Mal glücken wollte! dachte ich. Wenn ich das jemand erzählte, so würde es keiner glauben, und wenn ich es niederschriebe, so würde man sagen, daß es erfunden sei. An keiner einzigen Stelle! Ja ja, es gab keinen Rat mehr; vor allem nicht mehr rührselig sein. Pfui, das war ekelhaft, ich versichere dir, daß es mich vor dir ekelt! Wenn alle Hoffnung verloren war, so war es aus. Konnte ich mir übrigens im Stall nicht eine Handvoll Hafer stehlen! Ein Lichtstrahl, ein Streifen – ich wußte, daß der Stall verschlossen war.

Ich ertrug es mit Ruhe und kroch in langsamem Schneckengang heimzu. Ich fühlte Durst, erfreulicherweise zum erstenmal am ganzen Tag, und sah mich nach einer Stelle um, wo ich trinken konnte. Ich war schon zu weit von den Basaren entfernt, und in ein Privathaus wollte ich nicht gehen; ich konnte vielleicht auch warten, bis ich heimkam; das würde eine Viertelstunde dauern. Es war auch gar nicht gesagt, daß ich einen Schluck Wasser bei mir behalten konnte; mein Magen vertrug überhaupt nichts mehr, ich fühlte sogar von dem Speichel, den ich hinunterschluckte, ein Würgen.

Aber die Knöpfe! Mit den Knöpfen hatte ich es noch gar nicht versucht! Da stand ich sofort still und begann zu lächeln. Vielleicht gab es doch noch Hilfe! Ich war nicht ganz verurteilt! Zehn Öre würde ich ganz bestimmt dafür bekommen, morgen bekam ich dann sonst irgendwo zehn dazu, und am Donnerstag könnte ich vielleicht das Geld für meinen Zeitungsartikel erhalten. Ich würde es schon noch erleben, es machte sich! Daß ich wirklich die Knöpfe vergessen konnte! Ich holte sie aus der Tasche und betrachtete sie, während ich wiederum weiterging; meine Augen wurden dunkel vor Freude, ich sah die Straße nicht mehr vor mir.

Wie genau ich den großen Keller kannte, meine Zuflucht an den dunklen Abenden, mein blutsaugender Freund! Meine Besitztümer waren eins nach dem anderen da unten verschwunden, meine Kleinigkeiten von daheim, mein letztes Buch. An den Auktionstagen ging ich gerne hin, um zuzusehen, und ich freute mich, wenn meine Bücher in gute Hände zu kommen schienen. Der Schauspieler Magelsen hatte meine Uhr, und darauf war ich beinahe stolz; einen Jahreskalender, in dem mein erster kleiner poetischer Versuch stand, hatte ein Bekannter gekauft, und mein Überrock landete bei einem Photographen zum Ausleihen im Atelier. Also daran war weiter nichts auszusetzen.

Ich hielt meine Knöpfe in der Hand bereit und trat ein. Der ›Onkel‹ sitzt an seinem Pult und schreibt.

Ich habe keine Eile, sage ich, ängstlich, ihn zu stören und ungeduldig zu machen. Meine Stimme klang so seltsam hohl, ich kannte sie beinahe nicht wieder, und mein Herz schlug wie ein Hammer.

Er kam mir wie immer lächelnd entgegen, legte seine Hände flach auf den Ladentisch und sah mir ins Gesicht, ohne etwas zu sagen.

Ja, ich hätte etwas dabei und wollte ihn nur fragen, ob er keine Verwendung dafür habe ... etwas, das mir daheim nur im Weg lag, ich versichere, nur zur Plage, einige Knöpfe.

Na, was ist es denn, was ist es denn mit den Knöpfen? Und er senkt seine Augen ganz auf meine Hand hinunter.

Ob er mir nicht einige Öre dafür geben könne? Soviel ihm selbst gut dünke ... Ganz nach seinem eigenen Ermessen ...

Für die Knöpfe? Und ›Onkel‹ starrt mich verwundert an. Für *diese* Knöpfe?

Nur zu einer Zigarre oder dergleichen. Ich ging eben vorbei, und da wollte ich hereinschauen.

Da lachte der alte Pfandleiher und drehte sich zu seinem Pult zurück, ohne ein Wort zu sagen. Nun stand ich wieder da. Ich hatte eigentlich nicht viel erhofft, und trotzdem hatte ich es für möglich gehalten, daß mir geholfen würde. Dieses Lachen war mein Todesurteil. Nun konnte wohl auch ein Versuch mit der Brille nichts mehr nützen?

Ich würde natürlich meine Brille mit dreingeben, das ist selbstverständlich, sagte ich und nahm sie ab. Nur zehn Öre, oder wenn er wolle, fünf Öre.

Sie wissen doch, daß ich Ihnen auf Ihre Brille nichts leihen kann, sagte ›Onkel‹; ich habe Ihnen das schon früher gesagt.

Aber ich brauche eine Briefmarke, erwiderte ich dumpf; ich könne nicht einmal die Briefe abschicken, die ich schreiben müsse. Eine Briefmarke für fünf oder zehn Öre, ganz wie Sie es selbst für gut finden.

Nun machen Sie um Gottes willen, daß Sie fortkommen! antwortete er mit einer abwehrenden Handbewegung.

Ja ja, dann muß ich es wohl sein lassen, sagte ich zu mir selbst. Mechanisch setzte ich die Brille wieder auf, nahm die

Knöpfe in die Hand und ging. Ich sagte gute Nacht und schloß die Türe wie gewöhnlich hinter mir. Hieran war also nichts mehr zu ändern! Draußen vor dem Treppenschacht blieb ich stehen und sah die Knöpfe noch einmal an. Daß er sie durchaus nicht haben wollte! sagte ich; es sind doch fast neue Knöpfe. Das kann ich nicht verstehen!

Während ich in diese Betrachtungen vertieft dastand, kam ein Mann vorbei und ging in den Keller hinunter. Er hatte mir in der Eile einen kleinen Stoß versetzt, wir baten beide um Entschuldigung, und ich drehte mich um und sah ihm nach.

Nein, bist du es? sagte er plötzlich unten auf der Treppe. Er kam herauf, und ich erkannte ihn. Gott behüte dich, wie siehst du aus! sagte er. Was hast du da unten getan?

Ach – Geschäfte. Du willst hinunter, wie ich sehe?

Ja. Was hast denn du hingebracht?

Meine Knie bebten, ich stützte mich an die Wand und streckte meine Hand mit den Knöpfen aus.

Was, zum Teufel? rief er. Nein, das geht aber doch zu weit!

Gute Nacht! sagte ich und wollte gehen; ich fühlte das Weinen in der Brust.

Nein, warte einen Augenblick! sagte er.

Worauf sollte ich warten? Er war doch selbst auf dem Weg zum ›Onkel‹, brachte vielleicht seinen Verlobungsring hin, hatte mehrere Tage gehungert, war seiner Wirtin Geld schuldig.

Ja, antwortete ich, wenn du bald . . .

Natürlich, sagte er und ergriff mich beim Arm; aber ich will dir sagen, ich trau dir nicht, du bist ein Idiot; es ist am besten, du gehst mit hinunter.

Ich begriff, was er wollte, verspürte plötzlich wieder ein Gefühl von Ehre aufsteigen und antwortete:

Kann nicht! Ich habe versprochen, um halb acht Uhr in der Bernt-Ankers-Straße zu sein, und . . .

Halb acht, ganz richtig, ja! Aber jetzt ist es acht Uhr. Hier habe ich die Uhr in der Hand, die da hinunter soll. So, hinein mit dir, du hungriger Sünder! Ich bekomme mindestens fünf Kronen für dich.

Und er puffte mich hinein.

3

Eine Woche verging in Herrlichkeit und Freuden.

Ich war auch dieses Mal über das Schlimmste hinweggekommen, hatte jeden Tag zu essen gehabt, mein Mut stieg, und ich schob ein Eisen nach dem anderen ins Feuer. Ich hatte drei oder vier Abhandlungen in der Arbeit, die mein armseliges Gehirn um jeden Funken beraubten, um jeden Gedanken, der darin entstand, und ich fand, daß es besser ging als je vorher. Der letzte Artikel, für den ich so viel Lauferei gehabt und auf den ich so viel Hoffnung gesetzt hatte, war mir bereits vom Redakteur zurückgesandt worden, und ich hatte ihn sofort vernichtet – zornig, beleidigt, ohne ihn nochmals durchzulesen. In Zukunft wollte ich es bei einer anderen Zeitung versuchen, um mir mehrere Auswege zu eröffnen. Im schlimmsten Fall, wenn auch dies nichts half, hatte ich noch die Schiffe als Zuflucht. Die ›Nonne‹ lag segelklar unten am Kai, gegen Arbeit nahm sie mich vielleicht mit nach Archangelsk, oder wo es eben hingehen sollte. Es fehlte mir also nicht an Aussichten nach verschiedenen Seiten hin.

Die letzte Krise hatte mir böse mitgespielt. Ich verlor das Haar in großen Mengen, das Kopfweh war auch sehr lästig, besonders am Morgen, und die Nervosität wollte sich nicht geben. Tagsüber saß ich da und schrieb und hatte die Hände in Tücher eingebunden, nur weil ich meinen eigenen Atem auf ihnen nicht ertragen konnte. Wenn Jens Olai die Stalltüre unter mir hart zuschlug oder ein Hund in den Hinterhof kam und zu bellen anfing, drangen mir kalte Stiche durch Mark und Bein und trafen mich überall. Ich war ziemlich heruntergekommen.

Tag für Tag mühte ich mich mit meiner Arbeit, gönnte mir kaum die Muße, mein Essen zu schlucken, und setzte mich schon wieder zum Schreiben hin. In dieser Zeit waren sowohl das Bett wie mein kleiner wackeliger Tisch mit Notizen und beschriebenen Blättern, an denen ich abwechselnd arbeitete, überschwemmt. Ich fügte neue Dinge hinzu, die mir im Laufe des Tages einfielen, strich durch, frischte die toten Punkte da und dort mit einem farbigen Wort auf, schleifte mich mit der größten Mühe von Satz zu Satz weiter. Eines Nachmittags endlich war einer meiner Artikel fertig und ich steckte ihn glücklich und froh in die Tasche und begab mich hinauf zum ›Kommandeur‹. Es war hohe Zeit, daß ich trachtete, wieder ein wenig Geld zu bekommen, ich hatte nicht mehr viele Öre übrig.

Und der ›Kommandeur‹ bat mich, einen Augenblick Platz zu nehmen, er würde sofort... Und er schrieb weiter.

Ich sah mich in dem kleinen Büro um: Büsten, Lithographien, Ausschnitte, ein unmäßiger Papierkorb, der aussah, als könne er einen Mann mit Haut und Haar verschlingen. Mir wurde traurig zumute beim Anblick dieses ungeheuren Rachens, dieses Drachenmaules, das immer offen stand, immer bereit, neue abgelehnte Arbeiten – neue zerbrochene Hoffnungen aufzunehmen.

Welches Datum haben wir? sagt plötzlich der ›Kommandeur‹ am Tisch dort.

Den 28., antworte ich, froh darüber, daß ich ihm zu Diensten sein konnte.

Den 28. Und er schreibt immer noch. Endlich legt er ein paar Briefe in die Umschläge, wirft einige Papiere in den Korb und legt die Feder weg. Dann schwingt er sich auf dem Stuhl herum und sieht mich an. Als er merkt, daß ich noch an der Türe stehe, gibt er mir einen halb ernsten, halb scherzhaften Wink mit der Hand und deutet auf einen Stuhl.

Ich wende mich von ihm ab, damit er nicht sehen soll, daß ich keine Weste anhabe, wenn ich den Rock öffne, und hole das Manuskript aus der Tasche.

Es ist nur eine kleine Charakteristik Correggios, sage ich, aber sie ist wohl leider nicht so geschrieben, daß...

Er nimmt mir die Papiere aus der Hand und beginnt in ihnen zu blättern. Er wendet mir sein Gesicht zu.

So sah er also in der Nähe aus, dieser Mann, dessen Namen ich schon in meiner frühesten Jugend gehört hatte und dessen Zeitung alle diese Jahre her den größten Einfluß auf mich gehabt hatte. Sein Haar ist gelockt, und die schönen braunen Augen sind ein wenig unruhig; er hat die Gewohnheit, ab und zu die Luft durch die Nase zu stoßen. Ein schottischer Pfarrer hätte nicht milder aussehen können als dieser gefährliche Skribent, dessen Worte dort, wo sie hinfielen, stets blutige Striemen schlugen. Ein eigentümliches Gefühl der Furcht und der Bewunderung erfaßt mich diesem Menschen gegenüber, ich bin nahe daran, Tränen in die Augen zu bekommen, und ich rücke unwillkürlich einen Schritt vor, um ihm zu sagen, wie innig ich ihn verehre für all das, was er mich gelehrt hatte, und um ihn zu bitten, mir kein Leid zuzufügen. Ich sei nur ein armseliger Stümper, dem es schon schlimm genug gehe.

Er sah auf und legte das Manuskript langsam zusammen, während er dasaß und nachdachte. Um ihm eine abschlägige Antwort zu erleichtern, strecke ich die Hand ein wenig vor und sage:

Ach nein, natürlich ist es nicht brauchbar? Und ich lächle, um den Eindruck zu machen, daß ich es leicht nehme.

Wir können nur ganz populäre Sachen verwenden, antwortet er. Sie wissen, welche Art von Publikum wir haben. Aber könnten Sie es nicht wieder mitnehmen und ein wenig vereinfachen? Oder sich etwas anderes ausdenken, was die Leute besser verstehen?

Seine Rücksichtnahme setzt mich in Erstaunen. Ich begreife, daß mein Artikel abgelehnt ist, und doch könnte ich keine schönere Zurückweisung bekommen haben. Um ihn nicht länger aufzuhalten, antworte ich:

Doch ja, das kann ich wohl.

Ich gehe zur Türe. Hm. Er möge entschuldigen, daß ich ihn damit in Anspruch genommen habe . . . Ich verbeuge mich und fasse nach dem Türgriff.

Wenn Sie etwas brauchen, sagt er, können Sie lieber einen kleinen Vorschuß bekommen. Sie können ja dafür schreiben.

Nun hatte er ja gesehen, daß ich zum Schreiben nicht taugte – sein Angebot demütigte mich deshalb ein wenig. Ich antwortete:

Nein, danke, ich reiche noch eine Zeitlang aus. Ich danke übrigens vielmals. Leben Sie wohl!

Leben Sie wohl! antwortet der ›Kommandeur‹ und wendet sich gleichzeitig seinem Schreibtisch zu.

Er hatte mich doch unverdient wohlwollend behandelt, und ich war ihm dankbar dafür; ich wollte das auch zu würdigen wissen. Ich nahm mir vor, nicht wieder zu ihm zu gehen, bevor ich ihm nicht eine Arbeit bringen konnte, mit der ich selbst ganz zufrieden war und die den ›Kommandeur‹ ein wenig in Erstaunen setzen sollte und ihn veranlassen konnte, mir ohne einen Augenblick der Überlegung zehn Kronen anweisen zu lassen. Und ich ging wieder heim und machte mich von neuem an meine Schreiberei.

An den folgenden Abenden, gegen acht Uhr, wenn das Gas schon angezündet war, geschah mir regelmäßig folgendes:

So oft ich aus dem Torweg herauskomme, um mich nach des Tages Mühe und Beschwer auf einen kleinen Spaziergang durch die Straßen zu begeben, steht immer eine schwarzgekleidete Dame an dem Laternenpfahl gleich vor dem Tor und wendet mir das Gesicht zu, folgt mir mit den Augen, wenn ich an ihr vorbeikomme. Ich beobachte, daß sie beständig dasselbe Kleid anhat, den gleichen dichten Schleier, der ihr Gesicht verbirgt und über ihre Brust herunterfällt, und daß sie einen kleinen Schirm mit einem Elfenbeinring am Griff in der Hand trägt.

Drei Abende nacheinander hatte ich sie nun schon hier gesehen, immer an derselben Stelle. Sowie ich an ihr vorbeigekommen bin, dreht sie sich langsam um und geht die Straße hinunter, von mir fort.

Mein nervöses Gehirn streckte seine Fühlhörner aus, und mir kam sofort der unsinnige Gedanke, daß ihre Besuche mir galten. Ich war zuletzt fast im Begriff, sie anzusprechen, sie zu fragen, ob sie jemand suche, ob sie irgendeine Hilfe brauche, ob ich sie heimbegleiten, sie, so schlecht gekleidet, wie ich leider sei, in den dunklen Straßen beschützen solle. Aber ich hatte eine unbestimmte Furcht davor, daß es vielleicht Geld kosten könnte, ein Glas Wein, eine Wagenfahrt, und ich hatte gar kein Geld mehr; meine trostlos leeren Taschen wirkten allzu niederschlagend auf mich. Ich hatte nicht einmal den Mut, sie ein wenig forschend anzusehen, wenn ich vorbeiging. Der Hunger hauste schon wieder bei mir, seit dem vorhergegangenen Abend hatte ich nichts gegessen; – das war allerdings noch keine lange Zeit, ich hatte es oft mehrere Tage lang aushalten können, aber ich ließ bedenklich nach, ich konnte gar nicht mehr so gut hungern wie früher, ein einziger Tag konnte mich betäuben, und ich litt an häufigem Erbrechen, sobald ich Wasser trank. Dazu kam, daß ich in den Nächten dalag und fror, in allen Kleidern, wie ich tagsüber ging und stand, und vor Kälte blau wurde. Daß mich jeden Abend Frostschauer durcheisten und ich im Schlaf erstarrte. Die alte Decke konnte die Zugluft nicht abhalten, ich erwachte am Morgen davon, daß mir die Nase durch die scharfe Reifluft, die von außen zu mir hereindrang, zugeschwollen war.

Ich gehe durch die Straßen und denke darüber nach, wie ich es anstellen könnte, mich aufrecht zu halten, bis ich meinen nächsten Artikel fertig hätte. Wenn ich nur eine Kerze besäße, würde ich versuchen, bis in die Nacht hinein loszulegen. Es würde ein paar Stunden dauern, falls ich nur erst richtig in

Schwung käme; morgen könnte ich mich dann wieder an den ›Kommandeur‹ wenden.

Ohne weiteres gehe ich ins Oplandske und suche meinen jungen Bekannten von der Bank, um mir zehn Öre für eine Kerze zu verschaffen. Man ließ mich ungehindert durch alle Zimmer gehen. Ich kam an einem Dutzend Tische vorbei, an denen plaudernde Gäste saßen und aßen und tranken, ich drang bis zum Ende des Cafés vor, bis in das Rote Zimmer, ohne meinen Mann zu finden. Flau und ärgerlich verzog ich mich wieder auf die Straße und ging in der Richtung zum Schlosse weiter.

War es nun nicht auch, um zum Teufel zu fahren, daß meine Widerstände kein Ende nehmen wollten! Mit langen wütenden Schritten, den Rockkragen brutal in den Nacken heraufgeschlagen und die Hände in den Hosentaschen geballt, ging ich und schimpfte während des ganzen Weges auf meinen unglücklichen Stern. Seit sieben, acht Monaten nicht eine einzige wirklich sorgenfreie Stunde, keine einzige kurze Woche das nötigste Essen – nun zwang die Not mich abermals auf die Knie. Bei alledem war ich tätig gewesen und mitten in allem Elend ehrlich geblieben, ehrlich, hehe, bis zum alleräußersten! Gott bewahre mich, wie närrisch war ich gewesen! Und ich erzählte mir selbst, wie ich sogar ein schlechtes Gewissen gehabt hatte, weil ich einmal Hans Paulis Decke versetzen wollte. Ich lachte höhnisch über meine zarte Rechtschaffenheit, spuckte verächtlich auf die Straße und fand kein Wort, das stark genug war, mich wegen meiner eigenen Dummheit zum Narren zu halten. Das sollte nur jetzt sein! Fände ich in diesem Augenblick den Sparpfennig eines Schulmädchens auf der Straße, den einzigen Ör einer armen Witwe, ich würde ihn aufheben und ihn in die Tasche stecken, ihn mit bestem Gewissen stehlen und danach die ganze Nacht wie ein Stein schlafen. Nicht umsonst hatte ich für nichts und wieder nichts so unsäglich viel gelitten, meine Geduld war zu Ende, ich war zu allem bereit, was es auch sein mochte.

Ich ging drei-, viermal ums Schloß, faßte darauf den Entschluß, heimzugehen, machte noch einen kleinen Abstecher in den Park und nahm endlich den Weg durch die Karl-Johan-Straße zurück.

Es war ungefähr elf Uhr. Die Straße war ziemlich dunkel, und überall wanderten Menschen umher, stille Paare und lärmende Scharen. Die große Stunde war da, die Paarungszeit, in der geheime Dinge geschehen und die frohen Abenteuer beginnen. Raschelnde Mädchenröcke, das eine und andere kurze sinnliche Lachen, wogende Brüste, heftige, keuchende Atemzüge; weit unten beim Grand ruft eine Stimme: Emma! Die ganze Straße war ein Sumpf, aus dem heiße Dämpfe aufstiegen.

Unwillkürlich durchsuche ich meine Taschen nach zwei Kronen. Die Leidenschaft, die in jeder Bewegung der Vorübergehenden zittert, sogar das dunkle Licht der Gaslaternen, die stille, schwangere Nacht, alles zusammen beginnt mich anzupacken, diese Luft, die erfüllt ist von Flüstern, Umarmungen, bebenden Geständnissen, halb ausgesprochenen Worten, kleinen Seufzern. Einige Katzen lieben sich mit hohen Schreien im Tor von Blomquist. Und ich hatte keine zwei Kronen! Es war ein Jammer, ein Elend ohnegleichen, so verarmt zu sein! Welche Demütigung, welche Entehrung! Und wieder fällt mir das letzte Scherflein der armen Witwe ein, das ich gestohlen hätte, die Mütze oder das Taschentuch eines Schulknaben, eines Bettlers Brotsack, die ich ohne Umstände zum Lumpensammler gebracht und den Erlös dann verpraßt hätte. Um mich zu trösten und mich schadlos zu halten, fing ich an, an diesen frohen Menschen, die an mir vorbeiglitten, alle möglichen Fehler aufzusuchen, ich zuckte zornig mit den Schultern und sah sie geringschätzig an, wie sie, Paar auf Paar, an mir vorbeizogen. Diese genügsamen, Süßigkeiten naschenden Studenten, die glaubten, europäisch ausschweifend zu sein, wenn sie einem Nähmädchen auf die Brust patschten! Diese Stutzer, Bankleute, Großhändler, Boulevardlöwen! Nicht einmal die Seemannsfrauen und dicken Weiber vom Kutorv, die für ein Seidel Bier im ersten besten Torweg umfielen, verschmähten sie! Welche Sirenen! Der Platz an ihrer Seite war noch warm von der vergangenen Nacht, die sie mit einem Feuerwehrmann oder mit einem Stallknecht verbracht hatten, der Thron war immer frei, gleich weit geöffnet, bitte sehr, steigen Sie hinauf! ... Ich spuckte weit über das Pflaster, ohne mich darum zu kümmern, ob ich jemand treffen könnte, war wütend, erfüllt von Verachtung für diese Menschen, die sich aneinander rieben und sich vor meinen Augen paarten. Ich erhob den Kopf und fühlte mich erhaben und gesegnet, weil ich auf reinen Wegen wandeln durfte.

Am Storthingsplatz traf ich ein Mädchen, das mich starr ansah, als ich an ihre Seite kam.

Guten Abend! sagte ich.

Guten Abend! Sie blieb stehen.

Hm. Ob sie so spät noch spazieren gehe? War es denn nicht ein wenig gefährlich für eine junge Dame, um diese Tageszeit auf Karl-Johan zu gehen! Nicht? Ja, aber wurde sie denn niemals angesprochen, belästigt, ich meine, gerade herausgesagt, gebeten, mit nach Hause zu kommen?

Sie starrte mich verwundert an, forschte in meinem Gesicht, was ich wohl damit meinen könnte. Dann schob sie plötzlich die Hand unter meinen Arm und sagte:

Also gehen wir!

Ich ging mit. Als wir einige Schritte an den Droschken vorbei waren, hielt ich an, machte meinen Arm frei und sagte:

Höre, mein Kind, ich besitze nicht einen Ör. Und ich schickte mich an, meines Weges zu gehen.

Im ersten Augenblick wollte sie mir nicht glauben; aber nachdem sie alle meine Taschen durchsucht und nichts gefunden hatte, wurde sie ärgerlich, schüttelte den Kopf und nannte mich einen Stockfisch.

Gute Nacht! sagte ich.

Warten Sie ein wenig! rief sie. Ist das eine Goldbrille, die Sie tragen?

Nein.

Dann scheren Sie sich zum Teufel!

Und ich ging.

Gleich darauf kam sie mir nachgelaufen und rief mich wieder.

Sie können trotzdem mitkommen, sagte sie. Ich fühlte mich von diesem Angebot einer armen Straßendirne gedemütigt und sagte nein. Es sei außerdem spät in der Nacht, und ich hätte noch eine Verabredung; sie könne sich auch solche Opfer nicht erlauben.

Doch, jetzt *will* ich Sie mit mir haben.

Aber ich gehe auf diese Art nicht mit.

Sie wollen natürlich zu einer anderen, sagte sie.

Nein, antwortete ich.

Ach, ich hatte nicht mehr das richtige Zeug in mir. Mädchen waren für mich beinahe wie Männer geworden, die Not hatte mich ausgedörrt. Ich hatte das Gefühl, daß ich mich dieser aparten Dirne gegenüber in einer jämmerlichen Lage befand, und beschloß, den Schein zu retten.

Wie heißen Sie? fragte ich. Marie? Na! Hören Sie nun zu,

Marie! Und ich erklärte ihr mein Betragen. Das Mädchen wurde immer erstaunter. Ob sie also geglaubt habe, daß auch ich einer von denen sei, die an den Abenden auf die Straßen gingen und kleine Mädels kaperten? Ob sie wirklich etwas so Schlechtes von mir geglaubt habe? Hatte ich vielleicht zu Beginn etwas Unartiges zu ihr gesagt? Betrug man sich so wie ich, wenn man etwas Böses vorhatte? Kurz und gut, ich habe sie angesprochen und sei ein paar Schritte mit ihr gegangen, um zu sehen, wie weit sie es treiben würde. Übrigens sei mein Name der und der, Pastor so und so. Gute Nacht! Gehe hin und sündige nicht mehr.

Damit ging ich.

Entzückt über meinen guten Einfall rieb ich mir die Hände und sprach laut mit mir selbst. Welche Freude war es doch, umherzugehen und gute Werke zu tun! Vielleicht hatte ich diesem gefallenen Geschöpf einen Anstoß zur Besserung für das ganze Leben gegeben! Und sie würde das anerkennen, wenn sie sich darauf besänne, sich sogar in ihrer Todesstunde, das Herz voll Dank, meiner erinnern. Oh, es lohnte sich trotzdem, ehrlich zu sein, ehrlich und rechtschaffen! Meine Laune war strahlend, ich fühlte mich frisch und mutig zu allem, was es auch sein mochte. Wenn ich nur ein Licht hätte, dann könnte ich vielleicht meinen Artikel fertig schreiben! Ich ging und schlenkerte mit meinem neuen Torschlüssel, summte, pfiff und sann darüber nach, wie ich mir Kredit verschaffen konnte. Es blieb nichts anderes übrig, ich mußte meine Schreibsachen herunterholen, auf die Straße heraus, unter die Gaslaterne. Und ich öffnete das Tor und ging hinauf, um meine Papiere zu holen.

Als ich wieder herunterkam, schloß ich das Tor von außen und stellte mich in den Lichtschein. Es war überall still, ich hörte nur den schweren, klirrenden Schritt eines Schutzmannes unten in einer Querstraße, und weit weg, in der Richtung von St. Hanshaugen, einen bellenden Hund. Nichts störte mich, ich zog den Rockkragen über die Ohren und begann aus allen Kräften zu denken. Es würde mir großartig weiterhelfen, wenn ich so glücklich wäre, den Schluß dieser kleinen Abhandlung zustande zu bringen. Ich befand mich eben an einem etwas schwierigen Punkt, es sollte ein ganz unmerklicher Übergang zu etwas Neuem kommen, darauf ein gedämpftes, gleitendes Finale, ein langes Knurren, das zuletzt in einer Klimax enden sollte, so steil, so aufwühlend, wie ein Schuß oder wie der Krach eines berstenden Felsens. Punktum.

Aber die Worte wollten mir nicht einfallen. Ich las das ganze Stück von Anfang an durch, las jeden Satz laut, konnte aber meine Gedanken durchaus nicht zu dieser berstenden Klimax sammeln. Während ich dastand und daran arbeitete, kam obendrein der Schutzmann, stellte sich ein Stück weit von mir entfernt mitten in der Straße auf und verdarb meine ganze Stimmung. Was ging es nun ihn an, daß ich in diesem Augenblick dastand und an einer ausgezeichneten Klimax zu einem Artikel für den ›Kommandeur‹ arbeitete? Herrgott, es war rein unmöglich, mich über Wasser zu halten, was ich auch versuchte! Ich stand eine ganze Stunde da, der Schutzmann ging seines Weges, und die Kälte wurde zu groß, als daß man ruhig hätte stehenbleiben können. Mutlos und verzagt über diesen neuen vergeblichen Versuch öffnete ich wieder das Tor und ging in mein Zimmer hinauf.

Es war kalt da oben, und ich konnte in dieser dicken Finsternis kaum mein Fenster sehen. Ich tastete mich zum Bett vor, zog die Schuhe aus und wärmte meine Füße zwischen den Händen. Dann legte ich mich nieder – so wie ich es seit langer Zeit zu tun pflegte, ganz einfach wie ich ging und stand, in allen Kleidern.

Sobald es am nächsten Morgen hell wurde, setzte ich mich im Bett auf und nahm meinen Artikel wieder in Angriff. In dieser Stellung saß ich bis zum Mittag und hatte dann ungefähr zehn, zwanzig Zeilen zustande gebracht. Und ich war noch nicht zum Finale gekommen.

Ich stand auf, zog die Schuhe an und begann im Zimmer auf und ab zu gehen, um warm zu werden. Auf den Fensterscheiben lag Eis; ich sah hinaus, es schneite, unten im Hinterhof lag eine dicke Schicht Schnee auf dem Pflaster und auf dem Pumpbrunnen.

Ich kramte im Zimmer umher, ging willenlos auf und ab, kratzte mit den Nägeln an der Wand, legte meine Stirne vorsichtig an die Türe, klopfte mit dem Zeigefinger auf den Boden und horchte aufmerksam, alles ohne irgendeinen Sinn, sondern still und nachdenklich, als hätte ich eine wichtige Sache vor. Und dabei sagte ich ein über das andere Mal laut, so daß ich es selbst hörte: Aber, du guter Gott, das ist doch Wahnsinn! Und so trieb ich es ununterbrochen weiter. Nach Verlauf langer Zeit, vielleicht einiger Stunden, nahm ich mich fest zusammen, biß mich in die Lippe und straffte mich auf, so gut ich konnte. Es mußte ein Ende haben! Ich suchte einen Splitter, um darauf zu kauen, und setzte mich entschlossen wieder zum Schreiben hin.

Ein paar kurze Sätze kamen mit großer Mühe zustande, ein Dutzend ärmlicher Worte, die ich mir mit Gewalt abrang, um nur überhaupt vorwärts zu kommen. Dann hielt ich an, mein Kopf war leer, ich konnte nicht mehr. Und da ich durchaus nicht mehr weiterkommen konnte, starrte ich mit weit offenen Augen auf diese letzten Worte, diesen unbeendeten Bogen, gaffte diese seltsamen zitternden Buchstaben an, die mich vom Papier aus wie kleine stachelige Figuren anstarrten, und zuletzt begriff ich das Ganze nicht mehr, ich dachte an nichts.

Die Zeit verging. Ich hörte den Verkehr auf der Straße, den Lärm von Wagen und Pferden. Jens Olais Stimme stieg aus dem Stall zu mir herauf, wenn er mit den Pferden schwätzte. Ich war ganz schläfrig, saß da und schmatzte ein wenig mit dem Mund, tat aber sonst gar nichts. Meine Brust war in einer traurigen Verfassung. Es begann zu dämmern, ich fiel immer mehr zusammen, wurde müde und legte mich auf das Bett zurück. Um meine Hände ein wenig zu wärmen, strich ich mit den Fingern durch das Haar vor und zurück, kreuz und quer; es gingen kleine Zotteln mit, losgelöste Büschel, die sich zwischen die Finger legten und auf das Kopfkissen fielen. Ich dachte nichts dabei, es war, als ginge es mich nichts an, ich hatte auch noch genug Haare. Ich versuchte wieder, mich aus dieser seltsamen Betäubung aufzurütteln, die mir wie ein Nebel durch alle Glieder glitt, setzte mich aufrecht, schlug mir mit der flachen Hand auf die Knie, hustete, so fest es meine Brust zuließ – und fiel wiederum zurück. Nichts half. Ich starb mit offenen Augen hilflos dahin, geradeaus auf die Decke starrend. Zuletzt steckte ich den Zeigefinger in den Mund und sog daran. In meinem Gehirn begann sich etwas zu rühren, ein Gedanke, der sich da drinnen hervorarbeitete, ein ganz toller Einfall: Wenn ich nun zubiß? Und ohne mich einen Augenblick zu bedenken, kniff ich die Augen zu und schlug die Zähne zusammen.

Ich sprang auf. Endlich war ich wach geworden. Es sickerte ein wenig Blut aus dem Finger, und ich schleckte es immer wieder ab. Es tat nicht weh, die Wunde war auch nicht der Rede wert. Aber ich war mit einemmal zu mir selbst gekommen, schüttelte den Kopf, ging zum Fenster und suchte nach einem Lappen für die Wunde. Während ich dastand und mich mit ihr beschäftigte, trat mir das Wasser in die Augen, ich weinte leise vor mich hin. Dieser magere, zerbissene Finger sah so traurig aus. Gott im Himmel, wie weit war es nun mit mir gekommen!

Die Dunkelheit wurde dichter. Vielleicht war es nicht unmöglich, daß ich mein Finale im Laufe des Abends fertigschreiben konnte, wenn ich nur eine Kerze hatte. Mein Kopf war wieder klar geworden, die Gedanken kamen und gingen wie gewöhnlich, und ich litt nicht sehr. Nicht einmal den Hunger fühlte ich so schlimm wie vor einigen Stunden, ich konnte gut bis zum nächsten Tag aushalten. Vielleicht gelang es mir, einstweilen eine Kerze auf Kredit zu bekommen, wenn ich in den Kramladen ging und meine Lage erklärte. Ich war so gut bekannt da unten; in guten Tagen, als ich noch Geld dazu besaß, hatte ich manches Brot in diesem Laden gekauft. Ohne Zweifel würde ich auf meinen ehrlichen Namen eine Kerze bekommen. Und zum erstenmal seit langer Zeit raffte ich mich dazu auf, meine Kleider ein wenig zu bürsten und die losen Haare auf meinem Rockkragen zu entfernen, soweit sich dies in der Dunkelheit machen ließ. Dann tastete ich mich die Treppe hinunter.

Als ich auf die Straße kam, bedachte ich, ob ich nicht vielleicht lieber ein Brot verlangen solle. Unentschlossen blieb ich stehen und grübelte darüber nach. Auf keinen Fall! antwortete ich mir endlich selbst. Ich war leider nicht in dem Zustand, daß ich nun Nahrung vertrug; die gleichen Geschichten würden sich wiederholen, mit Gesichten und Wahrnehmungen und wahnsinnigen Einfällen, mein Artikel würde niemals fertig werden, und es galt doch, zum ›Kommandeur‹ zu kommen, bevor er mich wieder vergessen hatte. Auf gar keinen Fall! Und ich entschloß mich zu einer Kerze. Damit ging ich in den Laden.

Am Ladentisch steht eine Frau und macht Einkäufe; mehrere kleine Pakete, in verschiedene Sorten Papier gewickelt, liegen in meiner Nähe. Der Gehilfe, der mich kennt und weiß, was ich gewöhnlich kaufe, verläßt die Frau und packt ohne weiteres ein Brot in eine Zeitung und legt es vor mich hin.

Nein – ich wollte heute abend eigentlich eine Kerze, sage ich. Ich sage das sehr leise und demütig, um ihn nicht ärgerlich zu machen und mir nicht die Aussicht auf die Kerze zu verspielen.

Meine Antwort kam ihm unerwartet, es war das erstemal, daß ich etwas anderes als Brot von ihm verlangt hatte.

Ja, dann müssen Sie ein wenig warten, sagt er und wendet sich wieder zu der Frau.

Sie erhält ihre Sachen, bezahlt mit einem Fünfkronenschein, auf den sie herausbekommt, und geht.

Nun sind der Gehilfe und ich allein.

Er sagt:

Ja, Sie wollen also eine Kerze. Und er reißt ein Paket Kerzen auf und nimmt eine für mich heraus.

Er sieht mich an, und ich sehe ihn an, ich kann meine Bitte nicht über die Lippen bringen.

Ach, richtig, Sie haben ja bezahlt, sagt er plötzlich. Er sagt einfach, daß ich bezahlt hätte; ich hörte jedes Wort. Und er beginnt das Silbergeld aus der Kasse herauszuzählen, Krone um Krone, blankes, fettes Geld – er gibt mir auf fünf Kronen heraus, auf die fünf Kronen der Frau.

Bitte schön! sagt er.

Nun stehe ich da und sehe dieses Geld eine Sekunde lang an. Ich empfinde, daß irgend etwas nicht in Ordnung ist, ich überlege nicht, denke an gar nichts, falle nur in Erstaunen über all diesen Reichtum, der vor meinen Augen daliegt und leuchtet. Und mechanisch streiche ich das Geld zusammen.

Ich bleibe vor dem Ladentisch stehen, dumm vor Verwunderung, geschlagen, vernichtet. Mache dann einen Schritt gegen die Türe und bleibe wieder stehen. Ich richte meinen Blick auf einen bestimmten Punkt an der Wand. Dort hängt eine kleine Glocke an einem Lederhalsband und darunter ein Bündel Schnüre. Und ich stehe da und starre diese Sachen an.

Der Gehilfe glaubt, ich will ein Gespräch anfangen, da ich mir so viel Zeit lasse, und sagt, indem er einige Packpapiere ordnete, die auf dem Tisch umherliegen:

Es sieht aus, als wollte es nun Winter werden.

Hm. Ja, antworte ich, es sieht aus, als wollte es nun Winter werden. Es sieht so aus. Und kurz darauf füge ich hinzu: O ja, es ist nicht zu früh. Aber es sieht wirklich so aus, ja. Es ist übrigens wirklich nicht zu früh.

Ich hörte selbst mich dieses Gefasel sagen, faßte aber jedes Wort, das ich sagte, so auf, als käme es von einer anderen Person.

Ja, finden Sie das eigentlich? sagt der Gehilfe.

Ich steckte die Hand mit dem Geld in die Tasche, griff nach der Klinke und ging; ich hörte, daß ich gute Nacht wünschte und daß der Gehilfe antwortete.

Als ich ein paar Schritte von der Treppe weggekommen war, hörte ich, daß die Ladentüre aufgerissen wurde und der Gehilfe mir nachrief. Ohne Erstaunen wandte ich mich um, ohne eine Spur von Angst; ich faßte nur die Münzen in der Hand zusammen und bereitete mich darauf vor, sie zurückzugeben.

Bitte, Sie haben Ihre Kerze vergessen, sagt der Gehilfe.

O danke, antwortete ich ruhig. Danke! Danke!

Und ich wandere wiederum die Straße hinunter, die Kerze in der Hand.

Mein erster vernünftiger Gedanke galt dem Geld. Ich ging zu einem Laternenpfahl und überzählte es von neuem, wog es in der Hand und lächelte. So war mir also herrlich geholfen — großartig, wunderbar geholfen für lange, lange Zeit! Und ich steckte die Hand mit dem Geld wieder in die Tasche und ging.

Vor einem Speisekeller in der Storstraße blieb ich stehen und überlegte kalt und ruhig, ob ich mich erdreisten sollte, sogleich eine kleine Mahlzeit zu genießen. Ich hörte das Klirren von Tellern und Messern, hörte, wie Fleisch geklopft wurde. Die Versuchung war zu stark, ich trat ein.

Ein Beefsteak! sage ich.

Ein Beefsteak! rief die Kellnerin durch die Luke. Ich ließ mich an einem kleinen Tisch nieder, ganz allein für mich, gleich bei der Türe, und wartete. Es war ein wenig dunkel, wo ich saß, ich fühlte mich gut versteckt und fing an zu denken. Ab und zu sah die Kellnerin mit neugierigen Augen zu mir her.

Meine erste eigentliche Unehrlichkeit war begangen, mein erster Diebstahl, gegen den alle meine früheren Streiche nicht zu zählen waren; mein erster kleiner, großer Fall ... Und wenn auch! Daran war nichts zu ändern. Übrigens stand es mir frei, es mit dem Krämer wieder zu ordnen, späterhin, wenn ich besser Gelegenheit dazu hatte. Es brauchte nicht weiter abwärts mit mir zu gehen; außerdem hatte ich mich nicht verpflichtet, ehrlicher zu leben als alle anderen Menschen, das war keine Abmachung ...

Glauben Sie, daß das Beefsteak bald fertig ist?

Ja, gleich. Die Kellnerin öffnete die Luke und sieht in die Küche hinein.

Aber wenn nun die Sache eines Tages aufkäme? Wenn der Gehilfe Mißtrauen faßte, über den Vorgang mit dem Brot nachzudenken begänne, über die fünf Kronen, auf die die Frau herausbekommen hatte? Es war nicht unmöglich, daß er eines Tages daraufkommen würde, vielleicht das nächstemal, wenn ich hineinging. Na ja, Herrgott! ... Ich zuckte verstohlen mit den Schultern.

Bitte schön! sagte die Kellnerin freundlich und stellt das Beefsteak auf den Tisch. Aber wollen Sie nicht lieber in ein anderes Zimmer gehen? Hier ist es so dunkel.

Nein, danke, lassen Sie mich nur hierbleiben, antworte ich. Ihre Freundlichkeit macht mich mit einemmal bewegt, ich bezahle das Beefsteak sofort, gebe ihr aufs Geratewohl, was ich in der Tasche zwischen die Finger bekomme, und drücke ihr die Hand zu. Sie lächelt, und ich sage im Scherz, mit nassen Augen: Für den Rest kaufen Sie sich ein Haus ...

Wohl bekomm's!

Ich begann zu essen, wurde immer gieriger und schluckte große Stücke hinunter, ohne sie zu kauen. Wie ein Menschenfresser riß ich an dem Fleisch.

Die Kellnerin kommt wieder zu mir her.

Wollen Sie nichts zu trinken haben? sagt sie. Und sie beugt sich ein wenig zu mir herab.

Ich sah sie an; sie sprach sehr leise, beinahe schüchtern. Sie schlug die Augen nieder.

Ich meine ein Glas Bier oder was Sie wollen ... Von mir ... dreingegeben ... wenn Sie mögen.

Nein, vielen Dank! antwortete ich. Nicht jetzt. Ich will ein anderes Mal wiederkommen.

Sie zog sich zurück und setzte sich hinter den Schenktisch; ich sah nur ihren Kopf. Ein sonderbares Menschenkind!

Als ich fertig war, ging ich sofort zur Türe. Ich fühlte bereits ein Würgen. Die Kellnerin erhob sich. Ich scheute mich, ins Licht zu treten, fürchtete, dem jungen Mädchen, das mein Elend nicht ahnte, mich zu sehr zu zeigen, und sagte deshalb schnell gute Nacht, nickte und ging.

Das Essen begann zu wirken, ich litt sehr darunter und konnte es nicht lange bei mir behalten. Ich ging und entleerte meinen Mund in jedem dunklen Winkel, an dem ich vorbeikam, kämpfte damit, dieses Würgen, das mich von neuem aushöhlte, zu unterdrücken, ballte die Hände und machte mich hart, stampfte auf das Pflaster und würgte wieder wütend hinunter, was herauf wollte – vergebens! Schließlich sprang ich in einen Torweg hinein, vornübergebeugt, blind von dem Wasser, das mir in die Augen drang, und entleerte mich wieder.

Ich wurde verbittert, ging durch die Straße und weinte,

fluchte den grausamen Mächten, die mich so verfolgten, verwünschte sie für ihre Niederträchtigkeit in die Verdammung und ewige Qual der Hölle. Wenig Ritterlichkeit war diesen Mächten eigen, wirklich sehr wenig Ritterlichkeit, das war nicht zu leugnen! ... Ich ging zu einem Manne hin, der in ein Schaufenster gaffte, und fragte ihn in größter Eile, was man seiner Meinung nach einem Menschen geben solle, der lange Zeit gehungert habe. Es gelte das Leben, sagte ich, er vertrüge kein Beefsteak.

Ich habe gehört, daß Milch gut sein soll, gekochte Milch, antwortet der Mann äußerst erstaunt. Für wen fragen Sie übrigens?

Danke; danke! sage ich. Ja, das ist vielleicht das beste, gekochte Milch.

Und ich gehe weiter.

Ich ging in das erste beste Café und bestellte gekochte Milch. Ich bekam die Milch, trank sie, so heiß wie sie war, hinunter, schluckte gierig jeden Tropfen, bezahlte und ging nach Hause.

Nun geschah etwas Seltsames. Vor meinem Tor, an den Laternenpfahl gelehnt und mitten in dessen Licht, steht eine Gestalt, die ich schon von weitem erspähe. – Es ist wieder die schwarzgekleidete Dame. Die gleiche schwarzgekleidete Dame wie an den früheren Abenden. Es konnte kein Irrtum sein, sie war zum viertenmal an dieselbe Stelle gekommen. Sie steht vollkommen unbeweglich.

Ich finde dies so sonderbar, daß ich unwillkürlich meine Schritte verlangsame; in diesem Augenblick habe ich meine Gedanken ganz in Ordnung, aber ich bin sehr erregt, meine Nerven sind durch die letzte Mahlzeit gereizt. Ich gehe wie gewöhnlich dicht an ihr vorbei, komme beinahe bis zum Tor und bin im Begriff einzutreten. Da bleibe ich stehen. Mit einemmal kommt mir ein Einfall. Ohne mir darüber Rechenschaft zu geben, drehe ich mich um und gehe bis dicht zu der Dame hin, sehe ihr ins Gesicht und grüße: Guten Abend! Fräulein!

Guten Abend! antwortet sie.

Entschuldigen Sie, suchen Sie jemand? – Ich hätte sie schon früher bemerkt; ob ich ihr in irgendeiner Weise behilflich sein könne? Ich bitte übrigens vielmals um Entschuldigung.

Ja, sie wüßte nicht recht ...

Hinter diesem Tor wohne niemand außer drei, vier Pferden und mir; es sei dies übrigens ein Stall und eine Spenglerwerkstatt. Sie sei sicher auf falscher Fährte, wenn sie hier jemand suche.

Da dreht sie das Gesicht weg und sagt:

Ich suche niemand, ich stehe nur hier.

Soso, sie stehe nur hier, stehe hier Abend für Abend nur um einer Laune willen. Das war ein wenig sonderbar; ich dachte darüber nach und geriet immer mehr in Verwirrung über die Dame. Dann beschloß ich, dreist zu sein. Ich klapperte mit meinen Münzen ein wenig in der Tasche und lud sie ohne weiteres zu einem Glas Wein ein, irgendwohin ... In Anbetracht des Winters, der gekommen sei, hehe ... Es brauche nicht lange zu dauern ... Aber das wolle sie wohl nicht?

O nein, danke, das ginge nicht gut. Nein, das könne sie nicht tun. Aber wenn ich so freundlich sein und sie ein Stück weit begleiten wollte, so ... Der Heimweg sei sehr dunkel, und es geniere sie, allein durch die Karl-Johan-Straße zu gehen, da es so spät geworden sei.

Wir setzten uns in Bewegung; sie ging an meiner rechten Seite. Ein eigentümliches, schönes Gefühl ergriff mich. Das Bewußtsein, in der Nähe eines jungen Mädchens zu sein. Ich ging neben ihr hin und sah sie während des ganzen Weges an. Das Parfüm in ihrem Haar, die Wärme, die ihr Körper ausströmte, dieser Frauenduft, dieser süße Hauch, so oft sie mir das Gesicht zuwandte – alles strömte auf mich ein, drängte sich unbändig in alle meine Sinne. Ich konnte ein volles, ein wenig bleiches Antlitz hinter dem Schleier erspähen und eine hohe Brust, die den Mantel ausbuchtete. Der Gedanke an all diese verhüllte Herrlichkeit, die ich hinter dem Mantel und dem Schleier ahnte, verwirrte mich, machte mich idiotisch glücklich, ohne jeden vernünftigen Grund. Ich hielt es nicht mehr länger aus, berührte sie mit meiner Hand, fingerte an ihrer Schulter und lächelte albern. Ich fühlte mein Herz schlagen.

Wie seltsam Sie sind! sagte ich.

Wieso denn?

Ja, zunächst hätte sie einfach die Gewohnheit, Abend für Abend ohne irgendeine Absicht vor einem Stalltor zu stehen, nur weil es ihr so einfiele ...

Sie könne doch ihre Gründe dafür haben; sie liebe es übrigens, lang in die Nacht hinein aufzubleiben, das hätte sie schon immer gerne getan. Ob ich es liebe, vor zwölf Uhr zu Bett zu gehen?

Ich? Wenn es etwas in der Welt gebe, das ich haßte, so war es, mich vor zwölf Uhr nachts zu Bett zu legen. Hehe.

Hehe, ja sehen Sie! Da machte sie also an den Abenden, an denen sie nichts zu versäumen hatte, diesen Spaziergang; sie wohne oben am St.-Olafsplatz . . .

Ylajali! rief ich.

Wie bitte?

Ich sagte nur Ylajali . . . Kurz und gut, fahren Sie fort!

Sie wohne oben am St.-Olafsplatz, ziemlich einsam, zusammen mit ihrer Mutter, mit der man nicht sprechen könne, weil sie taub sei. War es da so sonderbar, daß sie gerne ein wenig ausgehen wollte?

Nein, durchaus nicht! antwortete ich.

Na ja, was dann? Ich konnte ihrer Stimme anhören, daß sie lächelte.

Ob sie nicht eine Schwester habe?

Doch, eine ältere Schwester – woher ich das übrigens wüßte? –, aber die sei nach Hamburg gereist!

Kürzlich?

Ja, vor ungefähr fünf Wochen. Woher ich wisse, daß sie eine Schwester habe.

Ich weiß es durchaus nicht, ich fragte nur.

Wir schwiegen. Ein Mann, der ein Paar Schuhe unter dem Arm trägt, geht an uns vorbei, sonst ist die Straße leer, so weit wir sehen können. Beim Tivoli leuchtet eine lange Reihe von farbigen Lampen. Es schneite nicht mehr. Der Himmel war klar.

Gott, frieren Sie nicht ohne Überrock? sagt die Dame plötzlich und sieht mich an.

Sollte ich ihr erzählen, warum ich keinen Überrock hatte? Ihr meine Lage sofort offenbaren und sie von vornherein verscheuchen?

Es war doch so herrlich, hier an ihrer Seite zu gehen und sie noch eine kleine Weile in Unwissenheit zu lassen. Ich log, ich antwortete:

Nein, gar nicht. Und um auf etwas anderes zu kommen, fragte ich: Haben Sie die Menagerie im Tivoli gesehen?

Nein, antwortete sie. Ist da etwas zu sehen?

Wenn sie nun hingehen wollte? In all das Licht, unter so viele Menschen! Sie würde verlegen werden, ich würde sie mit meinen schlechten Kleidern, mit meinem mageren Gesicht, das ich seit zwei Tagen nicht einmal gewaschen hatte, verjagen, sie würde vielleicht sogar entdecken, daß ich keine Weste hatte ...

O nein, antwortete ich deshalb, es ist dort sicher nichts zu sehen. Und es fielen mir einige glückliche Wendungen ein, von denen ich gleich Gebrauch machte, einige dürftige Worte, Reste aus meinem ausgesaugten Gehirn: Was könnte man wohl von solch einer kleinen Menagerie erwarten? Überhaupt interessierte es mich nicht, Tiere im Käfig zu sehen. Diese Tiere wissen, daß man dasteht und sie ansieht; sie fühlen hundert neugierige Blicke und werden davon beeinflußt. Nein, da möchte ich schon um Tiere bitten, die nicht wußten, daß man sie betrachtete, um jene scheuen Wesen, die in ihrer Höhle umherhuschten, dort mit schläfrigen grünen Augen liegen, an ihren Klauen schlecken und nachdenken. Nicht wahr?

Damit hätte ich allerdings recht.

Nur das Tier in all seiner eigenen Schrecklichkeit und eigenen Wildheit könne uns fesseln.

Der lautlose, schleichende Tritt in der Dunkelheit und der Finsternis der Nacht, in des Waldes Sausen und Unheimlichkeit, die Schreie eines vorbeifliegenden Vogels, der Wind, der Blutgeruch, das Getöse in der Luft, kurz, der Geist des Raubtierreiches über dem Raubtier ...

Aber ich fürchtete, daß sie dies ermüde, und das Gefühl meiner großen Armut ergriff mich von neuem und drückte mich nieder. Wenn ich nur einigermaßen gut angezogen gewesen wäre, hätte ich sie mit einem Abend im Tivoli erfreuen können! Ich begriff dieses Menschenkind nicht, das ein Vergnügen darin finden konnte, sich durch die ganze Karl-Johan-Straße von einem halbnackten Bettler begleiten zu lassen. Was, in Gottes Namen, dachte sie sich wohl? Und weshalb ging ich hier und stellte mich so an und lächelte blöde um nichts? Hatte ich auch nur eine vernünftige Ursache, mich von diesem feinen Seidenvogel zu einem so langen Spaziergang ausnützen zu lassen? Kostete es mich vielleicht keine Anstrengung? Fühlte ich nicht nur bei dem leisesten Windstoß, der uns entgegenblies, die Schauer des Todes bis ins Herz hinein? Und tobte nicht bereits der Wahnsinn in meinem Gehirn, nur weil es mir seit vielen Monaten an Nahrung fehlte? Sie hinderte mich sogar daran, heimzugehen und ein wenig Milch auf die Zunge zu bekommen, einen Löffel Milch, den ich vielleicht bei mir behalten konnte.

Weshalb wandte sie mir nicht den Rücken und ließ mich zum Teufel gehen ...?

Ich wurde verzweifelt; meine Hoffnungslosigkeit führte mich zum Äußersten, und ich sagte:

Sie sollten eigentlich nicht mit mir zusammen gehen, Fräulein; ich beschäme Sie vor allen Leuten schon allein durch meinen Anzug. Ja, das ist wirklich wahr; ich meine das so.

Sie stutzt. Sie sieht schnell zu mir auf und schweigt. Darauf sagt sie:

Herrgott auch! Mehr sagt sie nicht.

Was meinen Sie damit? fragte ich.

Uff, nein, sagen Sie nicht so etwas ... Nun haben wir nicht mehr weit. Und sie ging ein wenig schneller.

Wir schwenkten in die Universitätsstraße ein und sahen bereits die Lichter auf dem St.-Olafsplatz. Da ging sie wieder langsamer.

Ich möchte nicht indiskret sein, fange ich wieder an, aber wollen Sie mir nicht Ihren Namen sagen, bevor wir uns trennen? Und wollen Sie nicht, für einen Augenblick nur, den Schleier abnehmen, damit ich Sie sehen kann? Ich wäre so dankbar.

Pause. Ich wartete.

Sie haben mich früher schon gesehen, antwortete sie.

Ylajali! sage ich wieder.

Sie haben mich einen halben Tag lang verfolgt, bis nach Hause. Waren Sie damals betrunken? Wieder hörte ich, daß sie lächelte.

Ja, sagte ich, leider, ich war damals betrunken.

Das war häßlich von Ihnen!

Und zerknirscht gab ich zu, daß das häßlich von mir gewesen sei.

Wir waren zum Springbrunnen gekommen. Wir bleiben stehen und sehen zu den vielen erleuchteten Fenstern in Nummer 2 empor.

Nun dürfen Sie nicht mehr weiter mitgehen, sagt sie; Dank für heute abend!

Ich beugte den Kopf, wagte nichts zu sagen. Ich nahm meinen Hut ab und stand barhäuptig da. Ob sie mir wohl die Hand reichen würde?

Warum bitten Sie mich nicht, ein Stück weit mit Ihnen zurückzugehen? sagt sie scherzhaft. Aber sie sieht auf ihre Schuhspitzen nieder.

Herrgott, antworte ich, wenn Sie das täten!

Ja, aber nur ein kleines Stück.

Und wir kehrten um.

Ich war äußerst verwirrt, wußte nicht, wie ich gehen oder stehen sollte; dieses Geschöpf stülpte meinen ganzen Gedankengang um. Ich war hingerissen, wunderbar froh; mir war, als ginge ich vor Glück herrlich zugrunde. Sie hatte ausdrücklich mit mir zurückgehen wollen, es war nicht mein Einfall, es war ihr eigener Wunsch. Ich sehe sie an und werde immer mutiger, sie muntert mich auf, zieht mich mit jedem Wort an sich. Für einen Augenblick vergesse ich meine Armut, meinen Unwert, mein ganzes jämmerliches Dasein, ich fühle das Blut warm durch den Körper jagen, wie in den alten Tagen, eh ich zusammengefallen war, und ich beschließe, mich mit einem kleinen Kniff vorzutasten.

Übrigens verfolgte ich damals nicht Sie, sagte ich, sondern Ihre Schwester.

Meine Schwester? fragt sie höchst erstaunt. Sie bleibt stehen, sieht mich an, erwartet wirklich eine Antwort. Sie fragte in vollstem Ernst.

Ja, antwortete ich. Hm. Das heißt, also die jüngere der beiden Damen, die vor mir gingen.

Die Jüngere! Oho! Sie lachte mit einemmal laut und herzlich wie ein Kind. Nein, wie schlau Sie sind! Das sagten Sie nun, damit ich den Schleier abnehmen solle. Ich verstehe. Aber darauf können Sie lange warten ... zur Strafe.

Wir begannen zu lachen und zu scherzen, sprachen die ganze Zeit und unaufhörlich, ich wußte nicht, was ich sagte, ich war froh. Sie erzählte, daß sie mich schon früher einmal gesehen habe, im Theater, es sei lange her. Es seien drei Kameraden dabei gewesen, und ich hätte mich wie ein Verrückter betragen; ich sei sicher auch damals betrunken gewesen, leider.

Weshalb sie das glaubte?

Doch, ich hätte so gelacht.

So. O ja, damals lachte ich viel.

Aber jetzt nicht mehr?

O doch, jetzt auch. Es sei so herrlich auf der Welt!

Wir kamen zur Karl-Johan-Straße. Sie sagte:

Nun gehen wir nicht mehr weiter! Und wir kehrten um und

gingen wieder die Universitätsstraße hinauf. Als wir wieder zum Springbrunnen kamen, verlangsamte ich meine Schritte ein wenig; ich wußte, daß ich nicht weiter mitgehen durfte.

Ja, nun müssen Sie also umkehren, sagte sie und blieb stehen.

Ja, das muß ich wohl, antwortete ich.

Gleich darauf aber meinte sie, daß ich gut bis zum Tor mitgehen könne. Herrgott, es sei doch nichts Schlimmes dabei. Nicht?

Nein, sagte ich.

Aber als wir am Tor standen, drang mein ganzes Elend wieder auf mich ein. Wie konnte man auch den Mut aufrecht erhalten, wenn man so zusammengebrochen war? Hier stand ich vor einer jungen Dame, schmutzig, zerrissen, von Hunger entstellt, ungewaschen, nur halb bekleidet – es war, um in die Erde zu sinken. Ich machte mich klein, duckte mich unwillkürlich nieder und sagte:

Darf ich Sie nun nie mehr wiedersehen?

Ich wagte nicht zu hoffen, daß ich die Erlaubnis bekommen würde, sie wieder zu treffen; ich wünschte beinahe ein scharfes Nein, das mich straff und gleichgültig hätte machen können.

Doch, sagte sie.

Wann?

Ich weiß nicht.

Pause.

Wollen Sie nicht so lieb sein und den Schleier nur einen einzigen Augenblick abnehmen, sagte ich, damit ich sehen kann, mit wem ich gesprochen habe? Nur einen Augenblick. Denn ich muß doch sehen, mit wem ich gesprochen habe.

Pause.

Sie können mich am Dienstag abend hier draußen treffen, sagt sie. Wollen Sie das?

Ja, Liebe, wenn ich darf!

Um acht Uhr. – Gut.

Ich strich mit meiner Hand an ihrem Mantel hinunter, bürstete den Schnee ab, um einen Vorwand zu haben, sie zu berühren; es war mir eine Wollust, ihr so nahe zu sein.

Und dann dürfen Sie nicht allzu schlecht von mir denken, sagte sie. Sie lächelte wieder.

Nein ...

Plötzlich machte sie eine entschlossene Bewegung und zog den Schleier in die Stirne hinauf; wir standen da und sahen einander eine Sekunde lang an. Ylajali! rief ich. Sie streckte sich empor, schlang die Arme um meinen Hals und küßte mich mitten auf den Mund. Ich fühlte, wie ihre Brust wogte, sie atmete gewaltsam.

Und augenblicklich entwand sie sich meinen Händen, rief gute Nacht, atemlos, flüsternd, wandte sich um und lief, ohne mehr zu sagen, die Treppe hinauf ...

Das Tor fiel zu.

Am nächsten Tage schneite es stärker, ein schwerer, mit Regen vermischter Schnee fiel in großen blauen Flocken, die zu Schmutz wurden. Das Wetter war rauh und eisig.

Ich war spät aufgewacht, im Kopf seltsam betäubt von den Gemütsbewegungen des Abends, im Herzen berauscht von der schönen Begegnung. In meiner Entzückung hatte ich eine Weile wach gelegen und mir Ylajali an meiner Seite gedacht; ich breitete die Arme aus, umarmte mich selbst und küßte in die Luft. Dann war ich endlich aufgestanden und hatte wieder eine Tasse Milch zu mir genommen und gleich darauf ein Beefsteak. Ich war nicht mehr hungrig; nur meine Nerven waren wieder stark erregt.

Ich begab mich zu den Kleiderbasaren hinunter. Es fiel mir ein, daß ich vielleicht zu einem billigen Preis eine gebrauchte Weste kaufen könnte, um etwas unter dem Rock zu haben, gleichviel was. Ich stieg die Treppe zu den Basaren hinauf und fand eine Weste, die ich zu untersuchen begann. Während ich damit beschäftigt war, kam ein Bekannter vorbei; er nickte und rief mich an, ich ließ die Weste hängen und ging zu ihm hinunter. Er war Techniker und sollte in das Kontor.

Gehen Sie mit ein Glas Bier trinken, sagte er. Aber kommen Sie gleich, ich habe nur wenig Zeit ... Was war das für eine Dame, mit der Sie gestern abend spazieren gingen?

Hören Sie, sagte ich, auf seinen bloßen Gedanken eifersüchtig, wenn es nun meine Braut wäre?

Tod und Teufel! rief er.

Ja, das hat sich gestern abend entschieden.

Ich hatte ihn damit geschlagen, er glaubte mir unbedingt. Ich log ihn voll, um ihn wieder los zu werden; wir bekamen das Bier, tranken und gingen.

Guten Morgen! ... Hören Sie, sagte er plötzlich. Ich bin

Ihnen noch einige Kronen schuldig, und es ist eine Schande, daß ich sie nicht längst zurückbezahlt habe, aber nächstens sollen Sie sie bekommen.

Ja, danke, antwortete ich. Doch ich wußte, daß er mir diese Kronen niemals zurückgeben werde.

Das Bier stieg mir leider gleich zu Kopf, mir wurde sehr heiß. Der Gedanke an das Abenteuer des Abends überwältigte mich, machte mich beinahe verstört. Wie, wenn sie sich nun am Dienstag nicht einfände! Wie, wenn sie nachzudenken begänne und Mißtrauen faßte! ... Mißtrauen gegen was? ... Meine Gedanken wurden mit einem Schlag lebendig und begannen mit dem Geld zu spielen. Ich wurde ängstlich, tödlich erschrocken über mich selbst. Der Diebstahl stürmte mit allen seinen Kleinigkeiten auf mich ein; ich sah den kleinen Laden, den Tisch, meine magere Hand, als ich nach dem Geld griff, und ich malte mir das Verfahren der Polizei aus, wenn sie käme, mich festzunehmen. Eisen um Hände und Füße, nein, nur um die Hände, vielleicht nur an die eine Hand; die Schranke, das Protokoll des Wachthabenden, der Laut seiner kratzenden Feder, sein Blick, sein gefährlicher Blick: Na, Herr Tangen? Die Zelle, die ewige Finsternis ...

Hm. Ich ballte heftig die Hände zusammen, um mir Mut zu machen, ging schneller und kam zum Stortorv. Hier setzte ich mich.

Keine Kinderstreiche! Wie in aller Welt konnte man beweisen, daß ich gestohlen hatte? Außerdem wagte der Ladenbursche gar nicht Alarm zu schlagen, selbst wenn er eines Tages sich erinnern würde, wie das Ganze zugegangen war; er hatte wohl seinen Platz zu lieb. Keinen Lärm! keine Szenen, wenn ich bitten darf! Aber dieses Geld in meiner Tasche beschwerte mich nun trotzdem ein wenig und ließ mich nicht in Frieden. Ich fing an, mich selbst zu prüfen, und fand auf das klarste heraus, daß ich früher glücklicher gewesen war, damals, als ich in aller Ehrlichkeit litt. Und Ylajali! Hatte ich nicht auch sie mit meinen sündigen Händen herabgezogen! Herrgott, Herr mein Gott! Ylajali!

Ich fühlte mich betrunken wie ein Alk, stand plötzlich auf und ging zu der Kuchenfrau bei der Elefantenapotheke. Noch konnte ich mich von der Schande befreien, es war noch lange nicht zu spät, ich wollte der ganzen Welt zeigen, daß ich dazu imstande war! Unterwegs hielt ich das Geld in Bereitschaft, hielt jeden Ör in der Hand; ich beugte mich zu dem Tisch der Frau hinunter, als ob ich etwas kaufen wollte, und drückte ihr ohne weiteres die Münzen hastig in die Hand. Ich sagte kein Wort und ging gleich weg.

Wie wunderbar schmeckte es, wieder ein ehrlicher Mensch zu sein! Meine leere Tasche beschwerte mich nicht mehr, es war ein Genuß, von neuem blank und bar zu sein. Wenn ich richtig nachdachte, hatte mir dieses Geld im Grund viel heimlichen Kummer bereitet, ich hatte wirklich ein über das andere Mal mit Schaudern daran gedacht; ich war keine verstockte Seele, meine ehrliche Natur hatte sich gegen diese niedrige Handlung aufgebäumt, ja. Gott sei Dank, ich hatte mich vor meinem eigenen Bewußtsein wieder erhoben. Macht mir das nach! sagte ich und sah über den wimmelnden Markt hin. Macht mir das nur nach! Ich hatte eine alte, arme Kuchenfrau erfreut, daß es eine Art hatte; sie wußte weder aus noch ein. Heute abend sollten ihre Kinder nicht hungrig zu Bett gehen ... Ich geilte mich mit diesen Gedanken auf und fand, daß ich mich ausgezeichnet betragen hatte. Gott sei Dank, das Geld war ich nun los.

Betrunken und nervös brach ich auf und ging die Straße entlang. Die Freude, Ylajali rein und ehrlich entgegengehen und ihr ins Antlitz sehen zu können, ging in meiner Trunkenheit mit mir durch; ich hatte keine Schmerzen mehr. Mein Kopf war klar und leer, es war, als sei er ein Kopf aus eitel Licht, der auf meinen Schultern stand und leuchtete. Ich bekam Lust, Narrenstreiche zu machen, erstaunliche Dinge zu begehen, die Stadt auf den Kopf zu stellen und zu lärmen. Durch die ganze Graensenstraße hinaus führte ich mich wie ein Wahnsinniger auf. Es sauste leicht in meinen Ohren, und in meinem Gehirn war der Rausch in vollem Gang. Begeistert vor Dummdreistigkeit, wie ich war, kam es mir in den Sinn, einem Dienstmann, der übrigens kein Wort gesprochen hatte, mein Alter anzugeben, ihm die Hand zu drücken, ihm eindringlich ins Gesicht zu sehen und ihn dann wieder ohne eine Erklärung zu verlassen. Ich unterschied die Abschattungen in den Stimmen und dem Lachen der Vorübergehenden, beobachtete einige kleine Vögel, die vor mir auf der Straße umherhüpften, studierte den Ausdruck der Pflastersteine und fand allerhand Zeichen und wunderliche Figuren darin. Mittlerweile war ich zum Storthingsplatz hinuntergekommen.

Ich stehe plötzlich still und starre zu den Droschken hin. Die

Kutscher wandern schwätzend umher, die Pferde stehen da und beugen sich vornüber gegen das häßliche Wetter. Komm! sagte ich und puffte mich selbst mit dem Ellbogen. Ich ging schnell zum ersten Wagen vor und stieg ein. Ullevaalsweg Nummer 37! rief ich. Und wir rollten davon.

Unterwegs begann der Kutscher sich umzusehen, sich hinunterzubeugen und in den Wagen zu gucken, wo ich unter dem Schutzleder saß. War er mißtrauisch geworden? Ohne Zweifel war ihm meine schäbige Bekleidung aufgefallen.

Ich will jemand treffen! rief ich ihm zu, um ihm zuvorzukommen, und erklärte ihm inständig, daß ich diesen Mann absolut treffen müsse.

Wir halten vor Nummer 37, ich springe heraus, eile die Treppen hinauf, ganz hinauf bis zum dritten Stock, ergreife einen Glockenzug und ziehe an; die Glocke drinnen tat sechs, sieben schreckliche Schläge.

Ein Mädchen kommt und macht auf; ich bemerke, daß sie Ringe in den Ohren hat und schwarze Lastingknöpfe an dem grauen Kleid. Sie sieht mich erschrocken an.

Ich frage nach Kierulf, Joachim Kierulf, wenn ich so sagen dürfe, ein Wollhändler, kurz gesagt, man könne ihn nicht verwechseln ...

Das Mädchen schüttelt den Kopf.

Hier wohnt kein Kierulf, sagt sie.

Sie starrt mich an, ergreift die Türe, bereit, sich zurückzuziehen. Sie strengte sich nicht an, den Mann ausfindig zu machen; und sie sah dabei wirklich aus, als kenne sie die Person, nach der ich fragte, wenn sie nur nachdenken wollte, das faule Geschöpf. Ich wurde zornig, wandte ihr den Rücken und lief die Treppen wieder hinunter.

Er war nicht da! rief ich dem Kutscher zu.

Nicht da?

Nein. Fahren Sie nach der Tomtestraße Nummer 11.

Ich war in der heftigsten Aufregung und steckte den Kutscher damit an, er glaubte ganz sicher, daß es das Leben gelte, und fuhr ohne weiteres davon. Er schlug stark auf das Pferd ein.

Wie heißt der Mann? fragte er und wandte sich auf dem Bock um.

Kierulf, Wollhändler Kierulf.

Und der Kutscher fand auch, daß man sich in dem Mann

nicht irren konnte. Ob er nicht einen hellen Rock zu tragen pflege?

Wie? rief ich, einen hellen Rock? Sind Sie verrückt? Glauben Sie, ich frage nach einer Teetasse? Dieser helle Rock kam mir sehr ungelegen und verdarb mir das Bild des Mannes, wie ich es mir gedacht hatte.

Wie sagten Sie, daß er heiße? Kjärulf?

Ja, gewiß, antwortete ich, ist da etwas Seltsames daran? Der Name schändet niemand.

Hat er nicht rotes Haar?

Nun war es ja gut möglich, daß er rotes Haar hatte, und als der Kutscher davon sprach, war ich sofort überzeugt, daß er recht habe. Ich fühlte mich dem armen Kutscher gegenüber dankbar und sagte ihm, er habe den Mann ganz richtig erfaßt; es verhielte sich wirklich so, wie er sagte. Es sei eine Seltenheit, einen solchen Mann ohne rotes Haar zu treffen.

Ich glaube, den habe ich schon ein paarmal gefahren, sagte der Kutscher. Er hat auch einen Knotenstock.

Dies ließ mir den Mann ganz lebendig werden, und ich erwiderte:

Hehe, diesen Mann hat wohl noch niemand ohne seinen Knotenstock in der Hand gesehen. Dessen können Sie sicher sein, ganz sicher.

Ja, es war klar, daß dies der gleiche Mann war, den er gefahren hatte. Er erkannte ihn wieder ...

Und wir fuhren darauflos, daß die Funken von den Hufen sprühten.

Mitten in diesem aufgeregten Zustand hatte ich keinen einzigen Augenblick die Geistesgegenwart verloren. Wir kommen an einem Polizeibeamten vorbei, und ich bemerke, daß er die Nummer 69 hat. Diese Zahl trifft mich grausam genug, steht mit einemmal wie ein Splitter in meinem Gehirn. Neunundsechzig, genau neunundsechzig, ich würde es nicht vergessen!

Ich lehnte mich im Wagen zurück, eine Beute der verrücktesten Einfälle, kroch unter dem Schutzleder zusammen, damit niemand sehen sollte, daß ich den Mund bewegte, und plapperte idiotisch vor mich hin. Der Wahnsinn rast durch mein Gehirn, und ich lasse ihn rasen, ich bin mir vollkommen bewußt, daß ich Einflüssen unterliege, über die ich nicht Herr bin. Ich beginne zu lachen, stumm und leidenschaftlich, ohne jeden

Grund, immer noch lustig und betrunken von den etlichen Glas Bier, die ich genossen hatte. Nach und nach nimmt meine Erregung ab, meine Ruhe kehrt mehr und mehr zurück. Ich fühlte in meinem verwundeten Finger die Kälte und steckte ihn in den Halsbund, um ihn ein wenig zu wärmen. So kamen wir in die Tomtestraße. Der Kutscher hält an.

Ich steige ohne Hast aus dem Wagen, gedankenlos, schlapp, schwer im Kopf. Ich gehe durch das Tor, komme in einen Hinterhof, den ich überquere, stoße auf eine Türe, die ich öffne, gehe hinein und befinde mich in einem Gang, einer Art Vorzimmer mit zwei Fenstern. In einem Winkel stehen zwei Koffer übereinander, und an der Längswand ist eine alte, unbemalte Sofabank, auf der eine Decke liegt. Im nächsten Zimmer zur Rechten höre ich Stimmen und Kindergeschrei und über mir im ersten Stock den Lärm einer Eisenplatte, auf die gehämmert wird. All dies bemerke ich, sowie ich hereingekommen bin.

Ich gehe ruhig quer durchs Zimmer, zur entgegengesetzten Türe hin, ohne mich zu beeilen, ohne den Gedanken an Flucht, öffne auch diese Türe und trete in die Vognmandsstraße hinaus. Ich sehe an dem Haus hinauf, das ich eben durchquert habe, und lese über der Türe: Kost und Logis für Reisende.

Es fällt mir nicht ein, wegzuschleichen, mich von dem Kutscher, der auf mich wartet, fortzustehlen; ich gehe sehr bedächtig auf die Vognmandsstraße hinaus, ohne Furcht und ohne mir einer schlechten Tat bewußt zu sein. Kierulf, dieser Wollhändler, der so lange in meinem Gehirn gespukt hatte, dieser Mensch, den ich tatsächlich am Leben geglaubt hatte und den ich notwendig hätte treffen müssen, war mir aus dem Kopf gekommen, war ausgelöscht, zusammen mit anderen verrückten Einfällen, die einer nach dem anderen kamen und gingen, er war mir nur noch wie eine Ahnung, eine Erinnerung im Gedächtnis.

Ich wurde immer nüchterner, je weiter ich wanderte, fühlte mich schwer und matt und schleppte die Beine nach. Der Schnee fiel immer noch in großen, nassen Fetzen. Zuletzt kam ich nach Grönland hinaus, bis zur Kirche, wo ich mich auf eine Bank setzte. Alle Vorübergehenden betrachteten mich sehr verwundert. Ich fiel in Gedanken.

Du guter Gott, wie schlecht war es um mich bestellt! Ich war meines ganzen elenden Lebens so herzlich müde, daß ich es nicht mehr der Mühe wert fand, weiterhin darum zu kämpfen. Das

Mißgeschick hatte überhand genommen, es war zu arg geworden. Ich war so merkwürdig vernichtet, nur noch ein Schatten dessen, was ich einmal gewesen war. Meine Schultern waren ganz auf die eine Seite herabgesunken, und es war mir zur Gewohnheit geworden, mich beim Gehen stark vorzubeugen, um meine Brust zu schonen, so gut es ging. Ich hatte meinen Körper vor ein paar Tagen untersucht, eines Mittags in meinem Zimmer oben, und ich war dagestanden und hatte die ganze Zeit über ihn geweint. Seit vielen Wochen trug ich das gleiche Hemd, es war steif von altem Schweiß, und mein Nabel war aufgewetzt; ein wenig blutiges Wasser kam aus der Wunde, sie schmerzte nicht, aber es war so traurig, mitten auf dem Bauch diese Wunde zu haben. Ich konnte nichts für diese Wunde tun, und von selbst wollte sie nicht wieder zuheilen; ich wusch sie, trocknete sie sorgsam ab und zog wieder das gleiche Hemd an. Es war nicht zu ändern ...

Ich sitze auf der Bank und denke über all dieses nach und bin ziemlich traurig. Es ekelt mich vor mir selbst; sogar meine Hände kommen mir widerlich vor. Dieser schlappe, schamlose Ausdruck auf meinem Handrücken peinigt mich, macht mir Unbehagen; ich fühle mich durch den Anblick meiner mageren Finger roh in Mitleidenschaft gezogen, ich hasse meinen ganzen schlottrigen Körper und schaudere bei dem Gedanken, ihn zu tragen, ihn um mich zu fühlen. Herrgott, wenn es doch nur ein Ende nehmen wollte! Ich würde so herzlich gern sterben. Vollständig bezwungen, besudelt und in meinem eigenen Bewußtsein erniedrigt, stehe ich mechanisch auf und gehe heimwärts. Unterwegs kam ich an einem Tor vorbei, an dem folgendes zu lesen stand: ›Leichenwäsche bei Jungfer Andersen, rechts im Torweg.‹ – Alte Erinnerungen! sagte ich und dachte an mein früheres Zimmer auf Hammersborg, den kleinen Schaukelstuhl, die Zeitungen unten bei der Türe, die Anzeigen des Leuchtfeuerdirektors und an Bäcker Fabian Olsens frischgebackenes Brot. O ja, damals hatte ich es doch viel besser gehabt als jetzt; in einer einzigen Nacht hatte ich ein Feuilleton für zehn Kronen geschrieben, nun konnte ich nichts mehr schreiben, konnte durchaus nichts mehr schreiben, mein Kopf wurde sofort leer, sobald ich es versuchte. Ja, ich wollte nun ein Ende haben! Und ich ging und ging.

Mit jedem Schritt, mit dem ich dem Kramladen näher kam, hatte ich halb unbewußt das Gefühl, ich gehe einer Gefahr entgegen; aber ich hielt an meinem Vorsatz fest, ich wollte mich ausliefern. Ruhig steige ich die Treppe hinauf, begegne in der Türe einem kleinen Mädchen, das eine Tasse in der Hand trägt, schlüpfe an ihr vorbei und schließe die Türe. Der Gehilfe und ich stehen uns wieder gegenüber, allein.

Na, sagt er, das ist ein schreckliches Wetter.

Wozu diesen Umweg? Warum stellte er mich nicht sofort? Ich wurde wütend und sagte:

Ich bin nicht hierher gekommen, um über das Wetter zu sprechen.

Diese Heftigkeit verblüfft ihn, sein kleiner Krämergeist versagt; es war ihm gar nicht aufgefallen, daß ich ihn um fünf Kronen geprellt hatte.

Wissen Sie denn nicht, daß ich Sie betrogen habe? sagte ich ungeduldig, und ich schnaufe heftig, bebe, bin bereit, Gewalt anzuwenden, falls er nicht sofort zur Sache käme.

Aber der arme Kerl ahnt nichts.

Ach, du lieber Himmel, unter welch dummen Menschen mußte man doch leben! Ich schelte ihn aus, erkläre ihm Punkt für Punkt, wie das Ganze zugegangen war, zeige ihm, wo ich stand und wo er stand, als die Tat geschah, wo das Geld gelegen hatte, wie ich es in meine Hand eingesammelt und die Hand darum zusammengeschlossen hatte – und er versteht alles, unternimmt aber trotzdem nichts gegen mich. Er wendet sich hierhin und dorthin, horcht nach Fußtritten im Nebenzimmer, macht mir Zeichen, um mich zu leiserem Sprechen zu bewegen, und sagt zum Schluß:

Das war recht schäbig von Ihnen!

Nein, warten Sie! rief ich in meinem Drang, ihm zu widersprechen und ihn aufzureizen. Es sei nicht so gemein und niedrig gewesen, wie er es sich in seinem elenden Krämerhirn vorstelle. Ich hätte das Geld natürlich nicht behalten, das wäre mir niemals eingefallen; ich für meinen Teil wollte keinen Nutzen daraus ziehen. Dies sei meiner grundehrlichen Natur zuwider ...

Was taten Sie dann damit?

Ich hätte es einer alten, armen Frau gegeben, jeden Ör, daß er es nur wisse; solch ein Mensch sei ich, ich vergäße die Armen nicht ganz ...

Er denkt eine kleine Weile darüber nach, wird offenbar unsicher, wieweit ich ein ehrlicher Mann sei oder nicht. Endlich sagt er:

Hätten Sie das Geld nicht besser zurückgeben müssen?

Nein, hören Sie, antworte ich frech. Ich wollte Ihnen keine Unannehmlichkeiten bereiten, ich wollte Sie schonen. Aber das ist der Dank, den man für seinen Edelmut hat. Nun stehe ich hier und erkläre Ihnen das Ganze, und Sie schämen sich nicht wie ein Hund, machen auch nicht die geringsten Anstalten, den Streit mit mir auszugleichen. Ich wasche meine Hände in Unschuld. Im übrigen soll Sie der Teufel holen. Leben Sie wohl!

Ich schlug die Türe hart hinter mir zu.

Aber als ich in mein Zimmer kam, in dieses betrübliche Loch, durchnäßt vom weichen Schnee, die Knie bebend von des Tages Wanderungen, verlor ich augenblicklich meine Hochnäsigkeit und fiel wiederum zusammen. Ich bereute meinen Überfall auf den armen Ladengehilfen, weinte, griff mir an die Kehle, um mich für meinen erbärmlichen Streich zu strafen, und tobte umher. Er war natürlich in der tödlichsten Angst um seine Stellung gewesen und hatte nicht gewagt, wegen dieser fünf Kronen, die das Geschäft verloren hatte, viel Aufhebens zu machen. Und ich hatte seine Furcht ausgenützt, hatte ihn mit lauter Rede gepeinigt, ihn mit jedem Wort, das ich ausrief, aufgespießt. Und der Kaufmann selbst hatte vielleicht im Zimmer nebenan gesessen und wäre um ein Haar herausgekommen, um zu sehen, was vorging. Nein, es war doch unfaßbar, welche Niederträchtigkeiten ich begehen konnte!

Na, aber weshalb war ich nicht verhaftet worden? So wäre es zu einem Abschluß gekommen. Ich hatte doch die Hände schon förmlich nach den Fesseln ausgestreckt. Ich hätte gar keinen Widerstand geleistet, hätte im Gegenteil dazugeholfen. Herr des Himmels und der Erden, einen Tag meines Lebens für eine glückliche Sekunde! Mein ganzes Leben für ein Linsengericht! Erhöre mich nur dieses eine Mal! ...

Ich legte mich in den nassen Kleidern nieder; ich hatte den unklaren Gedanken, daß ich vielleicht in der Nacht sterben würde, und verwandte meine letzte Kraft darauf, mein Bett ein wenig zu ordnen, damit es am Morgen einigermaßen ordentlich um mich herum aussehe. Ich faltete die Hände und wählte meine Lage.

Dann erinnerte ich mich mit einem Mal Ylajalis. Daß ich sie den ganzen Abend über so vollständig vergessen hatte! Und das Licht dringt wieder ganz schwach in mein Gemüt – ein kleiner Sonnenstrahl, der mich so wohltuend wärmt. Und es kommt noch mehr Sonne, ein mildes, feines Seidenlicht, das mich betäubend herrlich streift. Und die Sonne wird stärker und stärker, brennt scharf auf meinen Schläfen, kocht schwer und glühend in meinem ausgezehrten Gehirn. Und zuletzt flammt ein wahnwitziger Strahlenhaufen vor meinen Augen. Himmel und Erde entzündet, Menschen und Tiere aus Feuer, Berge aus Feuer, Teufel aus Feuer, ein Abgrund, eine Wüste, eine Welt in Brand, ein rauchender Jüngster Tag.

Und ich sah und hörte nichts mehr ...

Ich erwachte am nächsten Tag in Schweiß gebadet, feucht am ganzen Körper; das Fieber hatte mich gewaltig erfaßt. Im ersten Augenblick war ich mir nicht klar darüber, was gestern mit mir vorgegangen war, ich sah mich mit Erstaunen um, fühlte mein Wesen vollständig vertauscht, kannte mich gar nicht wieder. Ich tastete Arme und Beine ab, fiel in Erstaunen darüber, daß das Fenster in dieser und nicht in der gerade entgegengesetzten Wand war, und hörte das Stampfen der Pferde unten im Hof, als käme es von oben. Mir war ziemlich übel.

Das Haar lag mir naß und kalt um die Stirne; ich stützte mich auf den Ellbogen und sah aufs Kopfkissen nieder: auch hier lag nasses Haar in kleinen Büscheln. Meine Füße waren im Lauf der Nacht in den Schuhen angeschwollen; aber sie schmerzten nicht, ich konnte nur die Zehen nicht gut bewegen.

Als es gegen das Ende des Nachmittags ging und es bereits ein wenig zu dämmern begonnen hatte, stand ich vom Bett auf und machte mir im Zimmer zu schaffen. Ich tat kleine, vorsichtige Schritte, versuchte mich im Gleichgewicht zu halten und schonte meine Füße soviel wie möglich. Ich litt nicht sehr und weinte nicht; ich war eigentlich nicht traurig, war im Gegenteil unendlich zufrieden; es kam mir nicht in den Sinn, daß irgend etwas anders sein könnte, als es war.

Dann ging ich aus.

Das einzige, was mich ein wenig störte, war trotz meines Ekels vor Essen der Hunger. Ich begann wieder einen schandbaren Appetit zu fühlen, eine innere gefräßige Eßlust, die ständig schlimmer wurde. Unbarmherzig nagte es in meiner Brust, vollführte eine schweigende, seltsame Arbeit da drinnen. Es war wie ein Dutzend winzig kleiner, feiner Tiere, die den Kopf auf die eine Seite legten und ein bißchen nagten, darauf den Kopf auf die andere Seite legten und ein bißchen nagten, einen Augenblick vollkommen still lagen, wieder anfingen, sich ohne Lärm und ohne Hast einbohrten und überall leere Strecken hinterließen ...

Ich war nicht krank, nur matt, ich begann zu schwitzen. Ich wollte zum Stortorv gehen, um dort ein wenig auszuruhen; aber der Weg war lang und beschwerlich; endlich war ich beinahe dort, ich stand an der Ecke vom Marktplatz und der Torvstraße. Der Schweiß rann mir in die Augen, benetzte meine Brille und machte mich blind, und ich war soeben stehengeblieben, um mich ein wenig abzutrocknen. Ich merkte nicht, wo ich stand, dachte nicht darüber nach; der Lärm um mich her war fürchterlich.

Plötzlich ertönt ein Ruf, ein kalter, scharfer Warnungsruf. Ich höre diesen Ruf, höre ihn sehr gut und rücke nervös zur Seite, mache einen Schritt, so schnell meine schlechten Beine sich bewegen können. Ein Ungeheuer von einem Brotwagen fährt dicht an mir vorbei und streift meinen Rock mit dem Rad; wäre ich etwas flinker gewesen, wäre ich ganz frei ausgegangen. Ich hätte vielleicht etwas flinker sein können, ein ganz klein wenig flinker, wenn ich mich angestrengt hätte; nun war nichts mehr zu machen, mein einer Fuß tat mir weh, ein paar Zehen waren zerquetscht worden. Ich fühlte, wie sie sich im Schuh gleichsam zusammenkrümmten.

Der Wagenführer hält die Pferde mit aller Kraft an; er dreht sich auf dem Wagen um und fragt entsetzt, wie es gehe. Nun, es hätte schlimmer ausfallen können ... es sei wohl nicht so gefährlich ... Ich glaube nicht, daß etwas gebrochen sei ... Oh, bitte sehr ...

Ich ging, so schnell ich konnte, zu einer Bank; diese vielen Menschen, die um mich her stehenblieben und mich anglotzten, störten mich. Eigentlich war es kein Todesstoß, es war verhältnismäßig gut gegangen, wenn das Unglück schon einmal geschehen mußte. Das Ärgste war, daß mein Schuh zerquetscht, die Sohle von der Kappe abgerissen worden war. Ich hob den Fuß und sah Blut in der Öffnung. Na, es war von keiner Seite mit Absicht geschehen, es war nicht die Absicht des Mannes gewesen, mir noch Schlimmeres zuzufügen; er hatte sehr erschrocken ausgesehen. Wenn ich ihn vielleicht um ein kleines Brot vom Wagen gebeten hätte, so hätte ich es bekommen. Er hätte es mir gewiß mit Freuden gegeben. Möge Gott es ihm vergelten.

Ich hungerte schwer und wußte nicht, wie ich meinen schamlosen Appetit loswerden sollte. Ich wand mich auf der Bank hin und her und bog die Brust bis auf meine Knie herunter. Als es dunkel wurde, schlich ich zum Rathaus.

Gott weiß, wie ich dahin kam – ich setzte mich auf die Kante der Balustrade. Ich riß die eine Tasche aus meinem Rock heraus und fing an, darauf zu kauen, übrigens ohne irgendwelche Absicht, mit finsterer Miene, die Augen starr geradeaus gerichtet, ohne etwas zu sehen. Ich hörte einige kleine Kinder um mich herum spielen und vernahm es instinktmäßig, wenn ein Spaziergänger an mir vorbeiging; sonst beachtete ich nichts.

Da fällt mir plötzlich ein, in einen der Basare unter mir zu gehen und ein Stück rohes Fleisch zu holen. Ich stehe auf und gehe quer über die Balustrade, bis zum anderen Ende des Basardaches, und steige hinab. Als ich beinahe bis zur Fleischbank hinuntergekommen war, rief ich in die Treppenöffnung hinauf und drohte zurück, als spräche ich zu einem Hund da oben, und wandte mich frech an den ersten Metzger, den ich traf.

Ach, seien Sie so gut und geben Sie mir einen Knochen für meinen Hund! sagte ich. Nur einen Knochen. Es braucht nichts daran zu sein; er soll nur etwas im Maul zu tragen haben.

Ich erhielt einen Knochen, einen prächtigen kleinen Knochen, an dem noch etwas Fleisch war, und steckte ihn unter den Rock. Ich dankte dem Mann so herzlich, daß er mich erstaunt ansah.

Nichts zu danken, erwiderte er.

Doch, sagen Sie das nicht, murmelte ich, es ist sehr freundlich von Ihnen.

Und ich ging hinauf. Das Herz schlug stark in mir.

Ich schlich mich so tief wie möglich in den Schmiedgang und blieb vor einem verfallenen Tor in einem Hinterhof stehen. Von keiner Seite war ein Licht zu sehen, es war wundervoll dunkel rings um mich; ich begann an dem Knochen zu nagen.

Er schmeckte nach nichts; ein erstickender Geruch von altem Blut stieg von ihm auf, und ich mußte mich sofort erbrechen. Ich versuchte es wieder. Wenn ich es nur bei mir behalten könnte, würde es wohl seine Wirkung tun; es galt, den Magen zu beruhigen. Ich erbrach mich wieder. Ich wurde zornig, biß heftig in das Fleisch, zerrte ein Stückchen ab und würgte es mit Gewalt hinunter. Und es nützte doch nichts; sobald die kleinen Fleischbrocken im Magen warm geworden waren, kamen sie wieder herauf. Wahnsinnig ballte ich die Hände, war vor Hilflosigkeit dem Weinen nahe und nagte wie ein Besessener; ich weinte, daß der Knochen naß und schmutzig wurde von den Tränen, erbrach mich, fluchte und nagte wieder, weinte, als wollte mir das Herz brechen, und übergab mich abermals. Ich wünschte mit lauter Stimme alle Mächte der Welt zur Hölle.

Stille. Kein Mensch um mich her, kein Licht, kein Lärm. Ich bin in der gewaltsamsten Gemütserregung, atme schwer und laut und weine zähneknirschend, so oft ich diese kleinen Bissen Fleisches, die mich vielleicht ein wenig hätten sättigen können, von mir geben muß. Als gar nichts hilft, so sehr ich auch alles versuche, schleudere ich voll ohnmächtigen Hasses den Knochen gegen das Tor, hingerissen von Wut, rufe und drohe heftig gegen den Himmel hinauf, schreie Gottes Namen heiser und verbissen hinaus und krümme meine Finger wie Klauen ... Ich sage dir, du heiliger Baal des Himmels, du lebst nicht, aber wenn du lebtest, würde ich dir so fluchen, daß dein Himmel vom Feuer der Hölle erbeben würde. Ich sage dir, ich habe dir meine Dienste angeboten, und du hast sie abgewiesen, du hast mich verstoßen, und ich wende dir für ewig den Rücken, weil du die Stunde der Gnade nicht erkanntest. Ich sage dir, ich weiß, daß ich sterben muß, und ich spotte deiner trotzdem, mit dem Tod vor Augen, du himmlischer Apis. Du hast Gewalt gegen mich angewandt, und du weißt nicht, daß ich mich niemals dem Unglück beuge. Mußtest du das nicht wissen? Hast du mein Herz im Schlaf gebildet? Ich sage dir, mein ganzes Leben und jeder Blutstropfen in mir freut sich darüber, dich zu verhöhnen und deine Gnade zu bespeien. Von dieser Stunde an will ich allen deinen Werken und deinem ganzen Wesen entsagen, ich will meine Gedanken verfluchen, wenn sie wieder an dich denken sollten, und meine Lippen ausreißen, wenn sie deinen Namen wieder nennen. Ich sage dir, wenn du wirklich bist, das letzte Wort im Leben und im Tode, ich sage dir Lebwohl. Und dann schweige ich und wende dir den Rücken und gehe meines Weges ...

Stille.

Ich bebe vor Erregung und Erschöpfung, stehe noch auf demselben Fleck, immer noch Flüche und Schimpfworte flüsternd, noch schluckend nach dem heftigen Weinen, gebrochen und schlapp nach diesem wahnsinnigen Zornesausbruch. Ach, es war nur Büchersprache und Literatur, was ich hier angebracht hatte, mitten in meinem Elend sogar, es war Geschwätz. Ich stehe vielleicht eine halbe Stunde da und schluchze und flüstere und halte mich am Tor fest. Dann höre ich Stimmen, ein Gespräch zwischen zwei Männern, die durch den Schmiedgang hereinkommen. Ich taumle von der Türe weg, schleppe mich an den Häusern entlang und komme wieder auf die hellen Straßen hinaus. Während ich die Youngshöhe hinunterschleiche, fängt mein Gehirn plötzlich in einer höchst seltsamen Richtung zu arbeiten an. Es fällt mir ein, daß die elenden Baracken unten an der Seite des Marktplatzes, die Läden und die alten Buden mit gebrauchten Kleidern doch eine Verunstaltung der Gegend seien. Sie schändeten das Aussehen des ganzen Platzes, befleckten die Stadt, pfui, nieder mit dem Gerümpel! Und in Gedanken überschlug ich, was es kosten würde, das Geographische Institut hierher zu stellen, dieses schöne Gebäude, das mir immer so gut gefallen hatte, so oft ich daran vorbeigekommen war. Ein derartiger Transport würde sich vielleicht nicht unter siebzig- bis zweiundsiebzigtausend Kronen machen lassen – eine schöne Summe, das mußte man zugeben, ein ganz schönes Taschengeld, hehe, so für den Anfang. Und ich nickte mit schwerem Kopf und gab zu, daß es ein ganz schönes Taschengeld sei, so für den Anfang. Ich zitterte immer noch über den ganzen Körper und schluchzte hie und da tief auf nach dem Weinen.

Ich hatte das Gefühl, als sei nicht mehr viel Leben in mir, als pfiffe ich im Grunde aus dem letzten Loch. Dies war mir auch ziemlich gleichgültig, es beschäftigte mich nicht im geringsten; ich ging im Gegenteil durch die Stadt zum Hafen hinunter, immer weiter und weiter weg von meinem Zimmer. Ich hätte mich ebensogut zum Sterben platt auf die Straße hingelegt. Die Qualen machten mich immer gefühlloser; in meinem verwundeten Fuß klopfte es heftig, ich hatte sogar den Eindruck, daß der Schmerz sich über den ganzen Körper verbreitete, aber nicht einmal das tat besonders weh. Ich hatte schlimmere Dinge ausgestanden.

So kam ich zum Eisenbahnkai. Es war kein Verkehr dort, kein Lärm, nur hie und da war ein Mensch zu sehen, ein Schauermann oder ein Seemann, der mit den Händen in den Taschen sich herumtrieb. Ich bemerkte einen hinkenden Mann, der mich starr anschielte, während wir aneinander vorbeigingen. Instinktmäßig stellte ich ihn, griff an den Hut und fragte, ob die ›Nonne‹ abgesegelt sei. Und nachher konnte ich es nicht lassen, ein einziges Mal dicht von seinen Augen mit den Fingern zu knipsen und zu sagen: Tod und Teufel, die ›Nonne‹, ja! Die ›Nonne‹, die ich ganz vergessen hatte! Der Gedanke an sie hatte wohl trotzdem unbewußt in meinem Innern geschlummert, ich hatte ihn mit mir herumgetragen, ohne es selbst zu wissen.

Ja, bewahre, die ›Nonne‹ sei abgesegelt.

Er könnte mir wohl nicht sagen, wohin?

Der Mann denkt nach, steht auf dem langen Bein und hält das kurze in die Luft; das kurze baumelt ein wenig.

Nein, sagt er. Wissen Sie, was sie hier gelastet hat?

Nein, antwortete ich.

Aber nun hatte ich die ›Nonne‹ bereits vergessen, und ich fragte den Mann, wie weit es wohl bis Holmestrand sein könne, in guten, alten geographischen Meilen gerechnet.

Bis Holmestrand? Ich nehme an ...

Oder bis Veblungsnaes?

Was ich sagen wollte, ich nehme an, daß bis Holmestrand ...

Ach, hören Sie, weil es mir gerade einfällt, unterbrach ich ihn wieder, Sie würden wohl nicht so freundlich sein, mir einen kleinen Bissen Tabak zu geben, nur ein ganz klein wenig.

Ich erhielt den Tabak, dankte dem Mann sehr herzlich und ging fort. Ich machte keinen Gebrauch von dem Tabak, ich steckte ihn sofort in die Tasche. Der Mann behielt mich immer noch im Auge, ich hatte vielleicht sein Mißtrauen auf irgendeine Weise erregt; wo ich ging und stand, fühlte ich diesen mißtrauischen Blick auf mir und wollte mich nicht von diesem Menschen verfolgen lassen. Ich kehre um und trete an ihn heran und sage:

Nadler.

Nur dieses Wort: Nadler. Nicht mehr. Ich sehe ihn sehr starr an, während ich das sage, ich fühlte, daß ich ihn fürchterlich anstarrte; es war, als ob ich ihn aus einer anderen Welt anschaute. Und ich bleibe eine kleine Weile stehen, als ich dieses Wort gesagt habe. Dann schleiche ich wieder zum Bahnhofsplatz zurück. Der Mann gab keinen Laut von sich. Er behielt mich nur im Auge.

Nadler? Ich stand plötzlich still. Ja, hatte ich nicht schon sofort das Gefühl gehabt: ich hätte den Krüppel schon früher einmal getroffen? Oben in der Graensenstraße, an einem lichten Morgen; ich hatte meine Weste versetzt. Es schien mir eine Ewigkeit vergangen zu sein seit diesem Tag.

Während ich dastehe und darüber nachdenke – ich stütze mich

gegen eine Hauswand an der Ecke des Marktplatzes mit der Hafenstraße –, fahre ich plötzlich zusammen und versuche wegzuschleichen. Da mir dies nicht gelingt, starre ich verstockt geradeaus und beiße aller Scham den Kopf ab, es war nichts mehr zu machen – ich stehe Antlitz in Antlitz mit dem ›Kommandeur‹.

Ich werde rücksichtslos frech, trete sogar einen Schritt von der Wand weg, um ihn auf mich aufmerksam zu machen. Ich tue das nicht, um Mitleid zu erwecken, sondern um mich selbst zu verhöhnen, mich an den Pranger zu stellen; ich hätte mich auf der Straße wälzen können und den ›Kommandeur‹ bitten mögen, über mich hinwegzugehen, mir ins Gesicht zu treten. Ich sagte nicht einmal guten Abend.

Der ›Kommandeur‹ ahnte vielleicht, daß bei mir irgend etwas nicht richtig war, er verlangsamte seinen Schritt ein wenig, und ich sage, um ihn zum Stehen zu bringen:

Ich hätte Ihnen schon etwas gebracht, aber es ist noch nichts Rechtes geworden.

Ja? antwortet er fragend. Haben Sie es noch nicht fertig?

Nein, ich habe es noch nicht fertigbekommen.

Aber bei der Freundlichkeit des ›Kommandeurs‹ stehen meine Augen plötzlich voll Wasser, und ich räuspere mich und huste erbittert, um mich stark zu machen. Der ›Kommandeur‹ stößt einmal die Luft durch die Nase; er sieht mich an.

Haben Sie mittlerweile etwas zum Leben? sagt er.

Nein, antworte ich, das habe ich auch nicht. Ich habe heute noch nicht gegessen, aber . . .

Gott bewahre Sie, es geht unmöglich an, daß Sie hier herumlaufen und verhungern, Mensch! sagt er. Und er greift sofort in die Tasche.

Jetzt erwacht das Schamgefühl in mir, ich schwanke wieder zu der Mauer und halte mich fest, stehe da und sehe zu, wie der ›Kommandeur‹ in seinem Geldbeutel wühlt; aber ich sage nichts. Und er reicht mir einen Zehnkronenschein. Er macht keinerlei Umstände damit, er gibt mir einfach zehn Kronen. Gleichzeitig wiederholt er: es gehe doch unmöglich an, daß ich verhungere.

Ich stammelte eine Einwendung und nahm den Schein nicht sogleich: Es sei schändlich von mir, die . . . es sei auch zuviel . . .

Beeilen Sie sich nun! sagt er und sieht auf seine Uhr. Ich habe auf den Zug gewartet; aber nun höre ich ihn kommen.

Ich nahm das Geld, ich war lahm vor Freude und sagte kein Wort mehr, ich dankte nicht einmal.

Sie brauchen sich deswegen nicht zu genieren, sagt der ›Kommandeur‹ schließlich noch; Sie können ja dafür schreiben, das weiß ich.

Dann ging er.

Als er einige Schritte weit gekommen war, erinnerte ich mich mit einemmal, daß ich dem ›Kommandeur‹ für diese Hilfe nicht gedankt hatte. Ich versuchte ihn einzuholen, konnte aber nicht schnell genug vom Fleck kommen, meine Beine versagten, und immer wieder fiel ich schier zu Boden. Er entfernte sich mehr und mehr. Ich gab den Versuch auf, dachte daran, ihm nachzurufen, wagte es aber nicht, und als ich endlich trotzdem Mut gefaßt hatte und einmal, zweimal rief, war er bereits zu weit weg, meine Stimme war zu schwach geworden.

Ich blieb zurück, sah ihm nach und weinte ganz leise. Dergleichen habe ich nie erlebt! sagte ich zu mir, er gab mir zehn Kronen! Ich kehrte um und stellte mich dorthin, wo er gestanden hatte, und machte alle seine Bewegungen nach. Und ich hielt den Geldschein vor meine nassen Augen, besah ihn von beiden Seiten und begann zu fluchen – ins Blaue hinein zu fluchen, daß es seine Richtigkeit mit dem habe, was ich in der Hand hielt – es waren zehn Kronen.

Eine Weile danach – vielleicht sehr lange danach, denn es war überall schon ganz still geworden – stand ich merkwürdigerweise vor dem Haus in der Tomtestraße Nummer 11. Und hier hatte ich einen Kutscher betrogen, der mich einmal gefahren hatte, und hier war ich einmal quer durch das Haus gegangen, ohne von jemand gesehen zu werden. Als ich einen Augenblick dagestanden und mich gesammelt und gewundert hatte, ging ich zum zweitenmal durch das Tor, gerade hinein in ›Kost und Logis für Reisende‹. Hier bat ich um Obdach und bekam sofort ein Bett.

Dienstag.

Sonnenschein und Stille, ein wunderbarer, heller Tag. Der Schnee war weg; allerorten Leben und Lust und frohe Gesichter, Lächeln und Lachen. Von den Springbrunnen stiegen die Wasserstrahlen im Bogen auf, golden von der Sonne, blau von dem blauen Himmel ...

Gegen Mittag trat ich aus meinem Logis in der Tomtestraße,

in dem ich immer noch wohnte und es mir für die zehn Kronen des ›Kommandeurs‹ gut gehen ließ, und begab mich in die Stadt. Ich war in der fröhlichsten Stimmung und trieb mich den ganzen Nachmittag in den lebhaftesten Straßen umher und sah den Menschen zu. Noch bevor es sieben Uhr abends wurde, machte ich einen Spaziergang zum St.-Olafsplatz und lugte heimlich zu den Fenstern in Nummer 2 hinauf. In einer Stunde sollte ich sie sehen! Ich ging die ganze Zeit in einer leichten, köstlichen Angst umher. Was würde geschehen? Was sollte ich anfangen, wenn sie die Treppe herunterkam? Guten Abend, Fräulein? Oder nur lächeln? Ich entschloß mich, es beim Lächeln zu lassen. Natürlich würde ich sie tief grüßen.

Ich schlich weg, ein wenig beschämt, weil ich so früh daran war, wanderte eine Weile in der Karl-Johan-Straße auf und ab und behielt die Universitätsuhr im Auge. Als es acht Uhr wurde, ging ich die Universitätsstraße wieder hinauf. Unterwegs fiel es mir ein, daß ich vielleicht ein paar Minuten zu spät kommen könnte, und ich holte aus, so gut ich vermochte. Mein Fuß schmerzte sehr, aber sonst fehlte mir nichts.

Ich nahm meinen Platz beim Springbrunnen ein und verschnaufte. Ich stand ziemlich lange da und sah nach den Fenstern in Nummer 2 hinauf; aber sie kam nicht. Na, ich würde schon warten, ich hatte keine Eile; sie war vielleicht noch verhindert. Und ich wartete weiterhin. Ich hatte das Ganze doch wohl nicht geträumt, die erste Begegnung mit ihr in der Einbildung erlebt, in jener Nacht, in der ich im Fieber lag? Ratlos begann ich nachzudenken und fühlte mich meiner Sache gar nicht sicher.

Hm! sagte es hinter mir.

Ich hörte dieses Räuspern, ich hörte auch leichte Schritte in meiner Nähe; aber ich drehte mich nicht um, starrte nur auf die große Treppe vor mir.

Guten Abend! sagte es dann.

Ich vergesse zu lächeln, greife nicht einmal sofort zum Hut, ich bin so erstaunt, sie von dieser Seite kommen zu sehen.

Haben Sie lange gewartet? sagt sie, und sie atmet etwas rasch nach dem Lauf.

Nein, gar nicht, ich kam vor kurzem, antwortete ich. Und außerdem, was hätte es geschadet, wenn ich lange gewartet hätte? Ich dachte übrigens, Sie würden von einer anderen Seite kommen?

Ich habe Mama zu Bekannten begleitet, Mama ist heute abend nicht zu Hause.

Ach so! sagte ich.

Wir waren ins Gehen gekommen. An der Straßenecke steht ein Schutzmann und sieht uns an.

Aber wohin gehen wir eigentlich? sagt sie und bleibt stehen.

Wohin Sie wollen, nur wohin Sie wollen.

Uff, ja, aber es ist sehr langweilig, das selbst zu bestimmen.

Pause.

Dann sage ich, nur um etwas zu sagen:

Ihre Fenster sind dunkel, sehe ich.

Ja, freilich! antwortet sie lebhaft. Das Mädchen hat auch frei. So daß ich ganz allein zu Hause bin.

Wir stehen beide da und sehen zu den Fenstern in Nummer 2 hinauf, als ob keines von uns sie früher schon gesehen hätte.

Können wir nicht zu Ihnen hinaufgehen? frage ich. Ich werde die ganze Zeit bei der Türe sitzen bleiben, wenn Sie das wollen ...

Aber nun bebte ich vor Erregung und bereute sehr, so frech gewesen zu sein. Wenn sie nun gekränkt war und von mir fortging? Wenn ich sie nun nie mehr sehen durfte? Ach, welch elenden Anzug ich anhatte! Verzweifelt wartete ich auf die Antwort.

Sie brauchen nicht an der Türe zu sitzen, sagte sie.

Wir gingen hinauf.

Auf dem Gang, wo es dunkel war, nahm sie meine Hand und führte mich. Ich brauchte durchaus nicht so still zu sein, sagte sie, ich könnte ruhig sprechen. Und wir kamen hinein. Während sie Licht machte – sie zündete keine Lampe an, sondern eine Kerze – während sie diese Kerze anzündete, sagte sie mit einem kleinen Lachen: Aber nun dürfen Sie mich nicht ansehen. Uff, ich schäme mich! Aber ich werde es nie wieder tun.

Was werden Sie nie wieder tun?

Ich werde nie ... uff, nein, Gott behüte mich ... ich werde Sie nie wieder küssen.

Werden Sie das nicht? sagte ich, und wir lachten beide. Ich streckte die Arme nach ihr aus, sie glitt zur Seite, schlüpfte weg, zur anderen Seite des Tisches hinüber. Wir sahen einander eine Weile an, das Licht stand zwischen uns.

Dann löste sie den Schleier und nahm den Hut ab; währenddessen hingen ihre funkelnden Augen an mir und wachten über meine Bewegungen, damit ich sie nicht fassen könnte. Ich machte wieder einen Ausfall, stolperte über den Teppich und fiel; mein verletzter Fuß wollte mich nicht mehr tragen. Ich erhob mich äußerst verlegen.

Gott, wie Sie rot geworden sind! sagte sie. Es war aber auch gräßlich ungeschickt.

Ja, das war es.

Und wir begannen wieder herumzuspringen.

Mir scheint, Sie hinken?

Ich hinke vielleicht ein wenig, aber nur wenig.

Kürzlich hatten Sie einen verletzten Finger, jetzt haben Sie einen verletzten Fuß; Sie haben viele Plagen.

Ich wurde vor einigen Tagen ein wenig überfahren.

Überfahren? Wieder betrunken? Nein, Gott bewahre mich, wie Sie leben, junger Mann! Sie drohte mit dem Zeigefinger und stellte sich ernst. Setzen wir uns also! sagte sie. Nein, nicht dort an die Türe; Sie sind zu zurückhaltend, hierher, Sie dort und ich hier, so, ja ... Uff, es ist schrecklich langweilig mit zurückhaltenden Menschen! Da muß man alles selbst tun und sagen, hat nirgends eine Hilfe. Nun könnten Sie zum Beispiel gerne Ihre Hand auf meinen Stuhlrücken legen, Sie hätten das wohl von selbst herausfinden können, das hätten Sie. Und wenn ich so etwas sage, dann machen Sie ein Paar Augen, als glaubten Sie es nicht recht. Ja, das ist wirklich wahr, ich habe es mehrere Male gesehen, jetzt machen Sie es wieder so. Aber Sie dürfen mir ja nur nicht weismachen wollen, daß Sie so bescheiden sind, wenn Sie sich nur getrauen. Sie waren damals ziemlich frech, als Sie betrunken waren und mir bis nach Hause folgten und mich mit Ihren geistreichen Anreden plagten: Sie verlieren Ihr Buch, Fräulein, Sie verlieren ganz bestimmt Ihr Buch, Fräulein! Hahaha! Pfui, das war wirklich schlecht von Ihnen!

Ganz verloren saß ich da und sah sie an. Mein Herz schlug laut, das Blut rann mir warm durch die Adern. Welch ein wundervoller Genuß, wieder in einer menschlichen Wohnung zu sitzen und eine Uhr ticken zu hören und, anstatt mit mir selbst, mit einem jungen, lebendigen Mädchen zu reden!

Weshalb reden Sie nichts?

Nein, wie süß Sie sind! sagte ich. Ich sitze hier und bin ganz benommen von Ihnen, hier in diesem Augenblick innerlich benommen. Dagegen ist nichts zu machen. Sie sind das seltsamste Geschöpf, das ... Manchmal strahlen Ihre Augen so, ich habe nie solche Augen gesehen, sie sehen wie Blumen aus. Was? Nein, nein, vielleicht auch nicht wie Blumen, sondern . . . Ich bin ganz verliebt in Sie, da hilft gar nichts. Wie heißen Sie? Nun müssen Sie mir aber wirklich sagen, wie Sie heißen . . .

Nein, wie heißen Sie? Gott, nun hätte ich es beinahe wieder vergessen! Ich dachte gestern die ganze Zeit daran, daß ich Sie danach fragen wollte. Ja, das heißt, nicht den ganzen gestrigen Tag, ich dachte durchaus nicht den ganzen Tag an Sie.

Wissen Sie, wie ich Sie genannt habe? Ich habe Sie Ylajali genannt. Wie gefällt Ihnen das? Solch ein gleitender Laut . . .

Ylajali?

Ja.

Ist das eine fremde Sprache?

Hm. Nein, das nicht.

Ja, es klingt nicht häßlich.

Nach langen Verhandlungen sagten wir einander unsere Namen. Sie setzte sich mir dicht zur Seite auf das Sofa und schob den Stuhl mit dem Fuß fort. Und wir fingen wieder an zu plaudern.

Sie haben sich heute abend auch rasiert, sagte sie. Im ganzen sehen Sie um einiges besser aus als letzthin, aber nur ein ganz klein bißchen übrigens; bilden Sie sich nur ja nicht ein . . . Nein, neulich sahen Sie wirklich schäbig aus. Und obendrein hatten Sie noch einen scheußlichen Lappen um den Finger. Und in diesem Zustand wollten Sie absolut mit mir irgendwohin gehen und Wein trinken. Nein, danke!

Also um meines miserablen Aussehens willen wollten Sie damals nicht mitkommen? sagte ich.

Nein, antwortete sie und sah nieder. Nein, bei Gott, es war nicht deswegen. Ich dachte nicht einmal daran.

Hören Sie, sagte ich, Sie sitzen hier gewiß in dem Glauben, daß ich genauso leben und mich kleiden könne, wie ich möchte? Aber das kann ich eben nicht, ich bin sehr, sehr arm.

Sie sah mich an.

Sind Sie das? fragte sie.

Ja, das bin ich.

Pause.

Du lieber Gott, das bin ich ja auch, sagte sie mit einer unbefangenen Bewegung des Kopfes.

Jedes ihrer Worte berauschte mich, traf mich wie ein Weintropfen ins Herz, obwohl sie gewißlich ein höchst durchschnitt-

liches Kristianiamädchen war, mit Jargon und kleinen Keck-
heiten und Geschwätz. Die Gewohnheit, ihren Kopf ein wenig
auf die Seite zu legen und zuzuhorchen, wenn ich etwas sagte,
entzückte mich. Und ich fühlte ihren Atem dicht an meinem Gesicht.

Wissen Sie, sagte ich, daß ... Aber nun dürfen Sie nicht böse
werden ... Als ich gestern abend zu Bett ging, legte ich den Arm
für Sie zurecht ... so ... als ob Sie darinlägen. Und so schlief
ich ein.

Ach nein? Das war schön! Pause. Aber so etwas konnten Sie
auch nur auf Abstand tun; denn sonst ...

Glauben Sie nicht, daß ich es auch sonst tun könnte?

Nein, das glaube ich nicht.

Doch, von mir können Sie alles erwarten, sagte ich und warf
mich in die Brust. Und ich legte den Arm um ihren Leib.

Kann ich das? erwiderte sie nur.

Es ärgerte und kränkte mich, daß sie mich für so sittsam hielt;
ich richtete mich auf, faßte mir ein Herz und ergriff ihre Hand.
Aber sie zog sie ganz leise weg und rückte von mir ab. Dies
nahm mir wieder den Mut, ich schämte mich und sah zum Fenster. Ich war doch zu jämmerlich, wie ich so dasaß, ich brauchte
nicht zu versuchen, mir etwas einzubilden. Hätte ich sie damals
getroffen, als ich noch wie ein Mensch aussah, in meinen Wohl-
standstagen, da ich noch ein wenig Überfluß hatte, so wäre es
etwas anderes gewesen. Und ich fühlte mich sehr niedergeschla-
gen.

Da können Sie sehen! sagte sie, nun können Sie es wieder
sehen; man kann Sie schon mit einem kleinen Stirnrunzeln
schrecken. Sie kleinkriegen, indem man von Ihnen abrückt ...
Sie lachte schelmisch, mit ganz geschlossenen Augen, als wenn
auch sie es nicht ertrüge, angesehen zu werden.

Nein, du großer Gott! platzte ich heraus. Jetzt sollen Sie
aber sehen! Und ich schlang die Arme heftig um ihre Schultern.
War das Mädchen von Sinnen? Hielt sie mich für gänzlich
unerfahren? He! ich wollte doch zum ... Es sollte mir keiner
nachsagen, daß ich in diesem Fall zurückstände. Es war
doch ein Satansmädchen. Wenn es nur darauf loszugehen galt,
dann ...

Als wenn ich zu gar nichts in der Welt taugte!

Sie saß ganz ruhig und hatte ihre Augen immer noch geschlossen; keines von uns sprach. Ich drückte sie fest an mich,

preßte ihren Körper an meine Brust und sagte kein Wort. Ich hörte unseren Herzschlag, sowohl ihren wie meinen, es klang wie Pferdegetrappel.

Ich küßte sie.

Ich wußte nichts mehr von mir, sagte einigen Unsinn, über den sie lachte, flüsterte Kosenamen gegen ihren Mund, streichelte ihr die Wange, küßte sie viele Male. Ich öffnete einen oder zwei Knöpfe ihres Leibchens und sah ihre Brüste darunter, weiße, runde Brüste, die wie zwei süße Wunder unter dem Hemd schimmerten.

Darf ich sehen! sage ich, und versuche mehrere Knöpfe zu öffnen, versuche die Öffnung größer zu machen; doch meine Erregung ist zu stark, ich komme mit den untersten Knöpfen, wo sich das Leibchen fester anstrammt, nicht zurecht. Darf ich nur ein wenig sehen ... ein wenig ...

Sie schlingt den Arm um meinen Hals, ganz langsam, zärtlich; ihr Atem haucht mir aus den roten, zitternden Nasenlöchern ins Gesicht; sie beginnt selbst mit der anderen Hand die Knöpfe zu öffnen, einen nach dem anderen. Sie lacht verlegen, lacht kurz und sieht mehrere Male zu mir auf, prüfend, ob ich wohl bemerke, daß sie furchtsam ist. Sie löst die Bänder, hakt das Korsett auf, ist entzückt und ängstlich. Und mit meinen groben Händen nestle ich an diesen Knöpfen und Bändern ...

Sie streicht mir mit ihrer linken Hand über die Schulter, um die Aufmerksamkeit von dem, was sie tut, abzulenken und sagt:

Was hier für eine Menge loser Haare liegt!

Ja, antworte ich und will mit meinem Mund zu ihrer Brust eindringen. In diesem Augenblick liegt sie mit ganz offenen Kleidern da. Plötzlich ist es, als besänne sie sich, als fände sie, daß sie zu weit gegangen sei; sie bedeckt sich wieder und richtet sich ein wenig auf. Und um ihre Verlegenheit über die offenen Kleider zu verbergen, spricht sie wieder von den vielen ausgefallenen Haaren auf meiner Schulter.

Wie kommt es, daß Ihnen das Haar so ausgeht?

Weiß ich nicht.

Sie trinken natürlich zuviel, und vielleicht ... Pfui, ich will das nicht sagen! Sie sollten sich schämen! Nein, das hätte ich nicht von Ihnen geglaubt! Daß Sie so jung schon die Haare verlieren! ... Nun müssen Sie mir aber, bitte schön, erzählen, wie Sie eigentlich leben. Ich bin sicher, daß es fürchterlich ist! Aber nur die Wahrheit, verstehen Sie, keine Ausflüchte! Ich werde es

Ihnen übrigens schon ansehen, wenn Sie etwas verheimlichen wollen. So, nun erzählen Sie!

Ach wie müde ich geworden war! Wie gerne wäre ich lieber still gesessen und hätte sie angesehen, als mich hier aufzuspielen und mich mit allen diesen Versuchen zu quälen. Ich taugte zu nichts, ich war ein Fetzen geworden.

Fangen Sie an! sagte sie.

Ich ergriff die Gelegenheit und erzählte alles, und ich erzählte nur die Wahrheit. Ich machte nichts schlimmer, als es war, es war nicht meine Absicht, ihr Mitleid zu erregen; ich sagte auch, daß ich mir eines Abends fünf Kronen angeeignet hatte.

Sie saß mit offenem Mund da und lauschte, bleich, erschrokken, die blanken Augen ganz verstört. Ich wollte es wieder gutmachen, den traurigen Eindruck, den ich erregt hatte, wieder zerstreuen, und strammte mich deshalb auf:

Es ist ja nun überstanden; jetzt ist keine Rede mehr davon, jetzt bin ich geborgen . . .

Aber sie war sehr verzagt. Gott bewahre mich! sagte sie nur und schwieg. Sie wiederholte dies mit kurzen Pausen mehrmals und schwieg immer wieder dazwischen. Gott bewahre mich!

Ich begann zu scherzen, griff ihr in die Seite, um sie zu kitzeln, hob sie an meine Brust herauf; sie hatte ihr Kleid wieder zugeknöpft, und das ärgerte mich. Warum knöpfte sie das Kleid wieder zu? War ich jetzt in ihren Augen weniger wert, als wenn ich durch ein unbesonnenes Leben selbst verschuldet hätte, daß mir das Haar ausfiel? Hätte sie mich lieber gehabt, wenn ich mich als einen ausschweifenden Menschen hingestellt hätte? . . . Keinen Unsinn. Es galt nur darauf loszugehen! Und wenn es nur galt, drauf loszugehen, dann war ich der Mann dazu. –

Ich mußte es aufs neue versuchen.

Ich legte sie hin, legte sie einfach aufs Sofa hin. Sie wehrte sich, übrigens ganz wenig, und sah mir erstaunt zu.

Nein . . . was wollen Sie? sagte sie.

Was ich will?!

Nein . . . nein aber . . .?

Doch, doch . . .

Nein, hören Sie! rief sie. Und sie fügte diese verletzenden Worte hinzu: Ich glaube beinahe, Sie sind wahnsinnig.

Unwillkürlich hielt ich inne und sagte:

Das meinen Sie doch nicht wirklich!

Doch, Sie sehen so eigentümlich aus! Und an dem Vormittag, an dem Sie mich verfolgten. – Sie waren also damals nicht betrunken?

Nein, damals war ich auch nicht hungrig, ich hatte eben gegessen.

Um so schlimmer.

Möchten Sie lieber, daß ich betrunken gewesen wäre?

Ja ... Huh, ich fürchte mich vor Ihnen! Herrgott, so lassen Sie mich doch los!

Ich überlegte. Nein, ich konnte nicht loslassen, ich würde zuviel verlieren. Kein so verfluchtes Gewäsch in später Abendstunde auf einem Sofa. He, mit solchen Ausflüchten in einem solchen Augenblick zu kommen! Als wenn ich nicht wüßte, daß das Ganze nur Schamhaftigkeit war! Da müßte ich schön grün sein! So, still jetzt! Keinen Unsinn!

Sie wehrte sich eigentümlich heftig, allzu stark, um sich nur aus Schamhaftigkeit zu wehren. Ich stieß wie aus Versehen die Kerze um, so daß sie erlosch, sie leistete verzweifelten Widerstand, wimmerte sogar einmal leise.

Nein, nicht da, nicht das! Wenn Sie wollen, dürfen Sie mich lieber auf die Brust küssen. Lieber, Guter!

Ich hielt sofort an. Ihre Worte klangen so erschrocken, so hilflos, ich wurde zutiefst getroffen. Sie glaubte, mir einen Ersatz zu bieten, indem sie mir erlaubte, ihre Brust zu küssen! Wie schön war das, wie schön und einfältig! Ich hätte vor ihr auf die Knie niederfallen mögen.

Aber liebes Kind! sagte ich ganz verwirrt, ich verstehe nicht ... ich begreife wirklich nicht, was dies für ein Spiel ist ...

Sie erhob sich und zündete mit bebenden Händen das Licht wieder an; ich lehnte mich auf dem Sofa zurück und tat nichts. Was würde nun geschehen? Mir war im Grunde sehr übel zumute.

Ihr Blick ging zur Wand, auf die Uhr, und sie fuhr zusammen.

Uff, jetzt kommt das Mädchen bald! sagte sie. Das war das erste, was sie sagte.

Ich verstand diese Andeutung und erhob mich. Sie griff nach dem Mantel, wie um ihn anzuziehen, bedachte sich aber, ließ ihn liegen und ging zum Kamin. Sie war bleich und wurde immer unruhiger. Damit es doch nicht so aussehen sollte, als weise sie mir die Türe, sagte ich:

War Ihr Vater Militär? Und gleichzeitig machte ich mich zum Gehen bereit.

Ja, er war Militär; woher ich das wisse?

Ich wisse es nicht, es sei mir nur so eingefallen.

Das sei merkwürdig!

Ach ja. Ich habe an manchen Orten solche Ahnungen. Hehe, das gehöre auch mit zu meinem Wahnsinn . . .

Sie sah schnell auf, erwiderte aber nichts. Ich fühlte, daß ich sie mit meiner Anwesenheit peinigte, und wollte kurzen Prozeß machen. Ich ging zur Türe. Würde sie mich jetzt nicht mehr küssen? Mir nicht einmal die Hand reichen? Ich stand da und wartete.

Wollen Sie jetzt gehen? fragte sie und blieb noch beim Kamin stehen.

Ich antwortete nicht. Ich war gedemütigt und verwirrt und sah sie an, ohne etwas zu sagen. Nein, was hatte ich zerstört! Es schien sie nicht zu berühren, daß ich zum Gehen bereit war, sie war mit einemmal vollkommen verloren für mich, und ich suchte nach etwas, um es ihr zum Abschied zu sagen, ein schweres, tiefes Wort, das sie treffen und ihr vielleicht ein wenig imponieren könnte. Und meinem festen Entschluß vollkommen entgegen, verwundet, anstatt stolz und kalt, unruhig, beleidigt, fing ich geradezu von Unwesentlichem zu sprechen an; das treffende Wort kam nicht, ich betrug mich äußerst gedankenlos. Wieder wurde es Suada und Büchersprache.

Warum sage sie nicht einfach klar und deutlich, daß ich meines Weges gehen solle, fragte ich. Ja, ja, warum nicht? Es lohne sich nicht, sich zu genieren. Anstatt mich an das Mädchen zu erinnern, das bald heimkommen würde, hätte sie einfach folgendes sagen können: Jetzt müssen Sie verschwinden, denn jetzt muß ich meine Mutter abholen, und ich will nicht Ihre Begleitung auf der Straße haben. So, das hätte sie nicht gedacht? O doch, das hätte sie wohl gedacht, ich habe es sofort verstanden. Es brauche so wenig, um mich auf die Spur zu bringen; schon die Art und Weise, wie sie nach dem Mantel gegriffen und ihn wieder liegen gelassen habe, habe mich sogleich überzeugt. Wie gesagt, ich hätte Ahnungen. Und es sei im Grunde wohl nicht soviel Wahnsinn darin . . .

Aber Gott im Himmel, verzeihen Sie mir nun dieses Wort! Es entfuhr mir! rief sie. Aber sie blieb immer noch stehen und kam nicht zu mir her.

Ich war unerschütterlich und sprach weiter. Ich stand da und schwätzte, mit dem peinlichen Gefühl, daß ich sie langweilte, daß nicht ein einziges meiner Worte traf, und trotzdem hörte ich nicht auf: Im Grunde könne man ja ein ziemlich zartes Gemüt haben, auch wenn man nicht verrückt sei, meinte ich; es gäbe Naturen, die sich von Bagatellen nährten und an einem harten Wort stürben. Und ich ließ verstehen, daß ich eine solche Natur wäre. Die Sache sei die, daß meine Armut gewisse Eigenschaften in einem Grad geschärft habe, daß es mir geradezu Unannehmlichkeiten bereite – ja, geradezu Unannehmlichkeiten, leider. Aber es habe auch seine Vorteile, es helfe mir in gewissen Situationen. Der arme Intelligente sei ein viel feinerer Beobachter als der reiche Intelligente. Der arme sieht um sich, bei jedem Schritt, den er tut, lauscht mißtrauisch auf jedes Wort, das er von den Menschen hört; jeder Schritt stellt somit seinen Gedanken und Gefühlen eine Aufgabe, eine Arbeit. Er ist hellhörig und feinfühlig, er ist ein erfahrener Mann, seine Seele hat Brandwunden ...

Und ich sprach recht lange von diesen Brandwunden, die meine Seele hatte. Aber je länger ich sprach, desto unruhiger wurde sie; zuletzt sagte sie in der Verzweiflung ein paarmal: Gott im Himmel! und rang die Hände. Ich sah wohl, daß ich sie plagte, und ich wollte sie nicht plagen, aber ich tat es trotzdem. Endlich meinte ich, ihr in groben Zügen das Notwendigste gesagt zu haben, ihr verzweifelter Blick ergriff mich, und ich rief:

Jetzt gehe ich! Jetzt gehe ich! Sehen Sie nicht, daß ich die Hand schon auf der Klinke habe? Leben Sie wohl! Leben Sie wohl! sage ich. Sie dürften mir schon antworten, wenn ich zweimal Lebewohl sage und fix und fertig zum Fortgehen dastehe. Ich bitte Sie nicht einmal, Sie wieder treffen zu dürfen, denn das würde Sie quälen; aber sagen Sie mir: Warum ließen Sie mich nicht in Frieden? Was habe ich Ihnen getan? Ich stand Ihnen nicht im Wege; nicht wahr? Warum wenden Sie sich plötzlich von mir ab, als ob Sie mich gar nicht mehr kennten? Nun haben Sie mich so gänzlich beraubt, mich noch elender gemacht, als ich jemals war. Herrgott, aber ich bin ja doch nicht wahnsinnig. Sie wissen sehr gut, wenn Sie sich nur besinnen, daß mir jetzt gar nichts fehlt. Kommen Sie doch und geben Sie mir die Hand! Oder erlauben Sie mir, zu Ihnen hinzukommen! Wollen Sie das? Ich werde Ihnen nichts Schlimmes tun, ich will nur einen

Augenblick vor Ihnen niederknien, auf dem Boden vor Ihnen niederknien, nur einen Augenblick; darf ich? Nein, nein, dann werde ich es nicht tun, ich sehe, daß Sie Angst haben, ich werde es nicht, *werde* es nicht tun, hören Sie. Herrgott, warum erschrecken Sie so? Ich stehe doch still, ich rühre mich nicht. Ich hätte eine Minute lang auf dem Teppich gekniet, genau hier, auf diesem roten Fleck gleich bei Ihren Füßen. Aber Sie erschraken, ich konnte es sofort an Ihren Augen sehen, daß Sie erschraken, deshalb stand ich still. Ich machte keinen Schritt, als ich Sie darum bat; nicht wahr? Ich stand ebenso unbeweglich wie jetzt, da ich Ihnen die Stelle zeige, wo ich mich vor Ihnen niederge- kniet haben würde, dort auf die rote Rose im Teppich. Ich zeige nicht einmal mit dem Finger hin, ich zeige durchaus nicht hin, ich lasse es sein, um Sie nicht zu erschrecken, ich nicke nur und sehe hin, so! Und Sie verstehen sehr wohl, welche Rose ich meine, aber Sie wollen es mir nicht erlauben, dort zu knien; Sie haben Angst vor mir und trauen sich nicht, mir zu nahe zu kommen. Ich begreife nicht, daß Sie es übers Herz bringen können, mich verrückt zu nennen. Nicht wahr, Sie glauben das auch nicht mehr? Das war im Sommer einmal, vor langer Zeit, da war ich verrückt; ich arbeitete zu schwer und vergaß, rechtzeitig zum Mittagessen zu gehen, wenn ich viel zu denken hatte. Das ge- schah Tag für Tag; ich hätte daran denken sollen, aber ich ver- gaß es immer wieder. Bei Gott im Himmel, das ist wahr! Gott möge mich nicht mehr lebendig von der Stelle kommen lassen, wenn ich lüge! Da können Sie es sehen, Sie tun mir unrecht. Ich tat es nicht aus Not; ich habe Kredit, großen Kredit, bei Ingebret und Gravesen. Ich hatte oft auch viel Geld in der Tasche und kaufte trotzdem nichts zu essen, weil ich es vergaß. Hören Sie! Sie sagen nicht, Sie antworten nicht, Sie rühren sich nicht vom Kamin weg, Sie stehen bloß da und warten darauf, daß ich gehen soll . . .

Sie kam rasch auf mich zu und streckte ihre Hand aus. Voll Mißtrauen sah ich sie an. Tat sie das auch leichten Herzens? Oder tat sie es nur, um mich los zu werden? Sie legte ihren Arm um meinen Hals, sie hatte Tränen in den Augen. Ich stand nur da und sah sie an. Sie reichte mir ihren Mund; ich konnte ihr nicht glauben; ganz bestimmt brachte sie ein Opfer, es war nur ein Mittel, um der Sache ein Ende zu machen.

Sie sagte etwas, es klang wie: Ich habe Sie trotzdem lieb! Sie sagte es sehr leise und undeutlich, vielleicht hörte ich nicht richtig, sie sagte vielleicht nicht gerade diese Worte; aber sie warf sich mir heftig an die Brust, hielt beide Arme eine Weile um meinen Hals geschlungen, hob sich sogar auf die Zehen, um gut heraufzureichen, und blieb so stehen.

Ich fürchtete, daß sie sich zu dieser Zärtlichkeit zwang, ich sagte nur:

Wie schön Sie jetzt sind!

Mehr sagte ich nicht. Ich trat zurück, stieß die Türe auf und ging rückwärts hinaus. Und sie blieb drinnen stehen.

4

Der Winter war gekommen, ein rauher und nasser Winter, beinahe ohne Schnee, eine neblige und dunkle, ewige Nacht, ohne einen einzigen frischen Windstoß während der ganzen Woche. In den Straßen brannte das Gas fast den ganzen Tag, und die Menschen stießen trotzdem im Nebel aneinander. Alle Töne, der Klang der Kirchenglocken, die Schellen der Droschkenpferde, die Stimmen der Menschen, der Hufschlag, alles zusammen klang in dieser dicken Luft dumpf und begraben. Woche auf Woche verging, und das Wetter war und blieb das gleiche.

Und ich hielt mich beständig unten in Vaterland auf.

Immer fester wurde ich mit diesem Wirtshaus, diesem Logis für Reisende verbunden, in dem ich trotz meiner Verkommenheit Wohnung gefunden hatte. Mein Geld war seit langem verbraucht, und doch kam und ging ich hier immer noch, als hätte ich ein Recht dazu und sei hier daheim. Die Wirtin hatte noch nichts gesagt; aber trotzdem quälte es mich, daß ich nicht bezahlen konnte. So verliefen drei Wochen.

Vor vielen Tagen schon hatte ich meine Schreiberei wiederaufgenommen, aber es wollte mir nicht gelingen, etwas zustande zu bringen, mit dem ich zufrieden war. Ich hatte gar kein Glück mehr, obwohl ich fleißiger war als je und es früh und spät versuchte. Was ich auch unternahm, es nützte nichts, das Glück hatte mich verlassen.

Ich saß in einem Zimmer im ersten Stock, im besten Fremdenzimmer, und machte diese Versuche. Seit dem ersten Abend, als ich Geld hatte und für mich bürgen konnte, war ich hier oben ungestört geblieben. Ich hatte auch die ganze Zeit die Hoffnung, endlich irgendeinen Artikel zustande zu bringen, so daß ich mein Zimmer bezahlen konnte, und was ich sonst noch schuldig war; deshalb arbeitete ich so fleißig. Ich hatte insbesondere ein bestimmtes Stück angefangen, von dem ich mir sehr viel erwartete, eine Allegorie über einen Brand in einem Buchladen, ein tiefsinniger Gedanke, den ich mit allem Fleiß ausarbeitete und dem ›Kommandeur‹ zur Abzahlung bringen wollte. Der ›Kommandeur‹ sollte doch erfahren, daß er dieses Mal wirklich einem Talent geholfen hatte. Ich hatte keinen Zweifel, daß er das erfahren würde; es galt nur zu warten, bis der Geist über mich kam. Und warum sollte der Geist nicht schon im nächsten Augenblick über mich kommen? Es war gar nichts im Weg; ich bekam von meiner Wirtin jeden Tag ein wenig zu essen, morgens und abends einige Butterbrote, und meine Nervosität war beinahe verschwunden. Ich brauchte mir keine Lumpen mehr um die Hände zu binden, wenn ich schrieb, und ich konnte von meinen Fenstern im ersten Stock auf die Straße heruntersehen, ohne schwindlig zu werden. Es ging mir in jeder Beziehung viel besser, und es wunderte mich geradezu, daß ich meine Allegorie noch nicht fertig hatte. Ich verstand nicht, wie das zusammenhing.

Endlich sollte ich eines Tages eine Ahnung davon bekommen, wie schwach ich eigentlich geworden war, wie schlaff und untauglich mein Gehirn arbeitete. An diesem Tag kam nämlich meine Wirtin mit einer Rechnung zu mir herauf und bat mich, sie durchzusehen. Es müsse etwas falsch sein an der Rechnung, sagte sie, sie stimme nicht mit ihrem eigenen Buch überein; aber sie habe den Fehler nicht herausfinden können.

Ich setzte mich hin, um zu rechnen; meine Wirtin saß mir gegenüber und sah mich an. Ich zählte diese zwanzig Posten zusammen, erst einmal abwärts, und fand die Summe richtig, dann einmal aufwärts, und kam wieder zu dem gleichen Resultat. Ich sah die Frau an, sie saß dicht vor mir und wartete auf meine Worte; zu gleicher Zeit bemerkte ich, daß sie guter Hoffnung war, es entging dies meiner Aufmerksamkeit nicht, und ich starrte sie doch keineswegs forschend an.

Die Summe ist richtig, sagte ich.

Nein, sehen Sie nur jede einzelne Zahl an, antwortete sie, es kann nicht so viel sein; ich bin dessen sicher.

Und ich begann jeden Posten nachzuprüfen: zwei Brote zu

fünfundzwanzig, ein Lampenglas achtzehn, Seife zwanzig, Butter zweiunddreißig ... Es bedurfte keines besonders klugen Kopfes, um diese Zahlenreihe durchzugehen, diese kleine Krämerrechnung, in der sich keine Weitläufigkeiten befanden, und ich versuchte redlich, den Fehler herauszufinden, von dem die Frau sprach, fand ihn aber nicht. Als ich mich ein paar Minuten mit diesen Zahlen herumgetummelt hatte, fühlte ich leider, daß in meinem Kopf alles zu tanzen begann; ich machte keinen Unterschied mehr zwischen Soll und Haben, ich mischte das Ganze zusammen. Endlich stand ich mit einemmal bei folgendem Posten fest: drei und fünf Sechzehntel Mark Käse zu sechzehn. Mein Gehirn versagte vollständig, ich starrte dumm auf den Käse hinunter und kam nicht vom Fleck. Das ist auch verteufelt schlecht geschrieben! sagte ich verzweifelt. Da steht, Gott helfe mir, einfach fünf sechzehntel Käse. Hehe, hat man schon so etwas gehört! Ja, hier können Sie es selbst sehen!

Ja, antwortete die Madam wieder, man pflegt es so zu schreiben. Das ist der Kräuterkäse. Doch, das ist richtig! Fünf Sechzehntel Mark sind also fünf Lot ...

Ja, das verstehe ich schon! unterbrach ich sie, obwohl ich in Wirklichkeit nichts mehr verstand.

Von neuem versuchte ich mit diesem kleinen Rechenstück fertig zu werden, das ich vor einigen Monaten in einer Minute gelöst haben würde. Ich schwitzte stark und dachte aus allen Kräften über diese rätselvolle Zahl nach und blinzelte nachdenklich mit den Augen, als ob ich ganz scharf dieser Sache nachgrübelte; aber ich mußte es aufgeben. Diese fünf Lot Käse gaben mir den Rest; es war, als zerbräche etwas hinter meiner Stirne.

Um trotzdem den Eindruck zu machen, als arbeitete ich immer noch an meinen Berechnungen, bewegte ich die Lippen und sprach hie und da eine Zahl laut aus. Dies alles, während ich über die Reihen herunterglitt, als käme ich ständig vorwärts und näherte mich dem Abschluß. Die Madam saß da und wartete. Endlich sagte ich: Ja, ja, ich bin sie jetzt von Anfang bis zum Ende durchgegangen, und soweit ich sehen kann, ist wirklich kein Fehler da.

Nicht? anwortete die Frau, wirklich nicht? Aber ich sah genau, daß sie mir nicht glaubte. Und plötzlich schien in ihre Rede eine Spur der Geringschätzung gegen mich zu kommen, ein gleichgültiger Ton, den ich früher nicht von ihr gehört hatte.

Sie sagte, ich sei vielleicht nicht gewöhnt, mit Sechzehnteln zu rechnen; sie sagte auch, daß sie sich an jemand wenden müsse, der sich darauf verstünde, um die Rechnung ordentlich durchsehen zu lassen. Sie sagte dies alles durchaus nicht in beschämender Weise, sondern gedankenvoll und ernsthaft. Als sie an die Tür gekommen war und gehen wollte, sagte sie noch, ohne mich anzusehen:

Entschuldigen Sie, daß ich Sie aufgehalten habe!

Sie ging.

Kurz darauf öffnete sich die Türe wieder, und meine Wirtin kam noch einmal herein; sie konnte kaum weiter als bis an den Gang gekommen sein, ehe sie umgekehrt war.

Es ist wahr! sagte sie. Sie dürfen es mir nicht übelnehmen; aber ich habe wohl noch etwas zugute bei Ihnen? Sind es nicht gestern drei Wochen gewesen, daß Sie einzogen? Ja, ich dächte es. Es ist nicht so leicht, mit einer so großen Familie durchzukommen, ich kann leider hier niemand auf Kredit wohnen lassen ...

Ich unterbrach sie. Ich arbeite an einem Artikel, wie ich Ihnen schon früher erzählt habe, sagte ich, und sobald der fertig ist, werden Sie Ihr Geld bekommen. Sie können ganz ruhig sein.

Ja, aber der Artikel wird ja niemals fertig?

Glauben Sie? Möglicherweise kommt der Geist morgen oder vielleicht schon heute nacht über mich; es ist gar nicht ausgeschlossen, daß er heute nacht einmal über mich kommt, und dann ist mein Artikel in längstens einer Viertelstunde fertig. Sehen Sie, mit meiner Arbeit ist es nicht so wie mit der anderer Leute; ich kann mich nicht hinsetzen und im Tag eine gewisse Menge fertigbringen, ich muß immer den Augenblick abwarten. Und keiner kann den Tag und die Stunde sagen, wann der Geist über ihn kommt; das muß seine Zeit haben.

Meine Wirtin ging. Aber ihr Vertrauen war sicherlich sehr erschüttert.

Sowie ich allein war, sprang ich auf und raufte mir das Haar vor Verzweiflung. Nein, es gab wirklich keine Rettung mehr für mich, keine, keine Rettung! Mein Gehirn war bankrott! War ich denn ganz zum Idioten geworden, daß ich nicht einmal mehr den Wert eines kleinen Stückchens Kräuterkäse ausrechnen konnte? Aber konnte ich denn meinen Verstand verloren haben, wenn ich mir selbst solche Fragen stellte? Hatte ich nicht sogar mitten in meinen Anstrengungen mit der Rechnung die sonnenklare Beobachtung gemacht, daß meine Wirtin schwanger war? Ich hatte keine Ursache, dies zu wissen, kein Mensch hatte mir davon erzählt, es fiel mir auch nicht willkürlich ein, ich sah es mit meinen eigenen Augen und erfaßte es sogleich, als ich in einem verzweifelten Augenblick dasaß und mit Sechzehnteln rechnete. Wie sollte ich mir das erklären?

Ich trat zum Fenster und sah hinaus; mein Fenster ging auf die Vognmandsstraße. Einige Kinder spielten unten auf dem Pflaster, ärmlich gekleidete Kinder mitten in der ärmlichen Gasse. Sie warfen einander eine leere Flasche zu und schrien laut. Ein Möbelwagen rollte langsam vorbei; es war dies offenbar eine vertriebene Familie, die die Wohnung außerhalb der Umzugszeit wechselte. Ich dachte mir das augenblicklich. Auf dem Wagen lagen Bettzeug und Möbel, wurmstichige Betten und Kommoden, rotgemalte Stühle mit drei Beinen, Matten, altes Eisen, Blechzeug. Ein kleines Mädchen, ein Kind noch, ein richtig häßliches kleines Wesen mit einer Tropfnase, saß oben auf der Last und hielt sich mit seinen armen blauen Händen fest, um nicht herunterzufallen. Es saß auf einem Bündel abscheulicher, nasser Matratzen, auf denen Kinder gelegen hatten, und sah auf die Kleinen herunter, die die leere Flasche einander zuwarfen . . .

Dies alles sah ich, und ich hatte keine Mühe, alles, was vorging, zu verstehen. Während ich dort am Fenster stand und dies beobachtete, hörte ich auch das Mädchen meiner Wirtin in der Küche neben meinem Zimmer singen: ich kannte die Melodie und paßte deshalb auf, ob sie falsch singen würde. Und ich sagte mir, daß ein Idiot all dieses nicht hätte beobachten können; ich war Gott sei Dank so vernünftig wie nur irgend jemand.

Plötzlich sah ich zwei Kinder unten in der Straße auffahren und raufen, zwei kleine Buben; den einen kannte ich, er war der Sohn meiner Wirtin. Um zu hören, was sie einander sagen, öffne ich mein Fenster, und sofort sammelt sich eine Schar Kinder unter diesem Fenster an und sieht sehnsuchtsvoll herauf. Worauf warteten sie? Daß ich ihnen etwas hinunterwerfen würde? Getrocknete Blumen, einen Knochen, Zigarrenstumpen, irgend etwas, das sie sich in den Mund stopfen oder mit dem sie sich belustigen könnten? Mit blaugefrorenen Gesichtern, mit unendlich langen Augen sahen sie zu meinem Fenster herauf. Unterdessen zankten sich die zwei Feinde immer noch herum. Worte wie große, feuchte Ungeheuer wimmeln aus diesen Kindermündern, schreckliche Schimpfnamen, Dirnenausdrücke, Matrosenflüche, die sie vielleicht unten am Hafen gelernt hatten. Und beide sind so davon in Anspruch genommen, daß sie gar nicht bemerken, wie meine Wirtin zu ihnen hinausläuft, um zu hören, was los ist.

Ja, erklärt ihr Sohn, er packte mich an der Gurgel; ich bekam lange Zeit keine Luft mehr! Und indem er sich an den kleinen Übeltäter wendet, der ihn boshaft angrinst, wird er vollkommen rasend und ruft:

Fahr zur Hölle, du chaldäisches Vieh, das du bist! So ein lausiger Hurenbalg packt einen an der Kehle! Ich werde dich, so wahr Gott . . .

Und die Mutter, dieses schwangere Weib, die die ganze enge Gasse mit ihrem Bauch beherrscht, antwortet dem zehnjährigen Kind, während sie es am Arm ergreift und mit sich ziehen will:

Scht! halt deinen Schnabel! Ich meine gar, du fluchst! Du gebrauchst ja das Maul, als wenn du jahrelang im Hurenhaus gewesen wärst! Jetzt hinein mit dir!

Nein, das tue ich nicht!

Doch, das tust du!

Nein, ich tue es nicht!

Ich stehe oben am Fenster und sehe, wie der Zorn der Mutter zunimmt, diese widerliche Szene erregt mich stark, ich halte es nicht mehr aus, ich rufe zu dem Buben hinunter, daß er einen Augenblick zu mir heraufkommen solle. Ich rufe zweimal, nur um sie zu stören, um diesen Auftritt zu beenden; das zweite Mal rufe ich sehr laut, und die Mutter wendet sich verblüfft um und sieht zu mir herauf. Und augenblicklich gewinnt sie die Fassung wieder, sieht mich frech an, richtig überlegen sieht sie mich an und zieht sich mit einer vorwurfsvollen Bemerkung gegen ihren Sohn zurück. Sie spricht laut, so daß ich es hören kann, und sagt zu ihm:

Pfui, schämen solltest du dich, die Leute sehen zu lassen, wie schlimm du bist!

Mir entging nichts, nicht einmal irgendeine kleine Nebensache von allem, was ich auf diese Weise beobachtete. Meine Aufmerksamkeit war äußerst wachsam, ich atmete empfindlich jeden kleinen Umstand ein und machte mir meine Gedanken über diese Dinge, wie sie der Reihe nach verliefen. Es konnte also unmöglich mit meinem Verstand etwas nicht in Ordnung sein. Wie sollte auch jetzt etwas nicht in Ordnung sein?

Höre, weißt du was, sagte ich pötzlich, nun bist du lange genug herumgegangen und hast dich mit deinem Verstand befaßt und dir in dieser Hinsicht Kummer gemacht; nun müssen diese Narrenstreiche aufhören! Ist das ein Zeichen von Verrücktheit: alle Dinge so genau zu beobachten und aufzufassen, wie du es tust? Du machst mich beinahe über dich lachen, versichere ich dir, dies entbehrt nicht des Humors, soviel mir scheint. Kurz und gut, das passiert allen Menschen, daß sie sich einmal verrennen, und zwar gerade bei der einfachsten Frage. Das hat nichts zu sagen, das ist nur Zufall. Wie gesagt, ich muß um ein Haar über dich lachen. Was diese Krämerrechnung betrifft, diese lumpigen fünf Sechzehntel Armeleutekäse, so möchte ich ihn beinahe nennen – hehe, ein Käse mit Nelken und Pfeffer darin –, was diesen lächerlichen Käse betrifft, da hätte auch der Klügste dumm davor dastehen können; schon bloß der Geruch dieses Käses könnte einen aus der Fassung bringen ... Und ich verhöhnte den Kräuterkäse nach allen Richtungen ... Nein, gebt mir etwas Eßbares! Gebt mir meinetwegen fünf Sechzehntel Butter! Das wäre etwas anderes!

Ich lachte hektisch über meine eigenen Witze und fand sie höchst lustig. Mir fehlte wirklich nichts mehr, ich war ganz in Ordnung.

Meine Munterkeit stieg, je mehr ich im Zimmer umherging und mit mir sprach; ich lachte laut und fühlte mich überaus froh. Es war auch wirklich so, als hätte ich nur dieser kurzen fröhlichen Weile, dieses Augenblickes richtig heller Entzückung ohne Sorgen nach irgendwelcher Seite hin bedurft, um meinen Kopf in arbeitstüchtige Verfassung zu bringen. Ich setzte mich an den Tisch und fing an, mich mit meiner Allegorie zu beschäftigen. Und es ging sehr gut, besser denn seit langer Zeit. Es ging nicht schnell; aber ich fand, das wenige, das ich zustande brachte, war ganz ausgezeichnet. Auch arbeitete ich eine Stunde lang, ohne müde zu werden.

Schließlich bin ich an einem sehr wichtigen Punkt in dieser Allegorie über einen Brand in einem Buchladen angelangt. Er kam mir so wichtig vor, daß alles übrige, was ich geschrieben hatte, nicht der Rede wert war im Vergleich zu diesem Punkt. Ich wollte gerade den Gedanken, daß es nicht Bücher seien, die verbrannten, sondern Gehirne, menschliche Gehirne, recht tiefsinnig formen, und ich wollte aus diesen brennenden Gehirnen eine ganze Bartholomäusnacht gestalten. Da wurde plötzlich meine Türe mit großer Hast geöffnet, und meine Wirtin kam hereingesegelt. Sie kam bis mitten ins Zimmer, sie blieb nicht einmal auf der Schwelle stehen.

Ich stieß einen kleinen, heiseren Schrei aus; es war, als hätte ich einen Schlag bekommen.

Wie? fragte sie. Mir schien, Sie sagten etwas? Wir haben einen Reisenden bekommen, und wir müssen dieses Zimmer für ihn haben. Sie können heute nacht bei uns unten schlafen; ja. Sie sollen auch dort ein eigenes Bett bekommen. Und noch bevor sie meine Antwort erhalten hatte, begann sie ohne weiteres meine Papiere auf dem Tisch zu sammeln und sie in Unordnung zu bringen.

Meine frohe Stimmung war wie weggeweht, ich wurde zornig und verzweifelt und stand sofort auf. Ich ließ sie auf dem Tisch zusammenräumen und sagte nichts; ich sprach kein Wort. Und sie gab mir alle Papiere in die Hand.

Ich konnte nichts anderes tun, ich mußte das Zimmer verlassen. Auch dieser kostbare Augenblick war nun verdorben! Schon auf der Treppe begegnete ich dem neuen Reisenden, einem jungen Mann mit großen blauen Ankerzeichnungen auf den Handrücken; ein Träger mit einer Schiffskiste auf der Schulter folgte ihm. Der Fremde war sicher ein Seemann, also nur ein zufälliger Reisender, für eine Nacht; er würde mein Zimmer kaum längere Zeit in Anspruch nehmen. Ich konnte ja vielleicht auch morgen, wenn der Mann abgereist war, wieder einen meiner glücklichen Augenblicke haben; es fehlten mir nur noch fünf Minuten der Inspiration, dann war mein Werk über den Brand fertig. Ich mußte mich also in das Schicksal ergeben.

Ich war noch nie in der Wohnung der Familie gewesen, dieser einzigen Stube, in der sich alle zusammen, Mann, Frau, der Vater der Frau und vier Kinder, Tag und Nacht aufhielten. Das Mädchen wohnte in der Küche, in der es auch schlief. Mit großem Widerwillen näherte ich mich der Türe und klopfte an; niemand antwortete, aber ich hörte drinnen sprechen.

Der Mann sagte kein Wort, als ich eintrat, erwiderte nicht einmal meinen Gruß; er sah mich nur gleichgültig an, als ob ich ihn nichts anginge. Er spielte übrigens Karten mit einem Menschen, den ich schon unten am Hafen gesehen hatte, einem Träger, der auf den Namen ›Glasscheibe‹ hörte. Ein Säugling plapperte im Bett mit sich selbst, und der alte Mann, der Vater der

Wirtin, saß zusammengekrochen auf einer Schlafbank und beugte den Kopf auf die Hände herab, als ob ihn Brust oder Magen schmerzte. Er hatte beinahe weißes Haar und sah in seiner zusammengekrümmten Stellung wie ein geducktes Tier aus, das dasaß und die Ohren spitzte.

Ich muß leider für heute nacht um Unterkunft hier bitten, sagte ich zu dem Mann.

Hat das meine Frau gesagt? fragte er.

Ja. Ein anderer bekam mein Zimmer.

Darauf antwortete der Mann nichts; er befaßte sich wieder mit seinen Karten.

So saß dieser Mann Tag für Tag und spielte Karten mit jedem, der zu ihm kam, spielte um nichts, nur um die Zeit zu vertreiben und um etwas in den Händen zu haben. Sonst tat er nichts, rührte sich nur gerade soviel, als seine faulen Glieder es zuließen, während die Frau die Treppen auf und nieder trabte, an allen Ecken und Enden zugegen war und sich bemühte, Fremde ins Haus zu bekommen. Sie hatte sich auch mit den Schauerleuten und Trägern in Verbindung gesetzt, denen sie für jeden Gast, den diese ihr brachten, ein gewisses Honorar bezahlte, und oft gewährte sie diesen Schauerleuten Unterkunft für die Nacht. Jetzt war es die ›Glasscheibe‹, die soeben den neuen Reisenden mitgebracht hatte.

Ein paar der Kinder kamen herein, zwei kleine Mädchen mit mageren, sommersprossigen Dirnengesichtern; sie hatten wahrhaft elende Kleider an. Bald darauf trat auch die Wirtin ein. Ich fragte sie, wo sie mich für die Nacht unterbringen wolle, und sie antwortete kurz, daß ich hier drinnen zusammen mit den anderen oder draußen im Vorzimmer auf der Sofabank liegen könne, ganz wie ich es selbst für gut fände. Sie ging in der Stube umher, während sie mir dies antwortete, und kramte mit verschiedenen Dingen, die sie in Ordnung brachte, und sah mich nicht einmal an.

Ich sank bei ihrer Antwort zusammen, blieb bei der Türe stehen und machte mich klein, tat sogar, als sei ich sehr zufrieden damit, mein Zimmer für eine Nacht mit einem anderen zu vertauschen: ich setzte mit Absicht eine freundliche Miene auf, um sie nicht zu reizen und um nicht womöglich ganz aus dem Haus gejagt zu werden. Ich sagte: Ach ja, es findet sich schon Rat! und schwieg.

Sie fuhr immer noch in der Stube umher.

Übrigens will ich Ihnen sagen, daß ich nicht reich genug bin, um Leute auf Kredit in Kost und Logis zu haben. Und das habe ich Ihnen auch schon früher gesagt.

Ja aber, liebe Frau, es handelt sich ja nur um diese paar Tage, bis mein Artikel fertig ist, antwortete ich, und dann will ich Ihnen gerne fünf Kronen obendrein geben, gerne.

Aber offenbar glaubte sie nicht an meinen Artikel, das konnte ich ihr ansehen. Und ich konnte nicht stolz tun und das Haus bloß um dieser kleinen Kränkung willen verlassen; ich wußte, was meiner wartete, wenn ich meines Weges ging.

Einige Tage verstrichen.

Ich war immer noch bei der Familie unten, da es in dem Vorzimmer, das keinen Ofen hatte, zu kalt war; auch nachts schlief ich auf dem Boden in der Stube. Der fremde Seemann wohnte noch immer in meinem Zimmer, und es hatte nicht den Anschein, als ob er so bald ausziehen würde. Zur Mittagsrast kam die Wirtin herein und erzählte, daß er einen ganzen Monat im voraus bezahlt hatte. Im übrigen sollte er das Steuermannsexamen machen, bevor er abreiste; deshalb hielte er sich in der Stadt auf. Ich stand da und hörte dies an und begriff, daß mir das Zimmer jetzt für immer verloren war.

Ich ging ins Vorzimmer und setzte mich; würde es mir glücken, etwas schreiben zu können, dann mußte es wohl hier sein, in der Stille. Meine Allegorie beschäftigte mich nicht mehr. Mir war eine neue Idee gekommen, ein ganz vortrefflicher Plan: ich wollte einen Einakter schreiben, ›Das Zeichen des Kreuzes‹, ein Thema aus dem Mittelalter. Besonders die Hauptperson hatte ich mir vollkommen ausgedacht, eine herrliche, fanatische Dirne, die im Tempel gesündigt hatte, nicht aus Schwachheit und nicht aus Begierde, sondern aus Haß gegen den Himmel, zu Füßen des Altars, das Altartuch unter ihrem Kopf, nur aus herrlicher Verachtung für den Himmel.

Je mehr die Zeit verging, desto stärker wurde ich von dieser Gestalt besessen. Zuletzt stand sie ganz lebendig und genauso, wie ich sie haben wollte, vor meinem Blick. Ihr Körper sollte fehlerhaft und abstoßend sein: hoch, sehr mager und etwas dunkel, und bei jedem Schritt, den sie machte, sollten ihre langen Beine durch die Röcke schimmern. Sie sollte auch große, abstehende Ohren haben. Kurz gesagt, sie sollte nicht schön, sondern nur gerade noch erträglich anzusehen sein. Was mich an ihr interessierte, war ihre wundervolle Schamlosigkeit, war die maßlose und überlegte Sünde, die sie begangen hatte. Sie beschäftigte mich wirklich allzu stark: mein Gehirn war gleichsam ausgebeult von dieser seltsamen Mißgestalt. Und zwei volle Stunden schrieb ich in einem Zug an meinem Drama.

Als ich eine Anzahl Seiten zustande gebracht hatte, vielleicht zwölf Seiten, mit großer Mühe oft, bisweilen mit langen Zwischenräumen, in denen ich umsonst schrieb und meine Bogen zerreißen mußte, war ich müde geworden, ganz steif vor Kälte und Müdigkeit, und ich stand auf und ging auf die Straße hinaus. Auch hatte mich in der letzten halben Stunde das Kindergeschrei im Zimmer der Familie gestört, und ich hätte auf keinen Fall jetzt noch mehr schreiben können. Ich machte deshalb einen langen Spaziergang den Drammensweg hinaus und blieb bis zum Abend fort, ständig darüber nachgrübelnd, wie ich mein Drama fortsetzen sollte. Ehe ich an diesem Tag nach Hause kam, widerfuhr mir folgendes:

Ich stand vor einem Schuhladen ganz unten in der Karl-Johan-Straße, fast beim Bahnhofsplatz. Gott weiß, warum ich gerade vor diesem Schuhladen stehengeblieben war! Ich sah durch das Fenster, dachte aber im übrigen gar nicht daran, daß ich eben jetzt Schuhe nötig hätte; meine Gedanken waren weit fort, in anderen Gegenden der Welt. Hinter meinem Rücken ging ein Schwarm plaudernder Menschen vorbei, und ich hörte nichts von dem, was gesagt wurde. Da grüßt eine Stimme laut:

Guten Abend!

Die › Jungfer‹ grüßte mich.

Guten Abend! antwortete ich abwesend. Ich sah die › Jungfer‹ eine kurze Weile an, bevor ich sie erkannte.

Nun, wie geht es? fragte er.

Ja, sehr gut . . . wie gewöhnlich!

Hören Sie, sagen Sie mir, meinte er, Sie sind also noch bei Christie?

Christie?

Mir schien, Sie sagten einmal, daß Sie Buchhalter beim Großhändler Christie seien?

Ach! Nein, das ist vorbei. Es war ganz unmöglich, mit diesem Mann zusammen zu arbeiten; das ging ziemlich bald von selbst auseinander.

Wieso das?

Ach, ich schrieb eines Tages etwas Falsches, und da . . .

Gefälscht?

Gefälscht? Da stand die ›Jungfer‹ und fragte geradezu, ob ich gefälscht hätte. Er fragte sogar rasch und interessiert. Ich sah ihn an, fühlte mich tief gekränkt und antwortete nicht.

Ja, ja, Herrgott, das kann dem Besten passieren! meinte er, um mich zu trösten. Er glaubte immer noch, daß ich gefälscht hatte.

Was kann, ja Herrgott, dem Besten passieren? fragte ich. Fälschen? Hören Sie, mein lieber Mann, glauben Sie denn wirklich, daß ich eine solche Niederträchtigkeit begangen haben könnte? Ich?

Aber Lieber, mir schien, Sie sagten ganz deutlich . . .

Ich warf den Kopf zurück, wandte mich von der ›Jungfer‹ ab und sah die Straße hinunter. Mein Blick fiel auf ein rotes Kleid, das sich uns näherte, es war eine Frau an der Seite eines Mannes. Hätte ich nun nicht gerade dieses Gespräch mit der ›Jungfer‹ geführt, wäre ich nicht von seinem groben Verdacht gekränkt worden, und hätte ich nicht eben den Kopf zurückgeworfen und mich beleidigt abgewandt, dann wäre dieses rote Kleid vielleicht an mir vorbeigegangen, ohne daß ich es bemerkt hätte. Und was ging es mich im Grunde an? Was ging es mich an, selbst wenn es das Kleid der Hofdame Nagel gewesen wäre?

Die ›Jungfer‹ sprach weiter und versuchte den Irrtum wieder gutzumachen; ich hörte ihm gar nicht zu, sondern starrte die ganze Zeit auf dieses rote Kleid, das sich uns die Straße herauf näherte. Und mir lief eine Erregung durch die Brust, ein gleitender, feiner Stich; ich flüsterte in Gedanken, flüsterte, ohne den Mund zu bewegen:

Ylajali!

Jetzt wandte sich auch die ›Jungfer‹ um, entdeckte die beiden, die Dame und den Herrn, grüßte sie mit den Augen. Ich grüßte nicht, oder vielleicht grüßte ich doch. Das rote Kleid glitt die Karl-Johan-Straße hinauf und verschwand.

Wer ging mit ihr? fragte die ›Jungfer‹.

Der ›Herzog‹, sahen Sie es nicht? Genannt der ›Herzog‹. Kannten Sie die Dame?

Ja, so ungefähr. Kannten Sie sie nicht?

Nein, antwortete ich.

Mir schien, Sie grüßten so tief?

Tat ich das?

He, vielleicht nicht? sagte die ›Jungfer‹. Das ist doch sonderbar! Sie sah die ganze Zeit auch nur Sie an.

Woher kennen Sie die Dame? fragte ich.

Er kannte sie eigentlich nicht. Das Ganze schrieb sich von einem Abend im Herbst her. Es war spät, sie waren drei muntere Burschen gewesen, kamen eben vom Grand, trafen dieses Menschenkind allein in der Nähe von Cammermeyer und hatten sie angesprochen. Zuerst hatte sie abweisend geantwortet; aber der eine dieser lustigen Kerle, ein Mann, der weder Feuer noch Wasser scheute, hatte sie direkt ins Gesicht hinein gefragt, ob er sie heimbegleiten dürfe. Er würde ihr bei Gott kein Haar auf ihrem Haupte krümmen, wie geschrieben steht, sie nur bis zur Türe begleiten, um sich davon zu überzeugen, daß sie sicher heimkäme, er hätte sonst die ganze Nacht keine Ruhe. Er sprach unaufhörlich, während sie weitergingen, brachte ein Ding nach dem anderen vor, nannte sich Waldemar Atterdag und gab sich für einen Photographen aus. Schließlich hatte sie über diesen lustigen Burschen, der sich durch ihre Kälte nicht hatte verblüffen lassen, lachen müssen, und es endete damit, daß er sie begleitete.

Nun ja, was war dann weiter? fragte ich und hielt den Atem an.

Was weiter? Ach, kommen Sie nicht damit! Sie ist eine Dame.

Einen Augenblick schwiegen wir beide, sowohl die ›Jungfer‹ als auch ich.

Nein, Teufel, war das der ›Herzog‹? Sieht er so aus? sagte er darauf gedankenvoll. Aber wenn sie mit diesem Mann zusammen ist, dann möchte ich nicht für sie einstehen.

Ich schwieg immer noch. Ja, natürlich würde der ›Herzog‹ mit ihr abziehen! Schön und gut! Was ging mich das an? Ich wünschte ihr mitsamt ihren Reizen alles Gute, alles Gute wünschte ich ihr! Und ich versuchte, mich selbst zu trösten, indem ich das Schlechteste von ihr dachte, mir gleichsam eine Freude daraus machte, sie richtig in den Schmutz zu ziehen. Es ärgerte mich nur, daß ich vor diesem Paar den Hut abgenommen hatte, falls ich es wirklich getan hatte. Warum sollte ich vor solchen Menschen den Hut abnehmen? Ich riß mich nicht mehr um sie, durchaus nicht; sie war auch nicht mehr im geringsten schön, sie hatte verloren, pfui Teufel, wie sie verblüht war! Es konnte ja gerne sein, daß sie bloß mich angesehen hatte; das wunderte mich nicht, vielleicht begann die Reue in ihr lebendig zu werden. Aber deshalb brauchte ich ihr nicht zu Füßen zu fallen und wie ein Narr zu grüßen, besonders wenn sie in der letzten Zeit so bedenklich gewelkt war. Der ›Herzog‹ konnte sie gerne behalten, wohl bekomm's! Es könnte der Tag kommen, da es mir einfiele, stolz an ihr vorbeizugehen, ohne nach jener Seite zu sehen, auf der sie sich befand. Es konnte geschehen, daß ich mir dies erlaubte, selbst wenn sie mich steif ansah und obendrein ein blutrotes Kleid trug. Das konnte sehr wohl geschehen! Hehe, würde das ein Triumph werden! Wenn ich mich recht kannte, so war ich imstande, mein Drama im Laufe der Nacht fertig zu bekommen, und innerhalb acht Tagen würde ich dann das Fräulein in die Knie gezwungen haben. Mitsamt ihren Reizen, hehe, mitsamt allen ihren Reizen . . .

Leben Sie wohl! sagte ich kurz.

Doch die ›Jungfer‹ hielt mich zurück. Er fragte:

Aber was treiben Sie nun den Tag über?

Treiben? Ich schreibe natürlich. Was sollte ich sonst treiben? Davon lebe ich ja. Augenblicklich arbeite ich an einem großen Drama, ›Das Zeichen des Kreuzes‹, Thema aus dem Mittelalter.

Tod und Teufel! sagte die ›Jungfer‹ aufrichtig. Ja, wenn Ihnen das gelingt, dann . . .

Darüber mache ich mir keine großen Sorgen! antwortete ich. Ich denke, in ungefähr acht Tagen werden Sie von mir hören.

Damit ging ich.

Als ich nach Hause kam, wandte ich mich sofort an meine Wirtin und bat um eine Lampe. Es war mir sehr um diese Lampe zu tun: ich wollte heute nacht nicht zu Bett gehen, mein Drama tobte in meinem Kopf, und ich hoffte ganz bestimmt, bis zum Morgen ein gutes Stück weiterschreiben zu können. Sehr demütig brachte ich mein Anliegen bei der Madam vor, da ich bemerkte, daß sie eine unzufriedene Grimasse machte, weil ich wieder in die Stube kam. Ich hätte also ein außergewöhnliches Drama beinahe fertig, sagte ich; mir fehlten nur ein paar Szenen, und ich wettete, daß es an irgendeinem Theater aufgeführt werden würde, noch bevor ich es selbst wüßte. Wenn sie mir nun diesen großen Dienst erweisen wollte, dann . . .

Aber die Madam hatte keine Lampe. Sie dachte nach, konnte

sich aber gar nicht entsinnen, daß sie irgendwo eine Lampe hätte. Wenn ich bis nach zwölf Uhr warten würde, dann könnte ich vielleicht die Küchenlampe haben. Warum ich mir keine Kerze kaufe?

Ich schwieg. Ich hatte keine zehn Öre für eine Kerze, und das wußte sie wohl. Natürlich mußte ich wieder stranden! Jetzt saß das Mädchen bei uns hier unten, sie saß einfach in der Stube und war gar nicht in der Küche; die Lampe da droben war also nicht einmal angezündet. Und ich stand da und dachte darüber nach, erwiderte aber nichts mehr.

Plötzlich sagt das Mädchen zu mir:

Mir schien, Sie wären vor kurzem aus dem Schloß gekommen? Waren Sie dort zum Mittagessen? Und sie lachte laut über diesen Scherz.

Ich setzte mich nieder, zog meine Papiere hervor und wollte versuchen, einstweilen hier, wo ich saß, etwas zu arbeiten. Ich hielt die Papiere auf meinen Knien und starrte unablässig auf den Boden, um durch nichts zerstreut zu werden; aber es nützte mir nichts, nützte nichts, ich kam nicht vom Fleck. Die beiden kleinen Mädchen der Wirtin kamen herein und spielten lärmend mit einer Katze, einer seltsam kranken Katze, die beinahe keine Haare mehr hatte. Wenn sie ihr in die Augen bliesen, floß Wasser heraus und über die Nase herunter. Der Wirt und ein paar andere Personen saßen am Tisch und spielten Hundertundeins. Die Frau allein war fleißig wie immer und nähte. Sie sah sehr wohl, daß ich mitten in diesem Durcheinander nicht schreiben konnte, aber sie kümmerte sich nicht mehr um mich; als mich das Dienstmädchen fragte, ob ich beim Mittagessen gewesen wäre, lächelte sie sogar. Das ganze Haus war feindlich gegen mich geworden; es war, als hätte es nur der Schmach bedurft, mein Zimmer einem anderen abtreten zu müssen, um ganz wie ein Unbefugter behandelt zu werden. Sogar dieses Dienstmädchen, eine kleine braunäugige Straßendirne, mit Stirnhaaren und vollkommen flacher Brust, hielt mich am Abend, wenn ich meine Butterbrote bekam, zum Narren. Sie fragte fortwährend, wo ich mein Mittagessen einzunehmen pflegte, da sie mich noch niemals ins Grand habe gehen sehen. Es war klar, daß sie um meinen elenden Zustand wußte, und sie machte sich ein Vergnügen daraus, mir das zu zeigen.

Dies alles fällt mir plötzlich ein, und ich bin nicht imstande, eine einzige Replik zu meinem Drama zu finden. Ich versuche es immer wieder vergebens; es beginnt sonderbar in meinem Kopf zu summen, und zuletzt ergebe ich mich darein. Ich stecke die Papiere in die Tasche und blicke auf. Das Mädchen sitzt gerade vor mir, und ich sehe es an, sehe diesen schmalen Rücken und ein Paar niedrige Schultern, die noch nicht einmal ganz ausgewachsen waren. Wozu griff sie mich an? Und wenn ich aus dem Schloß gekommen wäre, was dann? Würde ihr das etwas schaden? In den letzten Tagen hatte sie mich frech ausgelacht, wenn ich ungeschickt war, auf der Treppe stolperte oder mir an einem Nagel ein Loch in meinen Rock riß. Erst gestern hatte sie mein Konzept aufgehoben, das ich im Vorzimmer weggeworfen hatte, diese abgetanen Bruchstücke meines Dramas gestohlen und sie in der Stube vorgelesen, hatte in Anwesenheit aller ihren Unfug damit getrieben, nur um sich über mich lustig zu machen. Niemals hatte ich sie gekränkt, und ich konnte mich nicht erinnern, daß ich sie je um einen Dienst gebeten hatte. Im Gegenteil, am Abend machte ich mir mein Bett selbst auf dem Stubenboden zurecht, um ihr keine Schererei damit zu bereiten. Sie verspottete mich auch, weil mir die Haare ausgingen. Am Morgen schwammen im Waschwasser die Haare, und darüber machte sie sich lustig. Meine Schuhe waren jetzt ziemlich schlecht geworden, besonders der eine, der vom Brotwagen überfahren worden war, und sie trieb auch damit ihren Spaß. Gott segne Sie und Ihre Schuhe! sagte sie; sehen Sie sie an, sie sind so groß wie eine Hundehütte! Und sie hatte recht, meine Schuhe waren ausgetreten; aber ich konnte mir doch gerade in diesem Augenblick keine neuen anschaffen.

Während ich an dies alles denke und mich über die offensichtliche Bosheit der Magd wundere, hatten die kleinen Mädchen begonnen, den Greis im Bett dort zu necken: sie hüpften beide um ihn herum und waren mit dieser Arbeit ganz beschäftigt. Jedes von ihnen hatte sich einen Strohhalm gesucht und stach ihm damit in die Ohren. Eine Weile sah ich das mit an und mischte mich nicht hinein. Der Alte rührte keinen Finger zu seiner Verteidigung; er sah nur mit wütenden Blicken auf seine Plagegeister, so oft sie nach ihm stachen, und schüttelte den Kopf, um sich zu befreien, wenn ihm die Halme bereits im Ohr staken.

Bei diesem Anblick wurde ich immer erregter und konnte meine Augen nicht davon losbringen. Der Vater sah von den Karten auf und lachte über die Kleinen; er machte auch seine

Mitspieler auf den Vorgang aufmerksam. Warum rührte er sich nicht, der Alte? Warum schleuderte er die Kinder nicht mit den Armen weg? Ich machte einen Schritt und näherte mich dem Bett.

Lassen Sie doch! Lassen Sie doch! Er ist lahm, rief der Wirt. Und aus Furcht, nun bei Anbruch der Nacht vor die Türe gewiesen zu werden, einfach ängstlich, das Mißfallen des Mannes zu erregen, falls ich in diesen Auftritt eingriffe, trat ich stillschweigend an meinen alten Platz zurück und verhielt mich ruhig. Warum sollte ich mein Logis und meine Butterbrote dadurch aufs Spiel setzen, daß ich meine Nase in die Angelegenheiten der Familie steckte? Keine Dummheiten wegen eines halbtoten Greises! Und ich stand da und fühlte mich so herrlich hart wie ein Stein.

Die kleinen Dirnen hörten mit ihren Plagereien nicht auf. Es ärgerte sie, daß der Greis den Kopf nicht stillhalten wollte, und sie stachen nun auch nach seinen Augen und Nasenlöchern. Mit haßerfülltem Blick starrte er sie an, er sagte nichts und konnte die Arme nicht rühren. Plötzlich hob er seinen Oberkörper auf und spuckte dem einen der kleinen Mädchen ins Gesicht; er hob sich noch einmal empor und spuckte auch nach dem anderen, traf es aber nicht. Ich sah, wie der Wirt die Karten hinwarf und zum Bett sprang. Er war rot im Gesicht und rief:

Was, du spuckst den Kindern in die Augen, du altes Schwein!

Aber Herrgott, sie ließen ihm ja keinen Frieden! rief ich außer mir. Doch ich hatte dabei die ganze Zeit Angst, hinausgeworfen zu werden, und rief durchaus nicht besonders laut, ich bebte nur vor Erregung am ganzen Leibe.

Der Wirt wandte sich nach mir um.

Nein, hört den an! Was, zum Teufel, kümmert Sie das? Halten Sie nur die Schnauze, ja, Sie, und tun Sie, was ich sage; das wird für Sie das beste sein.

Aber nun ertönt auch die Stimme von Madam, und das ganze Haus war von Scheltworten erfüllt.

Ich denke, Gott helfe mir, ihr seid alle miteinander verrückt und besessen! schrie sie. Wenn ihr hier drinnen bleiben wollt, dann müßt ihr alle beide ruhig sein, sage ich euch! He, nicht genug damit, daß man dem Gesindel Kost und Logis gibt, nein, auch noch Radau und Teufelszeug und Jüngsten Tag muß man hier im Zimmer haben. Aber das soll jetzt aufhören, denke ich!

Scht! Haltet eure Mäuler, Kinder, und putzt euch die Nasen, sonst besorg ich's! Solche Leute habe ich doch auch noch nicht gesehen! Kommen von der Straße herein, ohne einen Ör für Lausesalbe, und fangen an, mitten in der Nacht Lärm zu schlagen und den Leuten des Hauses Krach zu machen. Davon will ich nichts wissen, versteht ihr mich, und ihr könnt euch alle miteinander packen, die ihr nicht hergehört. In meiner eigenen Wohnung will ich Frieden haben, daß ihr's wißt!

Ich sagte nichts, machte den Mund gar nicht auf, sondern setzte mich wieder an die Türe und hörte dem Lärm zu. Alle schrien mit, sogar die Kinder und das Dienstmädchen wollten erklären, wie der ganze Streit angefangen hatte. Wenn ich mich nur stumm verhielte, so würde es wohl noch einmal vorübergehen; es würde ganz gewiß nicht zum Äußersten kommen, wenn ich nur kein Wort sagte. Und was könnte ich auch zu sagen haben? War es vielleicht nicht Winter draußen und ging es nicht noch außerdem auf die Nacht zu? War das die Zeit, auf den Tisch zu schlagen und aufzubegehren? Nur keine Narrenstreiche! Und ich saß still und verließ das Haus nicht, obwohl ich beinahe ausgewiesen worden war. Verstockt starrte ich an die Wand, an der Christus in Öldruck hing, und schwieg hartnäckig auf alle Ausfälle der Wirtin.

Ja, wenn Sie mich loswerden wollen, Madam, dann soll, was mich betrifft, nichts im Wege sein, sagte der eine der Kartenspieler.

Er erhob sich. Auch der andere Kartenspieler stand auf.

Nein, dich meinte ich nicht. Und auch dich nicht, antwortete die Wirtin den beiden. Ich werde schon sagen, wen ich meine, wenn es darauf ankommt. Wenn es darauf ankommt. Denke ich! Es wird sich zeigen, wer es ist...

Sie sprach abgerissen, versetzte mir diese Hiebe mit kleinen Zwischenräumen und zog sie richtig in die Länge, um es mir deutlicher zu machen, daß sie mich meinte. Ruhe! sagte ich zu mir selbst. Nur Ruhe! Sie hat mich noch nicht aufgefordert zu gehen, nicht ausdrücklich, nicht mit offenen Worten. Nur keinen Hochmut auf meiner Seite, keinen Stolz zur Unzeit! Die Ohren steif!... Es war doch ein eigentümlich grünes Haar, das der Christus auf dem Öldruck da hatte. Es war grünem Gras gar nicht so unähnlich, oder mit ausgesuchter Genauigkeit ausgedrückt: dickem Wiesengras. He, eine durchaus richtige Bemerkung meinerseits, ganz dickem Wiesengras... Eine Reihe flüchtiger Ideenverbindungen liefen mir in diesem Augenblick durch den Kopf: von dem grünen Gras bis zu der Stelle in der Schrift, daß jedes Leben wie Gras sei, das angezündet würde – von dort zum Jüngsten Tag, da alles verbrennen werde, dann mit einem kleinen Abstecher zum Erdbeben in Lissabon, worauf mir irgend etwas wie ein spanischer Spucknapf aus Messing und ein Federhalter aus Ebenholz vorschwebte, den ich bei Ylajali gesehen hatte. Ach ja, alles war vergänglich! Ganz wie Gras, das angezündet wurde! Es lief auf vier Bretter hinaus und auf Leichenwäsche – bei Jungfer Andersen, rechts im Torweg ...

Und dies alles wurde in meinem Kopf umhergeworfen, in diesem verzweifelten Augenblick, als meine Wirtin im Begriff war, mich vor die Tür zu jagen.

Er hört nicht! rief sie. Ich sage, Sie sollen das Haus verlassen, nun wissen Sie es! Ich glaube, Gott verdamm mich, der Mann ist verrückt. Nun machen Sie aber, daß Sie fortkommen, und zwar auf der Stelle!

Ich sah zur Türe, nicht um zu gehen, durchaus nicht, um zu gehen; ein frecher Gedanke fiel mir ein: Wäre ein Schlüssel in der Tür gewesen, dann hätte ich ihn umgedreht, hätte mich mit den anderen zusammen eingesperrt, um nicht gehen zu müssen. Ich hatte ein ganz hysterisches Grauen davor, wieder auf der Straße zu stehen. Aber es war kein Schlüssel in der Türe, und ich stand auf; es gab keine Hoffnung mehr.

Da mischt sich plötzlich die Stimme meines Wirtes in die der Frau. Erstaunt bleibe ich stehen. Der gleiche Mann, der mich eben noch bedroht hatte, nimmt, merkwürdig genug, meine Partei. Er sagt:

Du darfst die Leute doch nicht in die Nacht hinausjagen, das weißt du. Darauf steht Strafe.

Ich war nicht sicher, ob Strafe darauf stand, ich glaubte es nicht, aber vielleicht war es so; die Frau besann sich bald, wurde ruhig und sprach mich nicht mehr an. Sie legte mir sogar zum Abendessen zwei Butterbrote hin, aber ich nahm sie nicht an, aus reiner Dankbarkeit gegen den Mann nahm ich sie nicht an, indem ich vorgab, in der Stadt gegessen zu haben.

Als ich mich endlich in das Vorzimmer begab und zu Bett gehen wollte, kam mir die Madam nach, blieb auf der Schwelle stehen und sagte laut, während ihr großer, schwangerer Bauch mir entgegenstrotzte:

Dies aber ist die letzte Nacht, die Sie hier schlafen, daß Sie es wissen.

Ja, ja! antwortete ich.

Morgen würde ich schon Rat für ein Obdach finden, wenn ich mich richtig danach umtat. Irgendein Unterschlupf mußte sich doch finden. Vorläufig freute ich mich darüber, daß ich nicht heute nacht fortzugehen brauchte.

Ich schlief bis gegen fünf, sechs Uhr morgens. Als ich erwachte, war es noch nicht hell, ich stand aber trotzdem sofort auf; – ich hatte wegen der Kälte in allen Kleidern geschlafen und brauchte nichts weiter anzuziehen. Nachdem ich ein wenig Wasser getrunken und in aller Stille die Türe geöffnet hatte, ging ich schnell hinaus, da ich fürchtete, meine Wirtin noch einmal zu treffen.

Der einzige lebende Mensch, den ich in den Straßen sah, war irgendein Schutzmann, der in der Nacht Dienst gehabt hatte; bald darauf begannen auch ein paar Männer die Gaslaternen auszulöschen. Ich trieb mich ohne Ziel herum, kam in die Kirchstraße und nahm den Weg zur Festung hinunter. Kalt und noch schläfrig, in den Knien und im Rücken müde von dem langen Weg und sehr hungrig, setzte ich mich auf eine Bank und duselte lange Zeit. Drei Wochen lang hatte ich ausschließlich von den Butterbroten gelebt, die mir meine Wirtin morgens und abends gegeben hatte; und nun waren genau vierundzwanzig Stunden seit meiner letzten Mahlzeit vergangen, es fing wieder schlimm in mir zu nagen an, und ich mußte möglichst bald einen Ausweg finden. Mit diesen Gedanken schlief ich auf der Bank wieder ein . . .

In meiner Nähe wurde gesprochen, und ich erwachte dadurch. Als ich mich ein wenig aufgerappelt hatte, sah ich, daß es heller Tag und alles schon auf den Beinen war. Ich erhob mich und ging fort. Die Sonne brach über den Höhen hervor, der Himmel war weiß und fein, und in meiner Freude über den schönen Morgen nach den vielen dunklen Wochen vergaß ich alle Sorgen und fand, daß es mir schon manches Mal noch schlimmer ergangen sei. Ich klopfte mir auf die Brust und sang eine kleine Melodie vor mich hin. Meine Stimme klang so schlecht, so mitgenommen, ich wurde durch sie zu Tränen gerührt. Auch dieser prachtvolle Tag, der weiße, lichttrunkene

Himmel wirkten stark auf mich ein, und ich war nahe daran, laut zu weinen.

Was fehlt Ihnen? fragte ein Mann.

Ich antwortete nicht, eilte nur fort, mein Gesicht vor allen Menschen verbergend.

Ich kam zu den Hafenspeichern hinunter. Eine große Barke mit russischer Flagge lag da und löschte Kohlen; auf der Seite las ich ihren Namen ›Copégoro‹. Eine Zeitlang zerstreute es mich, zu beobachten, was an Bord dieses fremden Schiffes vorging. Es mußte beinahe fertig gelöscht haben, die Wasserlinie ragte schon neun Fuß hoch heraus, trotz des Ballastes, den es wohl führte, und wenn die Kohlenträger mit ihren schweren Stiefeln über das Deck hinstampften, dröhnte es hohl im ganzen Schiff.

Die Sonne, das Licht, der salzige Hauch vom Meer, das ganze geschäftige und lustige Treiben richtete mich auf und ließ mein Blut wieder lebhafter klopfen. Plötzlich fiel mir ein, daß ich vielleicht ein paar Szenen meines Dramas fertigstellen könnte, während ich hier saß. Und ich zog die Blätter aus der Tasche.

Ich versuchte die Replik eines Mönches zu formen, eine Replik, die von Kraft und Intoleranz strotzen sollte; aber es glückte mir nicht. Ich übersprang den Mönch und wollte eine Rede ausarbeiten, die Rede des Richters an die Tempelschänderin, und ich schrieb eine halbe Seite dieser Rede, dann hielt ich an. Es wollte nicht der richtige Geist über meine Worte kommen. Die Geschäftigkeit um mich her, die Aufgesänge, der Lärm der Gangspille und das ununterbrochene Rasseln der Eisenketten paßten so gar nicht in die Luft des dumpfen, moderigen Mittelalters, die wie ein Nebel über meinem Drama liegen sollte. Ich packte die Papiere zusammen und stand auf.

Aber trotzdem war ich herrlich ins Gleiten gekommen und fühlte klar, daß ich etwas ausrichten würde, wenn jetzt alles gut ginge. Wenn ich nur einen Platz wüßte, an dem ich mich aufhalten könnte! Ich dachte nach, blieb mitten auf der Straße stehen und dachte nach, wußte aber keinen einzigen stillen Ort in der ganzen Stadt, wohin ich mich für eine Weile hätte zurückziehen können. Es blieb kein anderer Ausweg, ich mußte in das Logishaus in ›Vaterland‹ zurück. Ich krümmte mich bei diesem Gedanken und sagte mir die ganze Zeit, daß das nicht anginge, aber ich glitt doch vorwärts und näherte mich beständig dem verbotenen Ort. Gewiß war es jämmerlich, das gab ich mir selbst zu, ja es war schmählich, richtig schmählich; aber da half nichts. Ich war nicht im geringsten hochmütig, ich durfte ruhig sagen, daß ich einer der am wenigsten hochmütigen Menschen war, die es heutzutage gab. Und ich ging.

An der Türe blieb ich stehen und überlegte noch einmal. Doch, gehe es wie es wolle, ich mußte es wagen! Um welche Bagatelle drehte es sich doch eigentlich? Erstens sollte es ja nur einige Stunden dauern, zweitens mochte Gott verhüten, daß ich später jemals wieder meine Zuflucht zu diesem Hause nahm. Ich ging in den Hof. Noch während ich über diese holperigen Steine im Hofplatz schritt, war ich wieder unentschlossen und hätte beinahe an der Türe kehrt gemacht. Ich biß die Zähne zusammen. Nein, nur keinen falschen Stolz! Schlimmstenfalls konnte ich mich damit entschuldigen, daß ich gekommen war, um Lebewohl zu sagen, um ordentlich Abschied zu nehmen und eine Verabredung wegen meiner kleinen Schuld zu treffen. Ich öffnete die Türe zum Vorzimmer.

Drinnen blieb ich wie angenagelt stehen. Gleich vor mir, nur im Abstand von zwei Schritten, war der Wirt selbst, ohne Hut und ohne Rock, und schaute durch das Schlüsselloch in das Zimmer der Familie. Er bedeutete mir mit einer stummen Bewegung der Hand, mich still zu verhalten, und schaute wieder durch das Schlüsselloch. Er stand da und lachte.

Kommen Sie her! sagte er flüsternd.

Ich näherte mich auf den Zehen.

Sehen Sie nur! sagte er und lachte mit einem leisen und heftigen Lachen. Schauen Sie hinein! Hihi! da liegen sie! Sehen Sie den Alten an! Können Sie den Alten sehen?

Im Bett, gerade unter dem Christus in Öldruck und mir gegenüber, sah ich zwei Gestalten, die Wirtin und den fremden Steuermann; ihre Beine schimmerten weiß gegen das dunkle Federbett. Und im Bette an der anderen Wand saß ihr Vater, der lahme Greis, und sah über seine Hände gebeugt zu, wie gewöhnlich zusammengekrochen, ohne sich rühren zu können ...

Ich drehte mich zu meinem Wirt um. Es kostete ihn die größte Mühe, nicht laut loszulachen. Er hielt sich die Nase zu.

Sahen Sie den Alten? flüsterte er. Mein Gott, sahen Sie den Alten? Da sitzt er und sieht zu! Und wieder neigte er sich zum Schlüsselloch hinunter.

Ich ging ans Fenster und setzte mich nieder. Dieser Anblick

hatte unbarmherzig alle meine Gedanken in Unordnung gebracht und meine reiche Stimmung ganz verschüttet. Nun, was ging es mich an? Wenn sich der Mann selbst darein fand, ja sogar sein großes Vergnügen daran hatte, so war für mich kein Grund vorhanden, es mir nahegehen zu lassen. Und was den Greis betraf, so war der Greis eben ein Greis. Er sah es vielleicht nicht einmal; vielleicht saß er da und schlief. Gott weiß, ob er nicht sogar tot war. Es würde mich nicht wundern, wenn er dasäße und tot wäre, und ich machte mir kein Gewissen daraus.

Wieder nahm ich meine Papiere hervor und wollte alle nicht hierher gehörenden Gedanken zurückdrängen. Ich war mitten in einem Satz der Rede des Richters stehengeblieben: So befiehlt mir denn Gott und das Gesetz, so befiehlt mir denn der Rat der weisen Männer, befiehlt mir mein eigenes Gewissen ... Ich sah zum Fenster hinaus, um nachzudenken, was ihm sein eigenes Gewissen befehlen sollte. Aus dem Zimmer drang schwacher Lärm. Nun, das ging mich nichts an, gar nichts. Der Greis war außerdem tot, starb morgen vielleicht gegen vier Uhr. Es war mir also herzlich gleichgültig, was der Lärm bedeutete; warum zum Teufel saß ich da und machte mir darüber Gedanken? Ruhig jetzt!

So befiehlt mir denn mein eigenes Gewissen ...

Aber alles hatte sich gegen mich verschworen. Der Mann stand durchaus nicht ganz ruhig an seinem Schlüsselloch, hie und da hörte ich sein unterdrücktes Lachen und sah, wie er sich schüttelte; auch auf der Straße ging manches vor, das mich zerstreute. Ein kleiner Junge saß auf dem anderen Gehsteig in der Sonne und bastelte für sich allein; er war ganz ahnungslos, knüpfte nur einige Papierstreifen zusammen und machte niemand Verdruß. Plötzlich springt er auf und flucht. Er geht nach rückwärts auf die Straße hinaus und erblickt einen Mann, einen erwachsenen Mann mit rotem Bart, der sich aus einem offenen Fenster im ersten Stock herauslehnt – und ihm auf den Kopf gespuckt hat. Der Kleine heulte vor Zorn und fluchte ohnmächtig zum Fenster hinauf, und der Mann lachte ihm ins Gesicht; so vergingen vielleicht fünf Minuten. Ich wandte mich ab, um das Weinen des Knaben nicht zu sehen.

So befiehlt mir denn mein eigenes Gewissen, daß ...

Es war mir unmöglich, weiter zu kommen. Zuletzt begann es vor mir zu flimmern; ich fand, daß alles, was ich bereits geschrieben hatte, unbrauchbar, ja, daß das Ganze ein fürchterlicher Unsinn war. Man konnte gar nicht vom Gewissen im Mittelalter sprechen, das Gewissen wurde erst von dem Tanzlehrer Shakespeare erfunden, folglich war meine ganze Rede unrichtig. Stand dann also gar nichts Gutes in diesen Blättern? Ich durchlief sie rasch von neuem und löste sofort meine Zweifel; ich fand großartige Stellen, ganz lange Stücke von großer Merkwürdigkeit. Und nochmals jagte der berauschende Drang durch meine Brust, wieder anzupacken und das Drama zu Ende zu bringen.

Ich erhob mich und ging zur Türe, ohne auf die wütenden Zeichen des Wirtes zu achten. Bestimmt und festen Sinnes ging ich aus dem Vorraum, stieg die Treppe zum ersten Stock hinauf und trat in mein altes Zimmer. Der Steuermann war ja nicht da, und was also hinderte mich, einen Augenblick hier zu sitzen? Ich würde nichts von seinen Sachen berühren, ich würde nicht einmal seinen Tisch benutzen, sondern mich auf einem Stuhl an der Türe niederlassen und damit zufrieden sein. Heftig falte ich die Papiere auf meinen Knien auseinander.

Jetzt ging es einige Minuten lang ganz ausgezeichnet. Replik auf Replik entstand vollkommen fertig in meinem Kopf, und ich schrieb ununterbrochen. Eine Seite nach der anderen füllte sich. Ich setze über Stock und Stein, winsle leise vor Entzücken über meine gute Stimmung und weiß beinahe nichts von mir selbst. Der einzige Laut, den ich in diesen Minuten höre, ist mein eigenes frohes Gewinsel. Auch eine besonders glückliche Idee mit einer Kirchenglocke, die an einem bestimmten Punkt im Drama mit ihrem Geläut einfallen sollte, kam mir in den Kopf. Alles ging überwältigend.

Da höre ich Schritte auf der Treppe. Ich bebe und bin beinahe außer mir, sitze sozusagen auf dem Sprung, scheu wachsam, voller Angst vor allem und vom Hunger erregt; ich lausche nervös, halte den Bleistift still in der Hand und lausche, ich kann kein Wort mehr schreiben. Die Türe geht auf; das Paar aus der Stube unten tritt ein.

Noch bevor ich Zeit finde, um Entschuldigung zu bitten, ruft die Wirtin wie aus allen Wolken gefallen: Nein, Gott tröste und helfe uns, nun sitzt er doch wieder hier!

Entschuldigen Sie! sagte ich und wollte mehr sagen, kam aber nicht weiter.

Die Wirtin öffnete die Türe weit und schrie:

Wenn Sie sich jetzt nicht fortscheren, dann hole ich, Gott verdamm mich, die Polizei.

Ich erhob mich.

Ich wollte Ihnen nur Lebewohl sagen, murmelte ich, und deshalb mußte ich auf Sie warten. Ich habe nichts berührt, ich saß hier auf dem Stuhl ...

Ja, das macht ja nichts, sagte der Steuermann. Was zum Teufel schadet das? Lassen Sie doch den Mann!

Als ich die Treppe hinuntergekommen war, wurde ich mit einemmal rasend gegen dieses dicke aufgeschwollene Weib, das mir auf den Fersen folgte, um mich so rasch wie möglich fortzubringen, und ich stand einen Augenblick still, den Mund voll der wüstesten Schimpfnamen, bereit, sie ihr entgegenzuschleudern. Aber ich bedachte mich zur rechten Zeit und schwieg, schwieg aus Dankbarkeit gegen den fremden Mann, der hinter ihr ging und es hören konnte. Die Wirtin folgte mir beständig und schalt unaufhörlich, während mein Zorn gleichzeitig mit jedem Schritt, den ich machte, zunahm.

Wir kamen in den Hof hinunter, ich ging ganz langsam, noch überlegen, ob ich mich mit der Wirtin abgeben sollte. In diesem Augenblick war ich von Wut ganz verstört, und ich dachte an das schlimmste Blutvergießen, an einen Stoß, der sie auf der Stelle tot hinwerfen würde, einen Tritt vor den Bauch. Ein Dienstmann geht an mir vorbei ins Tor, er grüßt, und ich antworte nicht. Er wendet sich an die Madam hinter mir, und ich höre, daß er nach mir fragt; aber ich drehe mich nicht um.

Ein paar Schritte außerhalb des Tores holt mich der Dienstmann ein, grüßt wieder und hält mich an. Er gibt mir einen Brief. Heftig und unwillig reiße ich ihn auf, aus dem Umschlag fällt ein Zehnkronenschein, aber kein Brief, nicht ein Wort.

Ich sehe den Mann an und frage: Was sind das für Narrenstreiche? Von wem ist der Brief?

Ja, das weiß ich nicht, antwortete er, eine Dame hat ihn mir gegeben.

Ich stand still. Der Dienstmann ging. Da stecke ich den Schein wieder in den Umschlag, knülle das Ganze fest zusammen, kehre um und gehe zur Wirtin, die mir vom Tor aus immer noch nachschaut, und werfe ihr den Schein ins Gesicht. Ich sagte nichts, äußerte keine Silbe, ich beobachtete nur, ehe ich ging, daß sie das verknüllte Papier untersuchte ...

He, das konnte man ein Auftreten nennen! Nichts sagen, das
Pack nicht anreden, sondern einen großen Geldschein ganz
ruhig zusammenknüllen und ihn seinen Verfolgern vor die
Füße werfen. Das konnte man ein würdiges Auftreten nennen!
So mußte man sie behandeln, diese Tiere! . . .

Als ich bis an die Ecke der Tomtestraße und des Bahnhof-
platzes gekommen war, begann die Straße plötzlich sich vor
meinen Augen rundherum zu drehen, es sauste leer in meinem
Kopf, und ich fiel an eine Hauswand. Ich konnte einfach nicht
mehr weitergehen, konnte mich nicht einmal aus meiner schie-
fen Stellung aufrichten; ich blieb so stehen, wie ich an die Wand
gefallen war, und fühlte, daß ich die Besinnung verlor. Mein
wahnsinniger Zorn wurde durch diesen Anfall der Erschöpfung
nur vermehrt, und ich hob den Fuß und stampfte auf das
Pflaster. Ich versuchte noch alles Mögliche, um zu Kräften zu
kommen, biß die Zähne zusammen, runzelte die Stirn, rollte
verzweifelt die Augen, und schließlich begann es zu helfen.
Meine Gedanken wurden klar, ich verstand, daß ich im Begriff
war, mich aufzulösen. Ich hielt die Hände vor und stieß mich
von der Mauer ab; die Straße tanzte immer noch um mich.
Vor Wut begann ich zu schluchzen, und ich stritt aus innerster
Seele mit meiner Schwäche, hielt tapfer stand, um nicht um-
zufallen; ich wollte nicht zusammensinken, ich wollte stehend
sterben. Ein Lastkarren rollt langsam vorbei, und ich sehe, daß
Kartoffeln auf dem Karren liegen, aber aus Wut, aus Halsstarrigkeit, behaupte ich, daß es durchaus nicht Kartoffeln seien,
sondern Kohlköpfe, und ich schwor grausam darauf, daß es
Kohlköpfe wären. Ich hörte gut, was ich sagte, und bewußt
beschwor ich immer wieder diese Lüge, nur um die angenehme
Befriedigung zu haben, daß ich einen groben Meineid begehe.
Ich berauschte mich an dieser beispiellosen Sünde, ich streckte
meine drei Finger in die Luft und schwor mit zitternden Lippen
im Namen des Vaters, des Sohnes und des Heiligen Geistes, daß
es Kohlköpfe seien.

Die Zeit verging. Ich ließ mich auf eine Stufe niederfallen
und trocknete mir den Schweiß von Hals und Stirn, sog die
Luft ein und zwang mich, ruhig zu sein. Die Sonne glitt nieder,
es ging auf den Abend zu. Wieder begann ich über meine Lage
nachzugrübeln; der Hunger wurde schamlos, und in einigen
Stunden würde es wiederum Nacht sein. Es galt Rat zu schaffen, solange noch Zeit war. Meine Gedanken fingen wieder an,

um das Logishaus zu kreisen, aus dem ich vertrieben worden war; ich wollte durchaus nicht dahin zurückkehren, konnte aber trotzdem nicht unterlassen, immer wieder daran zu denken. Eigentlich war die Frau in ihrem guten Recht gewesen, als sie mich hinauswarf. Wie konnte ich erwarten, bei jemand wohnen zu dürfen, wenn ich nicht dafür bezahlte? Sie hatte mir obendrein hie und da Essen gegeben; sogar gestern, als ich sie gereizt hatte, hatte sie mir zwei Butterbrote angeboten, sie mir aus Gutmütigkeit angeboten, denn sie wußte, daß ich sie brauchte. Ich hatte mich also über nichts zu beklagen, und während ich auf der Treppe saß, begann ich sie im stillen wegen meines Betragens um Vergebung zu bitten und zu betteln. Bitterlich bereute ich besonders, daß ich mich ihr zuletzt undankbar gezeigt und ihr den Geldschein ins Gesicht geworfen hatte ...

Zehn Kronen! Ich stieß einen Pfiff aus. Woher kam der Brief, den der Bote gebracht hatte? Erst in diesem Augenblick dachte ich klar darüber nach und ahnte sofort, wie das Ganze zusammenhing. Krank vor Schmerz und Scham flüsterte ich mehrere Male Ylajali mit heiserer Stimme und schüttelte den Kopf. Hatte ich mich nicht erst noch gestern entschlossen, stolz an ihr vorbeizugehen, wenn ich sie träfe, und ihr die größte Gleichgültigkeit zu zeigen? Und statt dessen hatte ich nur ihr Mitleid erregt und ihr einen Barmherzigkeitsschilling entlockt. Nein, nein, nein, meine Erniedrigung nahm kein Ende! Nicht einmal ihr gegenüber hatte ich eine anständige Stellung behaupten können; ich sank, sank nach allen Seiten, wohin ich mich wandte, sank in die Knie, sank unter, tauchte unter in Unehre und kam niemals wieder empor, niemals! Tiefer ging es nicht mehr! Zehn Kronen als Almosen anzunehmen, ohne sie dem heimlichen Geber zurückschleudern zu können, mit beiden Händen die Schillinge, wo sie sich mir boten, aufzuraffen und sie zu behalten, sie als Bezahlung für die Unterkunft zu verwenden, trotz eigenen innersten Widerwillens ...

Konnte ich diese zehn Kronen nicht auf irgendeine Weise wieder herbeischaffen? Zur Wirtin zurückzugehen, um den Schein von ihr wiederausgehändigt zu bekommen, nützte wohl kaum. Wenn ich nachdachte, mußte es wohl auch noch eine andere Lösung geben, wenn ich mich nur richtig anstrengte und nachdachte. Hier war, bei Gott, nicht genug damit getan, auf gewöhnliche Art zu denken, ich mußte denken, daß es mir durch den ganzen Körper ging, und einen Ausweg wegen dieser zehn Kronen finden. Und ich begann aus Leibeskräften nachzudenken.

Es war wohl ungefähr vier Uhr, in ein paar Stunden hätte ich vielleicht den Theaterchef aufsuchen können, wenn ich nur mein Drama fertiggehabt hätte. Ich hole mein Manuskript hervor und will mit aller Gewalt die letzten drei, vier Szenen beenden; ich denke und schwitze und lese alles vom Anfang an durch, komme aber nicht vorwärts. Keinen Blödsinn, sage ich, keine Halsstarrigkeit! Und ich schreibe drauflos, schreibe alles nieder, was mir einfällt, nur um schnell fertig zu werden und vorwärtszukommen. Ich wollte mir einbilden, daß ich einen neuen großen Augenblick hatte, ich log mich an, betrog mich offensichtlich und schrieb in einem Zug, als wenn ich nicht nach den Worten zu suchen brauchte. Das ist gut! das ist wirklich ein Fund! flüsterte ich dazwischen; schreib es nieder!

Schließlich aber erschienen mir meine letzten Repliken bedenklich; sie stachen so stark gegen die Repliken in den ersten Szenen ab. Außerdem war durchaus kein Mittelalter in den Worten des Mönches. Ich zerbeiße den Bleistift zwischen meinen Zähnen, springe auf, zerreiße das Manuskript, reiße jedes Blatt entzwei, werfe meinen Hut auf die Straße und trample darauf. Ich bin verloren! flüsterte ich vor mich hin; meine Damen und Herren, ich bin verloren! Und ich sagte nichts als diese Worte, während ich auf meinem Hut herumtrample.

Ein paar Schritte von mir entfernt steht ein Schutzmann und beobachtet mich; er steht mitten auf der Straße und sieht nichts anderes als nur mich. Als ich den Kopf zurückwerfe, treffen sich unsere Augen, er hatte vielleicht schon längere Zeit dort gestanden und nur mich angesehen. Ich nehme meinen Hut, setze ihn auf und gehe zu dem Manne hin.

Wissen Sie, wieviel Uhr es ist? frage ich.

Er wartet eine Weile, ehe er seine Uhr hervorzieht, und wendet seine Augen unterdessen nicht von mir ab.

Gleich vier Uhr, antwortet er.

Ganz richtig! sagte ich; gleich vier Uhr, vollkommen richtig! Sie können Ihre Sache, wie ich höre, und ich werde an Sie denken.

Damit verließ ich ihn. Er war aufs äußerste über mich erstaunt, stand da, sah mir mit offenem Mund nach und hielt noch die Uhr in der Hand. Als ich vor das Royal gekommen war, drehte ich mich um und sah zurück: er stand noch in der gleichen Stellung da und folgte mir mit den Augen.

Hehe, so mußte man die Tiere behandeln! Mit der ausgesuchtesten Unverschämtheit! Das imponierte den Tieren, versetzte die Tiere in Schrecken ... Ich war mit mir überaus zufrieden und begann wieder ein Bruchstück zu singen. Von Erregung angespannt, ohne noch einen Schmerz zu fühlen, sogar ohne irgendwelches Unbehagen, ging ich, leicht wie eine Feder, über den ganzen Markt, kehrte bei den Basaren um und ließ mich auf einer Bank vor der Erlöserkirche nieder.

War es denn nicht auch ziemlich gleichgültig, ob ich die zehn Kronen zurücksandte oder nicht! Hatte ich sie erhalten, so waren sie mein, und dort, woher sie kamen, war gewiß keine Not. Ich mußte sie doch annehmen, wenn sie mir ausdrücklich gesandt wurden; ich konnte sie doch nicht dem Dienstmann lassen. Ebensowenig ging es an, einen ganz anderen Zehnkronenschein als den, den ich bekommen hatte, zurückzusenden. Daran war also nichts mehr zu ändern.

Ich versuchte, das Getriebe rings auf dem Markt vor mir zu beobachten und meine Gedanken mit gleichgültigen Dingen zu beschäftigen; aber es glückte mir nicht, ich befaßte mich beständig mit den zehn Kronen. Zuletzt ballte ich die Hände und wurde zornig. Es müßte sie verletzen, sagte ich, wenn ich das Geld zurücksenden würde; warum sollte ich es dann tun? Ich wollte mich stets für zu gut zu allem möglichen halten, hochmütig den Kopf schütteln und ›nein, danke‹ sagen. Nun sah ich selbst, wohin das führte; jetzt stand ich wieder auf der Straße. Selbst wenn ich die beste Gelegenheit dazu hatte, behielt ich nicht mein gutes warmes Logis, ich wurde stolz, sprang beim ersten Wort auf und warf den Kopf in den Nacken, bezahlte zehn Kronen nach rechts und nach links und lief auf und davon ... Ich ging scharf ins Gericht mit mir, weil ich mein Obdach verlassen und mich wieder in Verlegenheit gebracht hatte.

Im übrigen spuckte ich auf das Ganze! Ich hatte nicht um die zehn Kronen gebeten, und ich hatte sie kaum zwischen den Händen gehalten, sondern sie sofort weggegeben, sie an wildfremde Menschen, die ich nie wiedersehen würde, ausbezahlt. So war ich, bezahlte bis auf den letzten Heller, wenn es galt. Kannte ich Ylajali richtig, dann bereute sie nicht, daß sie mir das Geld gesandt hatte, was saß ich dann da und zankte mit mir herum? Es war geradezu das mindeste, was sie tun konnte, mir ab und zu zehn Kronen zu senden. Das arme Mädchen war doch in mich verliebt, he, vielleicht sogar sterblich in mich verliebt ... Und bei diesem Gedanken blähte ich mich richtig auf. Kein Zweifel, sie war in mich verliebt, das arme Mädchen! ...

Es wurde fünf Uhr. Ich fiel nach meiner langen und nervösen Erregung wieder zusammen und begann von neuem das leere Sausen in meinem Kopf zu fühlen. Ich blickte geradeaus, starrte in die Luft und sah zur Elefantenapotheke hinüber. Der Hunger wütete in mir, und ich litt sehr. Während ich so dasitze und in die Luft sehe, wird vor meinem starren Blick nach und nach eine Gestalt deutlich, die ich zum Schluß ganz klar sehe und wiedererkenne: die Kuchenfrau bei der Elefantenapotheke.

Ich zucke zusammen, richte mich auf der Bank auf und fange an nachzudenken. Ja, es hatte seine Richtigkeit, es war die gleiche Frau vor dem gleichen Tisch, am gleichen Fleck! Ich pfeife ein paarmal vor mich hin und knipse mit den Fingern, erhebe mich und gehe auf die Apotheke zu. Keinen Nonsens! Ich scherte mich den Teufel darum, ob es das Geld des Burschen war oder gute norwegische Krämerpfennige aus Silber von Kongsberg! Ich wollte nicht lächerlich sein, man konnte über allzuvielem Hochmut sterben ...

Ich gehe zu der Ecke, fasse die Frau ins Auge und stelle mich vor ihr auf. Ich lächle, nicke wie ein Bekannter und richte meine Worte so ein, als sei es selbstverständlich, daß ich noch einmal zurückkomme.

Guten Tag! sage ich. Sie kennen mich vielleicht nicht wieder?

Nein, antwortet sie langsam und sieht mich an.

Ich lächle noch mehr, als sei es nur ein köstlicher Scherz von ihr, daß sie mich nicht kenne, und fahre fort:

Erinnern Sie sich nicht, daß ich Ihnen einmal einige Kronen gab? Ich sagte damals nichts, soweit ich mich entsinne, das tat ich nicht, das ist nicht meine Art. Wenn man es mit ehrlichen Leuten zu tun hat, ist es unnötig, etwas zu verabreden und sozusagen wegen jeder Kleinigkeit einen Kontrakt abzuschließen. Hehe. Ja, ich war es, der Ihnen seinerzeit das Geld gab.

Nein, wirklich, waren Sie es! Ja, nun kenne ich Sie auch ganz gut wieder, und wenn ich nachdenke ...

Ich wollte verhindern, daß sie sich für das Geld bedankte, und sagte deshalb schnell, während ich bereits mit den Augen auf dem Tisch nach Eßwaren suchte:

Ja, jetzt komme ich, die Kuchen zu holen.

Dies versteht sie nicht.

Die Kuchen, wiederhole ich, jetzt komme ich, sie zu holen. Auf jeden Fall einen Teil davon, die erste Rate. Ich brauche heute nicht alles.

Kommen Sie, um sie zu holen? fragte sie.

Ja, freilich komme ich, sie zu holen, ja! antworte ich und lache laut, als müsse es ihr sofort einleuchten, daß ich kam, um sie zu holen. Ich nehme auch einen Kuchen vom Tisch, eine Art Franzbrot, und beginne zu essen.

Als die Frau dies sieht, erhebt sie sich in ihrem Kellerloch, macht unwillkürlich eine Bewegung, wie um ihre Waren zu schützen, und läßt mich verstehen, sie habe nicht erwartet, daß ich zurückkommen würde, um sie zu berauben.

Nicht? sage ich. Nein, wirklich nicht? Sie war doch eine köstliche Frau! Hatte sie jemals erlebt, daß ihr jemand eine Menge Kronen in Verwahrung gegeben, ohne daß der Betreffende sie zurückverlangt habe? Na, sehen Sie! Glaubte sie vielleicht, daß es gestohlenes Geld gewesen sei, weil ich es ihr so hingeschleudert hatte? Nun, das glaubte sie doch wohl nicht! Das war auch gut so, wirklich gut! Es war, wenn ich so sagen durfte, freundlich von ihr, daß sie mich für einen ehrlichen Mann hielt. Haha! Ja, sie sei wirklich köstlich!

Aber weshalb ich ihr denn das Geld gegeben habe? Die Frau wurde erbittert und schrie laut.

Ich erklärte ihr, warum ich ihr das Geld gegeben hatte, erklärte es gedämpft und nachdrücklich: Es sei meine Gewohnheit, so zu handeln, denn ich halte alle Menschen für so gut. Jedesmal, wenn mir jemand einen Kontrakt anbot, einen Schein, schüttelte ich den Kopf und sagte: ›Nein, danke.‹ Gott sei mein Zeuge, das tat ich.

Aber die Frau verstand es noch immer nicht.

Ich griff zu anderen Mitteln, sprach scharf und verbat mir jeglichen Unsinn. War es ihr denn noch niemals vorgekommen, daß ein anderer auf diese Weise im Vorschuß bezahlt hatte? fragte ich. Ich meinte natürlich Leute, die das Geld dazu hatten, zum Beispiel einer der Konsuln? Niemals? Ja, ich könnte aber doch nicht dafür büßen, daß ihr dies eine fremde Umgangsart sei. Es wäre im Ausland so der Brauch. Sie sei vielleicht niemals außerhalb der Grenzen des Landes gewesen? Nein. Sehen Sie! Dann könnte sie in dieser Sache gar nicht mitreden . . . Und ich griff nach mehreren Kuchen auf dem Tisch.

Sie knurrte zornig, weigerte sich hartnäckig, etwas auszuliefern, wand mir sogar ein Stück Kuchen aus der Hand und legte es auf seinen Platz zurück. Ich wurde wütend, schlug auf den Tisch und drohte mit der Polizei. Ich wolle gnädig gegen sie sein, sagte ich; wenn ich alles nähme, was mein sei, so würde ich ihr ganzes Geschäft ruinieren, denn es sei eine furchtbare Menge Geldes gewesen, die ich ihr seinerzeit gegeben hätte. So viel würde ich aber nicht nehmen, ich wolle in Wirklichkeit nur die halbe Valuta haben. Und ich würde obendrein nicht mehr wiederkommen. Davor möge Gott mich bewahren, da sie eine solche Person sei.

Endlich legte sie einige Kuchen für einen unverschämten Preis hin, vier, fünf Stück, die sie so hoch einschätzte, wie es ihr überhaupt möglich war, und hieß mich, sie zu nehmen und meines Weges zu gehen. Ich stritt mich immer noch mit ihr herum, behauptete, daß sie mich um mindestens eine Krone prelle und mich außerdem mit ihren blutigen Preisen aussauge. Wissen Sie, daß auf solche Spitzbubenstreiche Strafe steht? sagte ich. Gott bewahre Sie, Sie könnten auf Lebenszeit ins Zuchthaus kommen, Sie altes Wrack! – Sie warf mir noch einen Kuchen hin und bat mich beinahe zähneknirschend, zu gehen.

Und ich verließ sie.

He, ein unzuverlässigeres Kuchenweib hatte ich noch nie gesehen! Während ich über den Markt ging und meine Kuchen verschlang, sprach ich die ganze Zeit laut über diese Frau und ihre Unverschämtheit, wiederholte mir selbst, was wir beide einander gesagt hatten und fand, daß ich ihr weit überlegen gewesen war. Vor aller Augen verschlang ich meine Kuchen und sprach dabei vor mich hin.

Und die Kuchen verschwanden einer nach dem anderen; es verschlug nichts, wieviel ich auch zu mir nahm, ich war hungrig bis auf den Grund. Herrgott auch, daß es nichts verschlagen wollte! Ich war so gierig, daß ich mich sogar beinahe an dem letzten Kuchen vergriffen hätte, den ich von Anfang an für den Kleinen unten in der Vognmandsstraße aufzusparen gedacht hatte, für den Knaben, dem der rotbärtige Mann auf den Kopf gespuckt hatte. Ich mußte beständig an ihn denken, konnte seine Miene nicht vergessen, da er aufsprang und weinte und fluchte. Er hatte sich gegen mein Fenster gewendet, als der Mann auf ihn herunterspuckte, und er hatte gleichsam sehen wollen, ob auch ich darüber lachen würde. Gott weiß, ob ich ihn jetzt traf, wenn ich da hinunterkam! Ich strengte mich sehr an, um rasch in die Vognmandsstraße zu gelangen, kam an der Stelle vorbei, an der ich mein Drama zerrissen hatte und wo noch einige Papierfetzen lagen, umging den Schutzmann, den ich vor kurzem durch mein Betragen in Erstaunen gesetzt hatte, und stand zuletzt an der Treppe, auf der der Junge gesessen hatte.

Er war nicht da. Die Straße war beinahe leer. Die Dunkelheit nahm zu, und ich konnte den Knaben nicht gewahren; er war wohl schon ins Haus gegangen. Vorsichtig legte ich den Kuchen hin, lehnte ihn gegen die Türe, klopfte hart an und lief sofort weiter. Er findet ihn schon! sagte ich zu mir; findet ihn gleich, wenn er herauskommt! Und meine Augen wurden naß vor blöder Freude darüber, daß der Kleine den Kuchen finden würde.

Ich kam wieder zum Eisenbahnkai.

Jetzt hungerte mich nicht mehr, aber die Süßigkeiten, die ich genossen hatte, verursachten mir Übelkeit. Von neuem tobten die wildesten Gedanken in meinem Kopf: Wie, wenn ich heimlich die Trosse eines dieser Schiffe zerschnitte? Wenn ich plötzlich anfinge, Feuer zu rufen? Ich gehe weiter auf den Kai hinaus, setze mich auf eine Kiste, falte die Hände und fühle, daß mein Kopf immer verwirrter wird. Und ich rühre mich nicht und tue gar nichts mehr, um mich aufrecht zu erhalten.

Ich sitze da und starre auf den ›Copégoro‹, die Barke mit der russischen Flagge. Ich sehe einen Mann an der Reling; die roten Laternen auf Backbord beleuchten seinen Kopf, und ich stehe auf und spreche zu ihm hinüber. Ich verfolgte keine Absicht mit dem, was ich sagte, erwartete auch keine Antwort. Ich fragte:

Segeln Sie heute abend ab, Kapitän?

Ja, bald, antwortet der Mann. Er sprach schwedisch. Dann ist er wohl Finnländer, denke ich.

Hm. Könnten Sie nicht einen Mann brauchen? Es war mir in diesem Augenblick gleichgültig, ob ich eine Absage bekam oder nicht. Es war mir ganz gleich, welche Antwort er mir geben würde. Ich wartete und sah ihn an.

Nein, erwiderte er. Es müßte denn ein Jungmann sein.

Ein Jungmann! Ich gab mir einen Ruck, stahl mir die Brille herunter und steckte sie in die Tasche, trat auf den Landungssteg und ging an Bord.

Ich bin nicht befahren, sagte ich, aber ich kann alles tun, wozu Sie mich anstellen wollen. Wohin geht die Fahrt?

Wir gehen mit Ballast nach Leeds, um Kohlen für Cadix einzunehmen.

Gut! sagte ich und drängte mich dem Mann auf. Mir ist es gleich, wohin es geht. Ich werde meine Arbeit tun.

Er stand eine Weile da, sah mich an und überlegte.

Du hast noch nicht gefahren? fragte er.

Nein. Aber wie ich Ihnen sage, stellen Sie mich vor eine Arbeit, und ich werde sie tun. Ich bin an alles gewöhnt.

Er überlegte noch einmal. Ich hatte mir bereits fest in den Kopf gesetzt, mitzugehen, und ich fürchtete, ich könnte wieder an Land gejagt werden.

Was meinen Sie also, Kapitän? fragte ich endlich. Ich kann wirklich alles tun, was es auch sei. Was sage ich! Ich müßte ein schlechter Mensch sein, wenn ich nicht mehr täte, als das, wozu ich bestimmt werde. Wenn es gilt, kann ich zwei Wachen hintereinander übernehmen. Das tut mir nur gut, und ich kann es schon aushalten.

Ja, ja, wir wollen es versuchen, sagte er und lächelte ein wenig über meine letzten Worte. Wenn es nicht geht, können wir uns ja in England wieder trennen.

Natürlich! antwortete ich in meiner Freude. Und ich wiederholte, daß wir uns in England trennen könnten, wenn es nicht gehe.

Dann wies er mir Arbeit an ...

Im Fjord draußen richtete ich mich einmal auf, feucht von Fieber und Mattigkeit, sah zum Lande hinüber und sagte für dieses Mal der Stadt Lebewohl, der Stadt ·Kristiania, wo die Fenster so hell in allen Häusern leuchteten.

Mysterien

Roman
360 Seiten, gebunden

»Eine von Siegfried Weibel vorzüglich neu übersetzte und
angenehm ausgestattete Werkausgabe in Einzelbänden
ist geplant, der erste Band liegt nun vor: der Roman
Mysterien, ein frühes Hauptwerk aus dem Jahr 1892. (...)
Generationen von Schriftstellern haben Hamsun und
zumal diesen Roman verehrt, ja geliebt. Thomas Mann und
Franz Kafka, James Joyce und Henry Miller, Maxim Gorki
und André Breton, Kurt Tucholsky und Isaac Bashevis
Singer haben ihn mit den leuchtendsten Epitheta bedacht,
allesamt glaubwürdig, weil beglaubigt durch tief einge-
prägte Spuren Hamsuns im jeweils eigenen Werk.«
Frankfurter Allgemeine Zeitung

»Hermann Hesse, Thomas Mann, Rilke, Kafka, alle
müssen sie dieses verrückte und verrückt kalkulierte
Buch eingesogen haben. Diese Gleichzeitigkeit von
erlebtem und dargestelltem Wahn dürfte in der Literatur
ziemlich einmalig sein. Ein Glück also, daß der List
Verlag, ziemlich genau hundert Jahre nach dem ersten
Erscheinen in Norwegen und Deutschland, mit einer
Neuübersetzung der *Mysterien* an den höchst modernen
Schriftsteller Knut Hamsun erinnert.«
Willi Winkler im *Südwestfunk*

»Die hundertjährigen *Mysterien* jedenfalls
halten länger vor als die allermeisten Bücher,
die in dieser Saison herauskommen.«
Die Zeit